shiji
wenxue
jingdian

世纪文学经典
闻一多 著

闻一多精选集

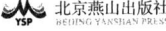
北京燕山出版社
BEIJING YANSHAN PRESS

"世纪文学60家"书系总策划：
白烨、陈骏涛、倪培耕、贺绍俊、张红梅

"世纪文学60家"评选专家名单：
（以姓氏笔画为序）

丁　帆　南京大学中文系教授
王中忱　清华大学中文系教授
王晓明　华东师范大学中文系教授
王富仁　汕头大学中文系教授
白　烨　中国社会科学院文学研究所研究员
孙　郁　鲁迅博物馆研究员
吴思敬　首都师范大学文学院教授
陈思和　复旦大学中文系教授
陈晓明　北京大学中文系教授
陈骏涛　中国社会科学院文学研究所研究员
陈子善　华东师范大学中文系教授
孟繁华　沈阳师范大学教授
於可训　武汉大学文学院教授
杨匡汉　中国社会科学院文学研究所研究员
杨　义　中国社会科学院文学研究所研究员
张　炯　中国社会科学院文学研究所研究员
张　健　北京师范大学文学院教授
张中良　中国社会科学院文学研究所研究员
赵　园　中国社会科学院文学研究所研究员
洪子诚　北京大学中文系教授
贺绍俊　沈阳师范大学教授
谢　冕　北京大学中文系教授
程光炜　中国人民大学中文系教授
雷　达　中国作家协会创研部研究员
黎湘萍　中国社会科学院文学研究所研究员

目 录

凤凰蹈火 ················· 胡 博 001

诗歌编

红烛 ···················· 003
序诗 ···················· 003
红烛/003
李白篇 ·················· 005
李白之死/005/剑匣/013/西岸/021
雨夜篇 ·················· 024
雨夜/024/雪/025/睡者/026/黄昏/028/时间底教训/029/二月庐/029/印象/030/美与爱/031/快乐/032/诗人/032/风波/033/幻中之邂逅/034/回顾/035/志愿/035/失败/036/贡臣/037/游戏之祸/037/花儿开过了/038/十一年一月二日作/039/死/040/深夜底泪/041

目录

青春篇 …………………………… 042

青春/042/宇宙/043/国手/043/香篆/043/春寒/044/春之首章/044/春之末章/045/钟声/047/爱之神/047/谢罪以后/048/忏悔/049/黄鸟/049/艺术底忠臣/050/初夏一夜底印象/051/诗债/052/红荷之魂/053/别后/055

孤雁篇 …………………………… 056

孤雁/056/太平洋舟中见一明星/059/火柴/060/玄思/061/我是一个流囚/061/寄怀实秋/063/晴朝/064/记忆/066/太阳吟/066/忆菊/068/秋色/070/秋之末日/074/秋深了/075/废园/075/小溪/076/稚松/076/烂果/076/色彩/077/梦者/077

红豆篇 …………………………… 078

红豆(共四十二首)/078

死水 ……………………………… 092

口供/092/收回/092/"你指着太阳起誓"/093/什么梦?/094/大鼓师/094/狼狈/097/你莫怨我/097/你看/098/也许/099/忘掉她/100/泪雨/101/末日/102/死水/103/春光/104/黄昏/104/我要回来/105/夜歌/106/静夜/106/一个观念/108/发现/108/祈祷/109/一句话/110/荒村/110/罪过/113/

天安门/113/飞毛腿/114/洗衣歌/115/闻一多先生的书桌/117

真我集 119

雨夜(诗略,见红烛)//月亮和人(诗略,见红烛的《睡者》)//读沈尹默《小妹》!想起我的妹来了也作一首/119/雪片/120/朝日/120/雪(诗略,见红烛)//忠告/121/率真/121/志愿/122/伤心/123/一个小囚犯/124/黄昏(诗略,见红烛)//所见/126/南山诗/126/晚霁见月/127

旧体诗赋 129

拟李陵与苏武诗三首/129/读项羽本纪/130/春柳/130/月夜遣兴/130/七夕闺词/130/提灯会/131/清华图书馆/132/清华体育馆/132/昆山午发/133/自言子文学书院射圃谒言子墓/133/辛峰亭远眺/133/寻桃源石屋二涧皆涸溯石屋上游乃得水因濯足焉/134/维摩寺/135/北郭即景/135/蜜月著《律诗底研究》稿脱赋感/135/废旧诗六年矣。复理铅椠,纪以绝句/135/释疑/136/天涯/136/实秋饰蔡中郎演《琵琶记》,戏作柬之/136/清华学生代表团祭徐君曰哲文/136/招亡友赋/136/马赋/138/松赋/139

集外集 140

园内/140/渔阳曲/153/大暑/159/醒呀!/160/

长城下之哀歌/162/我是中国人/169/爱国的心/172/回来了/172/故乡/173/七子之歌/175/南海之神/178/秦始皇帝/184/唁词/184/欺负着了/185/相遇已成过去/187/叫卖歌/188/纳履歌/189/抱怨/191/比较/191/鸟语/192/答辩/193/回来/194/武昌艺术专科学校校歌歌词/194/奇迹/195/八教授颂/197/笑/201/闺中曲/202/贡献/202

散文杂文编

青岛	207
一个白日梦	209
可怕的冷静	211
愈战愈强	214
关于儒·道·土匪	217
什么是儒家	221
五四运动的历史法则	225
五四断想	229
妇女解放问题	231
谨防汉奸合法化	235
"一二·一"运动始末记	237

论文评论编

《女神》之时代精神 …………… 243
《女神》之地方色彩 …………… 251
文艺与爱国 …………………… 257
诗的格律 ……………………… 259
戏剧的歧途 …………………… 266
先拉飞主义 …………………… 269
《烙印》序 ……………………… 281
庄子 …………………………… 284
龙凤 …………………………… 298
道教的精神 …………………… 302
说舞 …………………………… 310
时代的鼓手 …………………… 316
人民的诗人——屈原 ………… 320

演讲编

诗与批评 ……………………… 325
论文艺的民主问题 …………… 330
战后文艺的道路 ……………… 333
兽·人·鬼 …………………… 338

艾青和田间 …………………… 339
最后一次的讲演 ……………… 341

创作要目 ……………………… 344

（本书目由中国社科院副研究员、博士后胡博选定）

凤凰蹈火

胡　博

在中国现代史上,闻一多永远是一个光辉的、不可磨灭的形象。作为诗人,他以诗集《红烛》和《死水》,在中国新诗史上筑起了一座丰碑。他的诗作既是现代中国爱国诗的典范,又是现代中国格律诗的高峰。作为学者,他的学术研究体系博大,钻研精深,勇于突破,善于建构,得到学术界的高度评价;尤其是在中国古典文学研究方面,"他那眼光的犀利,考索的赅博,立说的新颖而翔实,不仅是前无古人,恐怕还要后无来者的"①。作为争取自由民主的战士,他那"拍案而起,横眉怒对国民党的手枪,宁可倒下去,不愿屈服"②的英雄气概,深深地烙印在了中国民众的心里。闻一多的艺术探索、学术成就和人格力量,已经成为中国现代文学史、现代学术史和现代思想史上的宝贵遗产,不断感染、熏陶和激励着后来者前行。

闻一多的一生富于传奇色彩。甫登文坛,他以新月派诗人而闻名并推动了新诗格律运动。1930年后潜心钻研古代典籍,在古文字学和音韵学方面有很深的造诣。抗战爆发后,他在流亡大后方的过程中接触青年学生,体察民生疾苦,开始走出书斋,参与实际的政治斗争,以大无畏的精神一直战斗到生命的最后一刻。由于闻一多人生角色的多重性,以前的研究者往往将闻一多的一生划分为诗人、学

---

① 郭沫若:《闻一多全集·序》。
② 《别了,司徒雷登》,见《毛泽东选集》。

者、战士几个阶段,着重强调他思想发展的曲折和转变。然而纵观闻一多的一生,其内在性情的一致性不可忽略。"诗人,学者,战士,不过是他外在的活动形式,实际上终其一生,闻一多都是个'诗人',是个把生命当作诗、用生命来写诗的诗人。……他的艺术观和生命观,在理想人格和英雄主义的合力中达到了统一。"①闻一多以血和生命为代价完成了雄奇而绚丽的人生诗篇,他的艺术实践和生命实践有机地融入了二十世纪中国波澜壮阔的历史画卷,焕发出凤凰蹈火般的奇异光辉。

1899年,闻一多出生于湖北省浠水县的一个书香门第。他五岁入私塾,所接受的既有传统的经史教育,也有晚清以来的新学教育。1912年冬,十三岁的闻一多考取了北京清华学校。从1912年到1922年,闻一多度过了十年的清华生涯。这一时期,是闻一多个性成长和志向发展的重要时期。他喜爱文艺,曾担任多种学生刊物编辑,发表诗文多篇。他还在课余组织和参与各种社会活动,进行演剧和美术研究。1919年"五四"运动爆发,闻一多积极参加爱国学生运动。他用大红字手抄了岳飞的《满江红》,张贴在清华园高等科饭厅大门上,抗议反动军阀政府的卖国行径。作为清华学生代表团成员,闻一多赴上海参加全国学生联合会,聆听过孙中山的演讲。"五四"运动激发了闻一多强烈的反帝反封建的爱国热情,也促进了他思想文化上的成长和转变。1920年7月,闻一多发表了第一首新诗《西岸》。1921年11月,他参与成立了清华文学社,从事文学创作与研究活动。

1922年7月,闻一多赴美留学。留美期间,他学习绘画并研究中国古典诗歌和英国近代诗歌,同时继续新诗创作。异国他乡所感受到的种族歧视,使闻一多的爱国情怀倍增。他在科罗拉多大学毕业时,美国学生不愿与中国学生同台领取毕业证书。闻一多在家信中写道:"一个有思想之中国青年留居美国之滋味,非笔墨所能形

---

① 孔庆东:《美丽的毁灭——闻一多的死亡意识》。

容。……我乃有国之民,我有五千年之历史与文化,我有何不若彼美人者?将谓吾人不能制杀人之枪炮遂不若彼之光明磊落乎?"[①]他热爱祖国的感情是如此深厚而激越。他关心国内时事,同情人民的苦难,痛恨军阀的专横混战。他提倡"中华文化的国家主义"(Cultural Nationalism),参与发起国家主义团体"大江会"。他研究中国古代和英美近代的爱国诗人——屈原、叶芝、惠特曼,认为"诗人主要的天赋是'爱',爱他的祖国,爱他的人民"[②]。1923年9月,闻一多印行了第一部诗集《红烛》。这是他自1920年以来新诗创作的结集,收有《红烛》《李白之死》《剑匣》《红豆》等一百零三首。虽然是少作,但诗才横溢,想象瑰丽,形式新颖,风格别具,实在为新诗创作开辟出了新局面。除创作外,闻一多也留心国内的新诗发展,对当时重要的诗派诗作,进行认真研究和批评。他在创造社的刊物上发表过颇具影响的评论《〈女神〉之时代精神》,获得郭沫若的激赏。

1925年6月,闻一多学成归国。他先后任教于北京艺术专科学校、吴淞国立政治大学、国立第四中山大学(后名中央大学)、国立武汉大学、青岛大学。1932年起任清华大学中文系教授。闻一多归国后,致力于新诗格律理论的探讨,提出了著名的"诗之三美"主张。他与徐志摩、饶孟侃、朱湘等人共同创办《晨报副镌·诗刊》,为探索和实践新格律诗做出了不懈的努力。稍后,他又参与余上沅、张嘉铸、徐志摩创办的《晨报副镌·剧刊》,倡导"国剧运动",希望结合中西戏剧之长,创建具有民族特色的"中国剧"。

1928年1月,闻一多出版了第二部诗集《死水》,收入《死水》《发现》《祈祷》《口供》等1925年以来的诗作二十八首。这些诗作形式谨严,音律顿挫,充分体现了闻一多的爱国热情、艺术理想和新诗格律化观念,成为他的代表作。《死水》在新诗史上占有重要地位,直接影响和造就了其后的一批有成就的诗人,如陈梦家、方炜德、臧克家

---

① 《致闻家骏、闻家驷转父母信》,见《闻一多书信选集》。
② 熊佛西:《悼闻一多先生》。

等人。同年3月,闻一多参与创刊《新月》杂志。在以"新月派"领军人物的形象出现于诗坛的同时,闻一多开始致力于中国古典文学的研究。他由唐诗研究而上溯先秦汉魏六朝诗,特别致力于《诗经》《楚辞》《庄子》和《周易》的研究。历经多年辛勤耕耘,出版了《神话与诗》《唐诗杂论》《古典新义》《楚辞校补》等专著。

抗日战争爆发后,闻一多随校南下,任西南联大教授。1943年后,他目睹抗战实况,痛感国运艰辛,开始投入反对专制独裁、争取民主进步的社会运动。1944年,闻一多加入中国民主同盟,后任民盟中央执行委员和《民主周刊》社社长。他积极参加游行,起草宣言,主持会议,发表演讲。1946年7月,民主人士李公朴被国民党特务暗杀。闻一多以无畏的勇气在7月15日的公悼大会上发表演讲,怒斥国民党的卑劣行径,归途即遭国民党特务狙击杀害,年仅四十七岁。在闻一多遇难一周年之际,郭沫若曾沉痛悼念他是"千古文章未尽才"①。

朱自清评价闻一多"是个爱国诗人,而且几乎可以说是唯一的爱国诗人"②。从某种程度来说,闻一多在新诗史上之所以占有重要地位,首先由于他是一个爱国诗人的缘故。与同时代的其他诗人相比,抒发爱国主义情怀,表达对污浊丑恶的现实世界的不满和愤怒,是闻一多诗作的突出主题。也似乎唯有他,能够如此深沉饱满地表达爱国主义的情怀,同时又那样真诚炽热,富于创造力。这的确形成了闻一多诗作的醒目特征。他的一些脍炙人口的佳作,都是饱含深情和血泪之作,如《死水》《洗衣歌》《我要回来》《一句话》《发现》等。我们甚至可以从他的诗中感受到燃烧在字里行间的火样的热情:

> 太阳啊,刺得我心痛的太阳!
> 又逼走了游子底一出还乡梦,
> 又加他十二个时辰底九曲回肠!

---

① 郭沫若:《闻一多全集·序》。
② 《新文学大系·诗集》导言。

> 太阳啊,火一样烧着的太阳!
> 烘干了小草尖头底露水,
> 可烘得干游子底冷泪盈眶?
>
> ……
>
> 太阳啊——神速的金乌——太阳!
> 让我骑着你每日绕行地球一周,
> 也便能天天望见一次家乡!
> ……
>
> ——《太阳吟》

相比较而言,闻一多留美时期创作的《红烛》中的一些篇什,更多的表达了他爱国思乡的浪漫情怀;归国后出版的诗集《死水》,则在爱国激情里添加了一抹现实主义色彩:

> 这是一沟绝望的死水,
> 清风吹不起半点漪沦。
> 不如多扔些破铜烂铁,
> 爽性泼你的剩菜残羹。
>
> 也许铜的要绿成翡翠,
> 铁罐上锈出几瓣桃花;
> 再让油腻织一层罗绮,
> 霉菌给他蒸出些云霞。
>
> ——《死水》

但这却丝毫没有动摇闻一多对祖国未来虽然蒙眬,然而始终坚定、乐观的信念：

> 有一句话说出就是祸，
> 有一句话能点得着火。
> 别看五千年没有说破，
> 你猜得透火山的缄默？
> 说不定是突然着了魔，
> 突然青天里一个霹雳
> 　　爆一声：
> "咱们的中国！"
>
> 　　　　　　　　——《一句话》

与闻一多诗歌鲜明的爱国主义特色相呼应，他的诗作也多具有鲜明的民族特色。正如他在诗评《〈女神〉的地方色彩》中所说，新诗不仅要有时代精神，还要有地方色彩。他参与新诗格律运动的初衷，就是要做中国的新诗，而不是使新诗成为翻译的西文诗。他善于体味中国古典诗歌的格调韵律，从屈原、李白、杜甫那里汲取艺术的滋养。因而他的诗作多形式典雅，节奏和谐，意境深远。如："青松和大海，鸦背驮着夕阳，黄昏里织满了蝙蝠的翅膀。"(《口供》)闻一多抒情言志、写景状物，其意境、意象也都是中国式的。譬如他爱青松、菊花之品格的高洁，借红豆喻相思之苦，以孤雁自比游子的失落等等。其次，闻一多还尝试用民间语言，劳苦大众的口语写诗。比如他以人力车夫口中的京白写作的《飞毛腿》《天安门》，就取得了与内容相得益彰的效果。《罪过》一诗因口语造成的自然活泼，同样也凝聚着闻一多的心血和功力：

> 老头儿和担子摔一交，
> 满地是白杏儿红樱桃。
> 老头儿爬起来直哆嗦，

"我知道我今日的罪过!"
"手破了,老头儿你瞧瞧。"
"唉!都给压碎了,好樱桃!"
……

闻一多对于中国新诗的另一贡献,在于他对新诗形式的革新与探求。闻一多是新诗格律的最早探索者和创建者之一。"五四"以来自由体诗的盛行,打破了旧诗的格律,也带来了新诗的"非诗化"倾向。许多诗人写诗很不讲究音节与旋律,使新诗越来越不像诗,给当时的诗坛造成了相当的混乱。针对这一情况,闻一多发表了《诗的格律》一文,较详细地阐释了新诗格律化的理论。他提出了诗歌的"三美主张",也即是格律理论的关于诗的美学理想。闻一多认为,格律有两方面的含义,一是属于视觉方面的,一是属于听觉方面的。二者息息相关,相辅相成。诗歌应当具有三种美:音乐的美,绘画的美和建筑的美。所谓"音乐的美",指的是音节和旋律的美。闻一多提出了"音尺"的概念。他根据现代汉语的特点,把音尺落定到一个自然停顿的语音单位,目的是用它来代替旧诗的平仄,获得语体诗的节奏。"二字尺"、"三字尺"交替错位,抑扬顿挫的效果便类似于律诗的平仄相对。每句诗的音尺数相同,又保证了诗形的整齐。这种调和统一构成了诗的内在精神——节奏。比如他的《也许》:

也许/你真是/哭得/太累,
也许,/也许/你要/睡一睡,
那么/叫夜鹰/不要/咳嗽,
蛙/不要号,/蝙蝠/不要飞。

所谓"建筑的美",指的是节的对称和句的均齐。相对于旧体诗形式的整齐划一来说,闻一多认为新诗有更丰富的形式美的可能。"建筑的美"和"音乐的美"虽然分属视觉和听觉的两个方面,但二者之间是相互依存的辩证关系。而所谓"绘画的美",指的是辞藻的运用,要体现出中国文字所形成的视觉美感。闻一多的《忆菊》即是一篇以华丽的辞藻所造成的"绘画的美"的杰作。他以菊花来象征祖国,赋予菊花五彩缤纷的色彩和高洁的品德,将神奇而富丽堂皇的视觉效果与内心抒发的对"如花的祖国"的怀恋自然天成地融合在了一起:

> 插在长颈的虾青瓷的瓶里,
> 六方的水晶瓶里的菊花,
> 攒在紫藤仙姑篮里的菊花;
> 守着酒壶的菊花,
> 陪着螯盖的菊花;
> 未放,将放,半放,盛放的菊花。
>
> 镶着金边的绛色的鸡爪菊;
> 粉红色的碎瓣的绣球菊!
> 懒慵慵的江西腊哟;
> 倒挂着一饼蜂窠似的黄心,
> 仿佛是朵紫的向日葵呢。
> 长瓣抱心,密瓣平顶的菊花;
> 柔艳的尖瓣攒蕊的白菊
> 如同美人底拳着的手爪,
> 拳心里攫着一撮儿金粟。
>
> ……
>
> 秋风啊!习习的秋风啊!
> 我要赞美我祖国底花!
> 我要赞美我如花的祖国!

这种关于新诗格律的理论,并非是要制造束缚创作的清规戒律,也不是脱离新诗的内容去片面追求形式。因为闻一多能博采古今中外诗歌的成功经验,同时又能赋予诗鲜活的思想和灵魂,他在诗艺上的精雕细刻才耐人寻味,经得起反复的咀嚼和琢磨。

在中国现代文学史上,闻一多所获的殊荣仅次于鲁迅。1948年8月,在闻一多逝世一周年后,《闻一多全集》即由开明书店出版,并由郭沫若和朱自清作序。全集目录包括古典文学研究、新诗创作、评论、杂文和新诗选等。闻一多研究几十年来,业已成为中国现代文学学科中的重要研究方向。1993年,湖北人民出版社又多方搜集整理,出版了更为完善的《闻一多全集》的新版本。本书撷取了闻一多不同时期富有代表性的作品,包括新诗、论文和杂文等,既反映了闻一多作为诗人、学者、战士的各个人生侧面,又能见出闻一多内在诗人气质的统一。无论是《太阳吟》的雄浑沉劲,《忆菊》的神奇瑰丽,还是《庄子》的洞明透彻,《最后一次的讲演》的慷慨激昂,都带有"闻一多式"独特而鲜明的印记,共同构成了闻一多完整而丰满的文学印象。

诗歌编

红 烛[①]

序 诗

红 烛

"蜡炬成灰泪始干"
————李商隐

红烛啊!
这样红的烛!
诗人啊!
吐出你的心来比比,
可是一般颜色?

红烛啊!
是谁制的蜡——给你躯体?
是谁点的火——点着灵魂?
为何更须烧蜡成灰,
然后才放光出?
一误再误;

[①] 《红烛》是闻一多第一本正式出版的诗集,于1923年9月由上海泰东书局印行。

矛盾！冲突！

红烛啊！
不误，不误！
原是要"烧"出你的光来——
这正是自然底方法。
红烛啊！
既制了，便烧着！
烧吧！烧吧！
烧破世人底梦，
烧沸世人底血——
也救出他们的灵魂，
也捣破他们的监狱！

红烛啊！
你心火发光之期，
正是泪流开始之日。

红烛啊！
匠人造了你，
原是为烧的。
既已烧着，
又何苦伤心流泪？
哦！我知道了！
是残风来侵你的光芒，
你烧得不稳时，
才着急得流泪！

红烛啊！

流吧!你怎能不流呢?
请将你的脂膏,
不息地流向人间,
培出慰藉底花儿,
结成快乐的果子!

红烛啊!
你流一滴泪,灰一分心。
灰心流泪你的果,
创造光明你的因。

红烛啊!
"莫问收获,但问耕耘。"

李白篇

"醉月频中圣,
　迷花不事君。"
　　　　　——李　白

李白之死

　　世俗流传太白以捉月骑鲸而终,本属荒诞。此诗所述亦凭臆造,无非欲藉以描画诗人底人格罢了。读者不要当作历史看就对了。

"我本楚狂人,

　　　　　《凤歌》笑孔丘。"
　　　　　　　　——李　白

一对龙烛已烧得只剩光杆两枝,
却又借回已流出的浓泪底余脂,
牵延着欲断不断的弥留的残火,
在夜底喘息里无效地抖擞振作。
杯盘狼藉在案上,酒坛睡倒在地下,
醉客散了,如同散阵投巢的乌鸦;
只那醉得最很,醉得如泥的李青莲
(全身底骨架如同脱了榫的一般)
还歪倒倒的在花园底椅上堆着,
口里喃喃地,不知到底说些什么。
声音听不见了,嘴唇还喋着不止;
忽地那络着密密红丝网的眼珠子,
(他自身也便像一个微小的醉汉)
对着那怯懦的烛焰瞪了半天:
仿佛一只饿狮,发见了一个小兽,
一声不响,两眼睁睁地望他尽瞅;
然后轻轻地缓缓地举起前脚,
便迅雷不及掩耳,忽地往前扑着——
像这样,桌上两对角摆着的烛架,
都被这个醉汉拉倒在地下。

"哼哼！就是你,你这可恶的作怪,"
他从咬紧的齿缝里泌出声音来,
"碍着我的月儿不能露面哪！
月儿啊！你如今应该出来了吧！
哈哈！我已经替你除了障碍,

骄傲的月儿,你怎么还不出来?
你是瞧不起我吗?啊,不错!
你是天上广寒宫里的仙娥,
我呢?不过那戏弄黄土的女娲
散到六合里来底一颗尘沙!①
啊!不是!谁不知我是太白之精?
我母亲没有在梦里会过长庚?②
月儿,我们星月原是同族的,
我说我们本来是很面熟呢!"
在说话时他没留心那黑树梢头
渐渐有一层薄光将天幕烘透,
几朵铅灰云彩一层层都被烘黄,
忽地有一个琥珀盘轻轻浮上,
(却又像没动似的)他越浮得高,
越缩越小;颜色越褪淡了,直到
后来,竟变成银子样的白的亮——
于是全世界都浴着伊的晶光。
簇簇的花影也次第分明起来,
悄悄爬到人脚下偎着,总躲不开——
像个小狮子狗儿睡醒了摇摇耳朵,
又移到主人身边懒洋洋地睡着。
诗人自身的影子,细长得可怕的一条,
竟拖到五步外的栏杆上坐起来了。
从叶缝里筛过来的银光跳荡,
啮着环子的兽面蠢似一朵缩菌,
也鼓着嘴儿笑了,但总笑不出声音。

---

① "女娲戏黄土,团作愚下人,散在六合间,濛濛如沙尘。"——《上云乐》。
② "惊姜之夕,长庚入梦,故生而名白,以太白字之。"——李阳冰《草堂集序》。——均作者原注

桌上一切的器皿,接受复又反射
那闪灼的光芒,又好像日下的盔甲。

这段时间中,他通身的知觉都已死去,
那被酒催迫了的呼吸几乎也要停驻;
两眼只是对着碧空悬着的玉盘,
对着他尽看,看了又看,总看不倦。
"啊!美呀!"他叹道,"清寥的美!莹澈的美!
宇宙为你而存吗?你为宇宙而在?
哎呀!怎么总是可望而不可即!
月儿呀月儿!难道我不应该爱你?
难道我们永远便是这样隔着?
月儿,你又总爱涎着脸皮跟着我;
等我被你媚狂了,要拿你下来,
却总攀你不到。唉!这样狠又这样乖!

月啊!你怎同天帝一样地残忍!
我要白日照我这至诚的丹心,
狰狞的怒雷又砰訇地吼我;
我在落雁峰前几次朝拜帝座,①
额撞裂了,嗓叫破了,阊阖还不开。
吾爱啊!帝旁擎着雉扇的吾爱!
你可能问帝,我究犯了哪条天律?
把我谪了下来,还不召我回去?②
帝啊!帝啊!我这罪过将永不能赎?
帝呀!我将无期地囚在这痛苦之窟?"

---

① "李白登华山落雁峰曰:'此山最高,呼吸之气想通天帝座矣。恨不携谢朓惊人诗来搔首问青天耳!'"——《云仙杂记》。
② 贺知章称白为"谪仙人"。——均作者原注

又圆又大的热泪滚向膨胀的胸前,
却有水银一般地沉重与灿烂;
又像是刚同黑云碰碎了的明月
溅下来点点的残屑,炫目的残屑。

"帝呀!既遣我来,就莫生他们!"他又讲,
"他们,那般妖媚的狐狸,猜狠的豺狼!
我无心作我的诗,谁想着骂人呢?
他们小人总要忍心地吹毛求疵,
说那是讥诮伊的。哈哈!这真是笑话!
他是个什么人?他是个将军吗?
将军不见得就不该替我脱靴子。
唉!但是我为什么要作那样好的诗?
这岂不自作的孽,自招的罪?……①
哪里?我哪里配得上谈诗?不配,不配;
谢玄晖才是千古的大诗人呢!——
那吟'余霞散成绮,澄江净如练'的
谢将军,诗既作的那么好——真好!——
但是哪里像我这样地坎坷潦倒?"②
然后,撑起胸膛,他长长地叹了一声。
只自身的影子点点头,再没别的同情?
这叹声,便似平远的沙汀上一声鸟语,
叫不应回音,只悠悠地独自沉没,
终于无可奈何,被宽嘴的寂静吞了。

---

① 高力士以脱靴事蓄怨于白。玄宗尝与太真赏花于沉香亭,诏白为乐章;白作《清平调》以献。力士摘之以谮于太真。自是帝每欲重用白,辄为太真所阻。——见《唐书》本传。
② 白生平最服膺谢朓,诗中屡次称道。有句云:"解道'澄江净如练',令人长忆谢玄晖。"

"啊'澄江净如练,'这种妙处谁能解道?
记得那回东巡浮江底一个春天——①
两岸旌旗引着腾龙飞虎回绕碧山——
果然如是,果然是白练满江……
唔? 又讲起他的事了? 冤枉啊! 冤枉!
夜郎有的是酒,有的是月,我岂怨嫌?②
但不记得那天夜半,我被捉上楼船!③
我企望谈谈笑笑,学着仲连安石们,
替他们解决些纷纠,扫却了胡尘④。
哈哈! 谁又知道他竟起了野心呢?
哦,我竟被人卖了! 但一半也怪我自身!"

这样他便将那成灰的心渐渐扇着,
到底又得痛饮一顿,浇熄了愁底火,
谁知道这愁竟像田单底火牛一般:
热油淋着,狂风煽着,越奔火越燃,
毕竟虽烧焦了骨肉,牺牲了生命,
那束刃的采帛却焕成五色的龙文:
如同这样,李白那煎心烙肺的愁焰,
也便烧得他那幻象底轮子急转,
转出了满牙齿上攒着的"丽藻春葩"。
于是他又讲,"月儿! 若不是你和他,"
手指着酒壶,"若不是你们的爱护,

---

① 白尝依永王璘;有《永王东巡歌十一首》。
② 永王作乱,事败;白流于夜郎。
③ "半夜水军来,……迫胁上楼船。"——《赠江夏太守》。——均作者原注
④ "但用东山谢安石,为君谈笑静胡沙。"——《永王东巡歌》;"所冀旄头灭,功成追鲁连。"——《在水军宴赠幕府诸公》。——均作者原注

我这生活可不还要百倍地痛苦?
啊!可爱的酒!自然赐给伊的骄子——
诗人的恩俸!啊,神奇的射愁底弓矢!
开启琼宫底管钥!琼宫开了:
那里有鸣泉漱石,玲鳞怪羽,仙花逸条;
又有琼瑶的轩馆同金碧的台榭;
还有吹不满旗的灵风推着云车,
满载霓裳缥缈,彩珮玲珑的仙娥,
给人们颂送着驰魂宕魄的天乐。
啊!是一个绮丽的蓬莱底世界,
被一层银色的梦轻轻地锁着在!"

"啊!月呀!可望而不可即的明月!
当我看你看得正出神的时节,
我只觉得你那不可思议的美艳,
已经把我全身溶化成水质一团,
然后你那提挈海潮底全副的神力,
把我也吸起,浮向开遍水钻花的
碧玉的草场上;这时我肩上忽展开
一双翅膀,越张越大,在空中徘徊,
如同一只大鹏浮游于八极之表。①
哦,月儿,我这时不敢正眼看你了!
你那太强烈的光芒刺得我心痛。……
忽地一阵清香揽着我的鼻孔,
我吃了一个寒噤,猛开眼一看,……
哎呀!怎地这样一副美貌的容颜!

---

① "余昔于江陵,见天台司马子微,谓余有仙风道骨,可与神游八极之表。因著大鹏遇希有鸟赋以自广。……"——《大鹏赋序》。——作者原注

丑陋的尘世！你哪有过这样的副本？
啊！布置得这样调和，又这般端正，
竟同一阕鸾凤和鸣底乐章一般！
哦，我如何能信任我的这双肉眼？
我不相信宇宙间竟有这样的美！
啊，大胆的我哟，还不自惭形秽，
竟敢现于伊前！——啊！笨愚呀糊涂！——
这时我只觉得头昏眼花，血凝心沵；
我觉得我是污烂的石头一块，
被上界底清道夫抛掷下来，
掷到一个无垠的黑暗的虚空里，
坠降，坠降，永无着落，永无休止！"

月儿初还在池下丝丝柳影后窥看，
像沐罢的美人在玻璃窗口晾发一般；
于今却已姗姗移步出来，来到了池西；
夜飔底私语不知说破了什么消息，
池波一皱，又惹动了伊娴静的微笑。
沉醉的诗人忽又战巍巍地站起了，
东倒西歪地挨到池边望着那晶波。
他看见这月儿，他不觉惊讶地想着：
如何这里又有一个伊呢？奇怪！奇怪！
难道天有两个月，我有两个爱？
难道刚才伊送我下来时失了脚；
掉在这池里了吗？——这样他正疑着……
他脚底下正当活泼的小涧注入池中，
被一丛刚劲的菖蒲鲠塞了喉咙，
便咯咯地咽着，像喘不出气的呕吐。
他听着吃了一惊，不由得放声大哭：

"哎呀！爱人啊！淹死了,已经叫不出声了!"
他翻身跳下池去了,便向伊一抱,
伊已不见了,他更惊慌地叫着,
却不知道自己也叫不出声了!
他挣扎着向上猛踊,再昂头一望,
又见圆圆的月儿还平安地贴在天上。
他的力已尽了,气已竭了,他要笑,
笑不出了,只想道:"我已救伊上天了!"

剑　　匣

I built my soul a lordly pleasure-house,
　　Wherein at ease for aye to dwell,
　　……
And "While the world runs round and round", I said,
　　"Reign thou apart, a quiet king,
Still as, while saturn whirls, his steadfast shade
　　Sleeps on his luminous ring".
To which my soul made answer readily:
　　"Trust me in bliss I shall abide
In this great mansion, that is built for me,
　　So royal-rich and wide".

　　　　　　　　　　——Tennyson

在生命底大激战中,
我曾是一名盖世的骁将。
我走到四面楚歌底末路时,
并不同项羽那般顽固,
定要投身于命运底罗网。

但我有这绝岛作了堡垒,
可以永远驻扎我的退败的心兵。
在这里我将养好了我的战创,
在这里我将忘却了我的仇敌。

在这里我将作个无名的农夫,
但我将让闲情底芜蔓
蚕食了我的生命之田。
也许因为我这肥泪底无心的灌溉,
一旦芜蔓还要开出花来呢?
那我就镇日徜徉在田塍上,
饱喝着他们的明艳的色彩。

我也可以作个海上的渔夫:
我将撒开我的幻想之网。
在寥阔的海洋里;
在放网收网之间,
我可以坐在沙岸上做我的梦,
从日出梦到黄昏……
假若撒起网来,不是一些鱼虾,
只有海树珊瑚同含胎的老蚌,
那我却也喜出望外呢。
有时我也可佩佩我的旧剑,
跛进山去作个樵夫。
但群松舞着葱翠的干戚,
雍容地唱着歌儿时,
我又不觉得心悸了。
我立刻套上我的宝剑,
在空山里徘徊了一天。

有时看见些奇怪的彩石,
我便拾起来,带了回去;
这便算我这一日底成绩了。

但这不是全无意识的。
现在我得着这些材料,
我真得其所了;
我可以开始我的工匠生活了,
开始修葺那久要修葺的剑匣。

我将摊开所有的珍宝,
陈列在我面前,
一样样的雕着,镂着,
磨着,重磨着……
然后将他们都镶在剑匣上,——
用我的每出的梦作蓝本,
镶成各种光怪陆离的图画。
我将描出白面美髯的太乙①
卧在粉红色的荷花瓣里,
在象牙雕成的白云里飘着。
我将用墨玉同金丝
制出一只雷纹镶嵌的香炉;
那炉上炷着袅袅的篆烟,
许只可用半透明的猫儿眼刻着。
烟痕半消未灭之处,
隐约地又升起了一个玉人,
仿佛是肉袒的维纳司呢……

---

① 太一,神名,也作泰乙。《史记·封禅书》:"天神贵者太乙。"——作者原注

这块玫瑰玉正合伊那肤色了。

晨鸡惊耸地叫着,
我在蛋白的曙光里工作,
夜晚人们都睡去,我还作着工——
烛光抹在我的直陡的额上,
好像紫铜色的晚霞
映在精赤的悬崖上一样。

我又将用玛瑙雕成一尊梵像,
三首六臂的梵像,
骑在鱼子石的象背上。
珊瑚作他口里含着的火,
银线辫成他腰间缠着的蟒蛇,
他头上的圆光是块琥珀的圆璧。
我又将镶出一个瞎人
在竹筏上弹着单弦的古瑟。
(这可要镶得和王叔远底
桃核雕成的赤壁赋一般精细)。
然后让翡翠,蓝卍玉,紫石瑛,
错杂地砌成一片惊涛骇浪;
再用碎砾的螺钿点缀着,
那便是涛头闪目的沫花了。
上面再笼着一张乌金的穹窿,
只有一颗宝钻的星儿照着。

春草绿了,绿上了我的门阶,
我同春一块儿工作着;
蟋蟀在我床下唱着秋歌,

我也唱着歌儿作我的活。

我一壁工作着,一壁唱着歌:
我的歌里的律吕
都从手指尖头流出来,
我又将他制成层叠的花边:
有盘龙,对凤,天马,辟邪底花边,
有芝草,玉莲,卍字,双胜底花边,
又有各色的汉纹边
套在最外的一层边外。

若果边上还缺些角花,
把蝴蝶嵌进去应当恰好。
玳瑁刻作梁山伯,
璧玺刻作祝英台,
碧玉,赤瑛,白玛瑙,蓝琉璃,……
拼成各种彩色的凤蝶。
于是我的大功便告成了!

哦,我的大功告成了!
你不要轻看了我这些工作!
这些不伦不类的花样,
你该知道不是我的手笔,
这都是梦底原稿底影本。
这些不伦不类的色彩,
也不是我的意匠底产品,
是我那芜蔓底花儿开出来的。
你不要轻看了我这些工作哟!

哦,我的大功告成了!
我将抽出我的宝剑来——
我的百炼成钢的宝剑,
吻着他,吻着他……
吻去他的锈,吻去他的伤疤;
用热泪洗着他,洗着他……
洗净他上面的血痕,
洗净他罪孽底遗迹;
又在龙涎香上熏着他,
熏去了他一切腥膻的记忆。
然后轻轻把他送进这匣里,
唱着温柔的歌儿,
催他快在这艺术之宫中酣睡。

哦,哦,我的大功告成了!
我的大功终于告成了!
人们的匣是为保护剑底锋芒,
我的匣是要藏他睡觉的。
哦,我的剑匣修成了,
我的剑有了永久的归宿了!

哦,我的剑要归寝了!
我不要学轻佻的李将军,
拿他的兵器去射老虎,
其实只射着一块僵冷的顽石。
哦,我的剑要归寝了!
我也不要学迂腐的李翰林,
拿他的兵器去割流水,
一壁割着,一壁水又流着。

哦,我的兵器只要韬藏,
我的兵器只要酣睡。
我的兵器不要斩芟奸横,
我知道奸横是僵冷的顽石一堆;
我的兵器也不要割着愁苦,
我知道愁苦是割不断的流水。

哦,我的大功告成了!
让我的宝剑归寝了!
我岂似滑头的汉高祖,
拿宝剑斫死了一条白蛇,
因此造一个谣言,
就骗到了一个天下?
哦!天下,我早已得着了啊!
我早坐在艺术底凤阙里,
像大舜皇帝,垂裳而治着
我的波希米亚的世界了啊!
哦!让我的宝剑归寝吧!
我又岂似无聊的楚霸王,
拿宝剑斫掉多少的人头,
一夜梦回听着恍惚的歌声,
忽又拥着爱姬,抚着名马,
提起原剑来刎了自己的颈?

哦!但我又不妨学了楚霸王,
用自己的宝剑自杀了自己。
不过果然我要自杀,
定不用这宝剑底锋芒。
我但愿展玩着这剑匣——

展玩着我这自制的剑匣,
我便昏死在他的光彩里!
哦,我的大功告成了!
我将让宝剑在匣里睡着觉,
我将摩抚着这剑匣,
我将宠媚着这剑匣——
看着缠着神蟒的梵像,
我将巍巍地抖颤了,
看看筏上鼓瑟的瞎人,
我将号咷地哭泣了;
看看睡在荷瓣里的太乙,
飘在篆烟上的玉人,
我又将迷迷地嫣笑了呢!

哦,我的大功告成了!
我将让宝剑在匣里睡着。
我将看着他那光怪的图画,
重温我的成形的梦幻,
我将看着他那异彩的花边,
再唱着我的结晶的音乐。

啊!我将看着,看着,看着,
看到剑匣战动了,
模糊了,更模糊了,
一个烟雾弥漫的虚空了,……

哦!我看到肺脏忘了呼吸,
血液忘了流驶,
看到眼睛忘了看了。

哦！我自杀了！
我用自制的剑匣自杀了！
哦哦！我的大功告成了！

西　岸①

He has a lusty Spring, when fancy clear
Takes in all beauty within an easy span.

——Keats

这里是一道河，一道大河，
宽无边，深无底；
四季里风姨巡遍世界，
便回到河上来休息；
满天糊着无涯的苦雾，
压着满河无期的死睡。
河岸下酣睡着，河岸上
反起了不断的波澜，
啊！卷走了多少的痛苦！
淘尽了多少的欣欢！
多少心被羞愧才鞭驯，
一转眼被虚荣又煽癫！
鞭下去，煽起来，
又莫非是金钱底买卖。
黑夜哄着聋瞎的人马，
前潮刷走，后潮又挟回。
没有真，没有美，没有善，

---

① 此诗最初发表时无济慈的引诗，不分行。

更哪里去找光明来!

但不怕那大泽里
风波怎样凶,水兽怎样猛,
总难惊破那浅水芦花里
那些山草的幽梦,——
一样的,有个人也逃脱了
河岸上那纷纠的樊笼。
他见了这宽深的大河,
便私心唤醒了些疑义:
分明是一道河,有东岸,
岂有没个西岸底道理?
啊!这东岸底黑暗恰是那
西岸底光明底影子。

但是满河无期的死睡,
撑着满天无涯的雾幕;
西岸也许有,但是谁看见?
哎……这话也不错。
"恶雾遮不住我,"心讲道,
"见不着,那是目底过!"
有时他忽见浓雾变得
绯样薄,在风翅上荡漾;
雾缝里又筛出些
丝丝的金光洒在河身上。
看!那里!可不是个大鼋背?
毛发又长得那样长。

不是的!倒是一座小岛,

戴着一头的花草：
看！灿烂的鱼龙都出来
晒甲胄，理须桡；
鸳鸯洗刷完了，喙子
插在翅膀里，睡着觉了。
鸳鸯睡了，百鳞退了——
满河一片凄凉；
太阳也没兴，卷起了金练，
让雾帘重往下放：
恶雾瞪着死水，一切的
于是又同从前一样。

"啊！我懂了，我何曾见着
那美人的容仪？
但猜着蠕动的绣裳下，
定有副美人的肢体。
同一理：见着的是小岛，
猜着的是岸西。"

"一道河中一座岛，河西
一盏灯光被岛遮断了。"
这语声到处是，有些人
鹦哥样，听熟了，也会叫；
但是那多数的人
不笑他发狂，便骂他造谣。

也有人相信他，但还讲道：
"西岸地岂是为东岸人？
若不然，为什么要划开

一道河,这样宽又这样深?"
有人讲:"河太宽,雾正密。
找条陆道过去多么稳!"
还有人明晓得道儿
只有这一条,单恨生来错——
难学那些鸟儿飞着渡,
难学那些鱼儿划着过,
却总都怕说得:"搭个桥,
穿过岛,走着过!"为什么?

雨 夜 篇

"千林风雨莺求友。"
——黄庭坚

雨　　夜①

几朵浮云,仗着雷雨的势力,
把一天底星月都扫尽了。
一阵狂风还喊来要捉那软弱的树枝,
树枝拼命地扭来扭去,
但是无法躲避风的爪子。

凶狠的风声,悲酸的雨声——

---

① 此诗最早见于闻一多自编而未发表的《真我集》,在收入《红烛》时,加了黄庭坚的诗句作为《雨夜篇》的题引,将三节删改为两节,字句也作了修改。

我一壁听着,一壁想着:
假使梦这时要来找我,
我定要永远拉着他,不放他走;
还要剜出我的心来送他作赘礼,
他要收我作个莫逆的朋友。
风声还在树里呻吟着,
泪痕满面的曙天白得可怕,
我的梦依然没有做成。
哦!原来真的已被我厌恶了,
假的就没他自身的尊严吗?

雪①

夜散下无数茸毛似的天花,
织成一件大氅,
轻轻地将憔悴的世界,
从头到脚地包了起来:
又加了死人一层殓衣。

伊将一片鱼鳞似的屋顶埋起了,
却总埋不住那屋顶上的青烟缕。
啊!缕缕蜿蜒的青烟啊!
仿佛是诗人向上的灵魂,
穿透自身的躯壳:直向天堂迈往。

高视阔步的风霜蹂躏世界,

---

① 此诗最初编入《真我集》,在收入《红烛》公开发表时作了较大的修改,删去了最后的两节和诗后的说明。

森林里抖颤的众生战斗多时,
最末望见伊的白氅,
都欢声喊道:"和平到了,奋斗成功了!
这不是冬投降底白旗吗?"①

睡　　者②

灯儿灭了,人儿在床;
月儿底银潮
沥过了叶缝,冲进了洞窗,
射到睡觉的双靥上,
跟他亲了嘴儿又偎脸,
便洗净一切感情的表象,
只剩下了如梦幻的天真,
笼在那连耳目口鼻
都分不清的玉影上。
啊!这才是人底真色相!
这才是自然底真创造!

---

① 在《真我集》中,"……和平来了!"一行以下,被删除的两节诗和诗后"附记"全文如下:
　"'平时最污秽的粪土,经他底一番变化,
　现在也要蓄起他底充分的精力,
　贡献到青春,供它底生育底发展。

　啊!自然底仁爱底结晶!
　它底足迹所到,就是光明。
　世界底百恶,一经它底斋戒沐浴,
　都可以重见天日,再造生命!'

　有一次作文课底题是《赏雪歌》,我就试了一首白话诗。赵瑞侯先生底评语讲:'生本风骚中后起之秀,似不必趋赴潮流。'真是可笑,特地把它录下来。"
② 此诗在《真我集》中原题为《月亮和人》,收入《红烛》公开发表时改为现题。

自然只此一副模型；
铸了月面,又铸人面。

哦!但是我爱这睡觉的人,
他醒了我又怕他呢!
我越看这可爱的睡容,
想起那醒容,越发可怕。
啊!让我睡了,躲脱他的醒吧!
可是瞌睡像只秋燕,
在我眼帘前掠了一周,
忽地翻身飞去了,
不知几时才能得回来呢?①

月儿,将银潮密密地酌着!
睡觉的,撑开枯肠深深地喝着!
快酌,快喝!喝着,睡着!
莫又醒了,切莫醒了!
但是还响点擂着,鼙雷!
我只爱听这自然底壮美底回音,
它警告我这时候
那人心宫的禁闼大开,
上帝在里头登极了!

---

① 《真我集》中的《月亮和人》的最后一节全文如下:
"我爱月亮,
怎能不爱这睡觉的人呢?
但是有人说:
'月亮可以爱,
人爱不得'。"
在《红烛》中发表的《睡者》又增写了此节和下节,内容也有较大的改动。

黄　昏①

太阳辛苦了一天，
赚得一个平安的黄昏，
喜得满面通红，
一气直往山洼里狂奔。

黑暗好比无声的雨丝，
慢慢往世界上飘洒……
贪睡的合欢叠拢了绿鬓，钩下了柔颈，
路灯也一齐偷了残霞，换了金花；
单剩那喷水池
不怕惊破别家底酣梦，
依然活泼泼地高呼狂笑，独自玩耍。

饭后散步的人们，
好像刚吃饱了蜜的蜂儿一窠，
三三五五的都往
马路上头，板桥栏畔飞着。
嗡……嗡……嗡……听听唱的什么——
　　是花色底美丑？
　　是蜜味底厚薄？
　　是女王底专制？
　　是东风底残虐？

---

① 此诗也是收入作者自编而未发表的《真我集》中的一首。收入《红烛》时，作了较大修改。

啊！神秘的黄昏啊！
问你这首玄妙的歌儿，
这辈嚣喧的众生
谁个唱的是你的真义？

时间底教训

太阳射上床，惊走了梦魂，
昨日底烦恼去了，今日底还没来呢。
啊！这样肥饱的鹑声，
稻林里撞挤出来——来到我心房酿蜜，
还同我的，万物的蜜心，
融合作一团快乐——生命底惟一真义。

此刻时间望我尽笑，
我便合掌向他祈祷："赐我无尽期！"
可怕！那笑还是冷笑；
哪里？他把眉尖锁起，居然生了气。

"地得！地得！"听那壁上的钟声，
果同快马狂蹄一般地奔腾。
那骑者还仿佛吼着：
"尽可多多创造快乐去填满时间；
哪可活活缚着时间来陪着快乐？"

二 月 庐

面对一幅淡山明水的画屏，
在一块棋盘似的稻田边上，

蹲着一座看棋的瓦屋——
紧紧地被捏在小山底拳心里。

柳荫下睡着一口方塘;
聪明的燕子——伊唱歌儿
偏找到这里,好听着水面的
回声,改正音调底错儿。

燕子!可听见昨夜那阵冷雨?
西风底信来了,催你快回去。
今年去了,明年,后年,后年以后,
一年回一度的还是你吗?
啊?你的爆裂得这样音响,
迸出些什么压不平的古愁!
可怜的鸟儿,你诉给谁听?
哪知道这个心也碎了哦!

印　　象

一望无涯的绿茸茸的——
是青苔?是蔓草?是禾稼?是病眼发花?——
只在火车窗口像走马灯样旋着?
仿佛死在痛苦底海里泅泳——
他的披毛散发的脑袋
在喑哑无声的绿波上飘着——
是簇簇的杨树林攒出禾面。

绿杨遮着作工的——神圣的工作!
骍红的赤膊摇着枯涩的辘轳,

向地母哀求世界底一线命脉。
白杨守着休息的——无上的代价！——
孤另另的一座秃头的黄土堆，
拥着一个安闲，快乐，了无知识的灵魂，
长眠，美睡，禁止百梦底纷扰。
啊！神圣的工作！无上的代价！

美 与 爱

窗子里吐出娇嫩的灯光——
两行鹅黄染的方块镶在墙上；
一双枣树底影子，像堆大蛇，
横七竖八地睡满了墙下。

啊！那颗大星儿！嫦娥底侣伴！
你无端绊住了我的视线；
我的心鸟立刻停了他的春歌，
因他听了你那无声的天乐。

听着，他竟不觉忘却了自己，
一心只要飞出去找你，
把监牢底铁槛也撞断了；
但是你忽然飞地不见了！

屋角底凄风悠悠叹了一声，
惊醒了懒蛇滚了几滚；
月色白得可怕，许是恼了？
张着大嘴的窗子又像笑了！

可怜的鸟儿,它如今回了,
嗓子哑了,眼睛瞎了,心也灰了;
两翅洒着滴滴的鲜血——
是爱底代价,美底罪孽!

快　　乐

快乐好比生机:
生机底消息传到绮甸,①
群花便立刻
披起五光十色的绣裳。

快乐跟我的
灵魂接了吻,我的世界
忽变成天堂,
住满了柔艳的安琪儿!②

诗　　人

人们说我有些像一颗星儿,
无论怎样光明,只好作月儿底伴,
总不若灯烛那样有用——
还要照着世界作工,不徒是好看。

人们说春风把我吹燃,是火样的薇花,

---

① 绮甸,通译作伊甸园,犹太教、基督教《圣经》故事中人类始祖亚当和夏娃居住的乐园。
② 安琪儿,英文 angel 的音译,意为天使。在西方文学中常被用为天真、美丽、纯洁的象征。

再吹一口,便变成了一堆死灰;
剩下的叶儿像铁甲,刺儿像蜂针,
谁敢抱进他的赤裸的胸怀?

又有些人比我作一座遥山:
他们但愿远远望见我的颜色,
却不相信那白云深处里,
还别有一个世界——一个天国。

其余的人或说这样,或说那样,
只是说得对的没有一个。
"谢谢朋友们!"我说,"不要管我了,
你们那样忙,哪有心思来管我?
你们在忙中觉得热闷时,
风儿吹来,你们无心地喝下了,
也不必问是谁送来的,
自然会觉得他来的正好!"

风　　波①

我戏将沉檀焚起来祀你,
哪知他会烧的这样狂!
他虽散满一世界底异香,
但是你的香吻没有抹尽的
那些渣滓,却化作了云雾
满天,把我的两眼障瞎了;
我看不见你,便放声大哭,

---

① 此诗初发表时题为《爱的风波》,收入《红烛》时改为此题。

像小孩寻不见他的妈了。
立刻你在我耳旁低声地讲:
(但你的心也雷样的震荡)
"在这里;大惊小怪地闹些什么?
一个好教训哦!"说完了笑着。
爱人,这戏禁不得多演,
让你的笑焰把我的泪晒干!

幻中之邂逅

太阳落了,责任闭了眼睛,
屋里朦胧的黑暗凄酸的寂静,
钩动了一种若有若无的感情,
——快乐和悲哀之间底黄昏。

仿佛一簇白云,濛濛漠漠,
拥着一只素氅朱冠的仙鹤——
在方才淌进的月光里浸着,
那娉婷的模样就是她么?

我们都还没吐出一丝儿声响;
我刚才无心地碰着她的衣裳,
许多的秘密,便同奔川一样,
从这摩触中不歇地冲洄来往。

忽地里我想要问她到底是谁,
抬起头来……月在哪里?人在哪里?
从此狰狞的黑暗,咆哮的静寂,
便扰得辗转空床,通夜无睡。

回　　顾

九年底清华底生活,
回头一看——
是秋夜里一片沙漠,
却露着一颗萤火,
越望越光明,
四围是迷茫莫测的凄凉黑暗。
这是红惨绿娇的暮春时节:
如今到了荷池——
寂静底重量正压着池水
连面皮也皱不动——
一片死静!
忽地里静灵退了,
镜子碎了,
个个都喘气了。
看!太阳底笑焰——一道金光,
滤过树缝,洒在我额上;
如今羲和替我加冕了,
我是全宇宙底王!

志　　愿

马路上歌啸的人群
泛滥横流着,
好比一个不羁的青年底意志。

银箔似的溪面一意地

要板平他那难看的皱纹。
两岸底绿杨争着
迎接视线到了神秘的尽头——
原来哪里是尽头？
是视线的长度不够！
啊！主呀！我过了那道桥以后，
你将怎样叫我消遣呢？
主啊！愿这腔珊瑚似的鲜血
染成一朵无名的野花，
这阵热气又化些幽香给她，
好攒进些路人底心里烘着吧！

只要这样，切莫又赏给我
这一副腥秽的躯壳！
主呀！你许我吗？许了我吧！

失　败

从前我养了一盆宝贵的花儿，
好容易孕了一个苞子，
但总是半含半吐的不肯放开。
我等发了急，硬把他剥开了，
他便一天萎似一天，萎得不像样了。
如今我要他再关上不能了。
我到底没有看见我要看的花儿！

从前我做了一个希奇的梦，
我总嫌他有些太模糊了，
我满不介意，让他震破了；

我醒了,直等到月落,等到天明,
重织一个新梦既织不成,
便是那个旧的也补不起来了。
我到底没有做好我要做的梦!

贡　臣

我的王!我从远方来朝你,
带了满船你不认识的,
但是你必中意的贡礼。
我兴高采烈地航到这里来,
哪里知道你的心……唉!
还是一个涸了的海港!
我悄悄地等着你的爱潮澎涨,
好浮进我的重载的船艘;
月儿圆了几周,花儿红了几度,
还是老等,等不来你的潮头!
我的王!他们讲潮汐有信,
如今叫我怎样相信他呢?

游戏之祸

我酌上蜜酒,烧起沉檀,
游戏着膜拜你:
沉檀烧地太狂了,
我忙着拿蜜酒来浇他;
谁知越浇越烈,
竟惹了焚身之祸呢!

花儿开过了

花儿开过了,果子结完了;
一春底香雨被一夏底骄阳炙干了,
一夏底荣华被一秋底馋风扫尽了。
如今败叶枯枝,便是你的余剩了。

天寒风紧,冻哑了我的心琴;
我惯唱的颂歌如今竟唱不成。
但是,且莫伤心,我的爱,
琴弦虽不鸣了,音乐依然在。

只要灵魂不减,记忆不死,纵使
你的荣华永逝,(这原是没有的事)
我敢说那已消的春梦底余痕,
还永远是你我的生命底生命!

况且永继的荣华,顿刻的凋落——
两两相形,又算得了些什么?
今冬底假眠,也不过是明春底
更烈的生命所必需的休息。

所以不怕花残,果烂,叶败,枝空,
那缜密的爱底根网总没一刻放松;
他总是绊着,抓着,咬着我的心,
他要抽尽我的生命供给你的生命!

爱呀! 上帝不曾因青春底暂退,

就要将这个世界一齐捣毁,
我也不曾因你的花儿暂谢,
就敢失望,想另种一朵来代他!

十一年一月二日作

哎呀!自然底太失管教的骄子!
你那内蕴的灵火!不是地狱底毒火,
如今已经烧得太狂了,
只怕有一天要爆裂了你的躯壳。

你那被爱蜜饯了的肥心,人们讲,
本是为滋养些嬉笑的花儿的,
如今却长满了愁苦底荆棘——
他的根已将你的心越捆越紧,越缠越密。
上帝啊!这到底是什么用意?

唉!你(只有你)真正了解生活底秘密,
你真是生活底惟一的知己,
但生活对你偏是那样地凶残:
你看!又是一个新年!——好可怕的新年!——
张着牙戟齿锯的大嘴招呼你上前;
你退既不能,进又白白地往死嘴里钻!

高步远蹑的命运
从时间底没究竟的大道上踱过;
我们无足轻重的蚁子
糊里糊涂地忙来忙去,不知为什么,
忽地里就断送在他的脚跟底⋯⋯

但是,那也对啊!……死!你要来就快来,
快来断送了这无边的痛苦!
哈哈!死,你的残忍,乃在我要你时,你不来,
如同生,我不要他时,他偏存在!

死

啊!我的灵魂底灵魂!
我的生命底生命,
我一生底失败,一生底亏欠,
如今要都在你身上补足追偿,
但是我有什么
可以求于你的呢?

让我淹死在你眼睛底汪波里!
让我烧死在你心房底熔炉里!
让我醉死在你音乐底琼醪里!
让我闷死在你呼吸底馥郁里!

不然,就让你的尊严羞死我!
让你的酷冷冻死我!
让你那无情的牙齿咬死我!
让那寡恩的毒剑螫死我!

你若赏给我快乐,
我就快乐死了;
你若赐给我痛苦,
我也痛苦死了;

死是我对你惟一的要求,
死是我对你无上的贡献。

深夜底泪

生波停了掀簸;
深夜啊! ——
沉默的寒潭!
澈虚的古镜!

行人啊!
回转头来,
照照你的颜容吧!
啊! 这般憔悴……

轻柔的泪,
温热的泪,
洗得净这仆仆的征尘?
无端地一滴滴流到唇边,
想是要你尝尝它的滋味;
这便是生活底滋味!
枕儿啊!
紧紧地贴着!
请你也尝尝它的滋味。

唉! 若不是你,
这腐烂的骷髅,
往哪里靠啊!

再鼓啊!
一声声这般急切;
便是生活底战鼓吧?
唉!擂断了心弦,
搅乱了生波……

战也是死,
逃也是死,
降了我不甘心。
生活啊!
你可有个究竟?

啊!宇宙底生命之酒,
都将酌进上帝底金樽。
不幸的浮沤!
怎地偏酌漏了你呢?

青春篇

"柳暗花明又一村。"
——陆　游

青　春

青春像只唱着歌的鸟儿,
已从残冬窟里闯出来,
驶入宝蓝的穹窿里去了。

神秘的生命，
在绿嫩的树皮里膨胀着，
快要送出带着鞘子的
翡翠的芽儿来了。

诗人呵！揩干你的冰泪，
快预备着你的歌儿，
也赞美你的苏生吧！

宇　　宙

宇宙是个监狱，
但是个模范监狱；
他的目的在革新，
并不在惩旧。

国　　手

爱人啊！你是个国手；
我们来下一盘棋；
我的目的不是要赢你，
但只求输给你——
将我的灵和肉
输得干干净净！

香　　篆

辗转在眼帘前，

萦回在鼻观里，
锤旋在心窝头——

心爱的人儿啊！
这样清幽的香，
只堪供祝神圣的你：

我祝你黛发长青！
又祝你朱颜长姣！
同我们的爱万寿无疆！

春　　寒

春啊！
正似美人一般，
无妨瘦一点儿！

春之首章

浴人灵魂的雨过了：
薄泥到处啮人底鞋底。
凉飔挟着湿润的土气
在鼻蕊间正冲突着。

金鱼儿今天许不大怕冷了？
个个都敢于浮上来呢！

东风苦劝执拗的蒲根，
将才睡醒的芽儿放了出来。

春雨过了,芽儿刚抽到寸长,
又被池水偷着吞去了。
亭子角上几根瘦硬的
还没有赶上春的榆枝,
印在鱼鳞似的天上;
像一页淡蓝的朵云笺,
上面涂了些僧怀素底
铁画银钩的草书。

丁香枝上豆大的蓓蕾,
包满了包不住的生意,
呆呆地望着寥阔的天宇,
盘算它明日底荣华——
仿佛一个出神的诗人
在空中编织未成的诗句。

春啊!明显的秘密哟!
神圣的魔术哟!

啊!我忘了我自己,春啊!
我要提起我全身底力气,
在你那绝妙的文章上
加进这丑笨的一句哟!

春之末章

被风惹恼了的粉蝶,
试了好几处底枝头,
总抱不大稳,率性就舍开,

忽地不知飞向哪里去了。
啊！大哲底梦身啊！
了无粘滞的达观者哟！

太轻狂了哦！杨花！
依然吩咐雨丝粘住吧。
娇绿的坦张的荷钱啊！
不息地仰面朝上帝望着，
一心地默祷并且赞着他——
只要这样，总是这样，
开花结实底日子便快了。

一气的酣绿里忽露出
一角汉纹式的小红桥，
真红得快叫出来了！

小孩儿们也太好玩了啊！
镇日里蓝的白的衫子
骑满竹青石栏上垂钓。
他们的笑声有时竟脆得像
坍碎了一座琉璃宝塔一般。
小孩们总是这样好玩呢！

绿纱窗里筛出的琴声，
又是画家脑子里经营着的
一帧美人春睡图：
细熨的柔情，娇羞的倦致，
这般如此，忽即忽离，
啊！迷魂的律吕啊！

音乐家啊！垂钓的小孩啊！
我读完这春之宝笈底末章,
就交给你们永远管领着吧！

钟　　声

钟声报得这样急——
时间之海底记水标哦！
是记涨呢,还是记落呢！——
是报过去底添长呢？
还是报未来的消缩呢？

爱 之 神
　　——题画

啊！这么俊的一副眼睛——
两潭渊默的清波！
可怜孱弱的游泳者哟！
我告诉你回头就是岸了！

啊！那潭岸上的一带榛薮,
好分明的黛眉啊！
那鼻子,金字塔式的小丘,
恐怕就是情人底茔墓吧？

那里,不是两扇朱扉吗？
红得像樱桃一样,
扉内还露着编贝底屏风。

这里又不知安了什么陷阱!

啊!莫非是绮甸之乐园?
还是美底家宅,爱底祭坛?
吓!不是,都不是哦!
是死魔盘踞着的一座迷宫!

谢罪以后

朋友,怎样开始?这般结局?
"谁实为之?"是我情愿,是你心许?
朋友,开始结局之间
演了一出浪漫的悲剧;
如今戏既演完了,
便将那一页撕了下去,
还剩下了一部历史,
恐十倍地庄严,百般地丰富,——
是更生底灵剂,乐园底基础!

朋友!让舞台上的经验,短短长长,
是恩爱,是仇雠,尽付与时间底游浪。
若教已放下来的绣幕,
永作隔断记忆底城墙;
台上的记忆尽可隔断,
但还有一篇未成的文章,
是在登台以前开始作的。
朋友!你为什么不让他继续添长,
完成一件整的艺术品?你试想想!

朋友！我们来勉强把悲伤葬着，
让我们的胸膛做了他的坟墓；
让忏悔蒸成湿雾，
糊湿了我们的眼睛也可；
但切莫把我们的心，
冷的变成石头一个，
让可怕的矜骄底刀子
在他上面磨成一面的锋，两面的锷。
朋友，知道成锋的刀有个代价么？

忏　　悔

啊！浪漫的生活啊！
是写在水面上的个"爱"字，
一壁写着，一壁没了；
白搅动些痛苦底波轮。

黄　　鸟

哦！森林底养子，
太空的血胤
不知名的野鸟儿啊！

黑缎底头帕，
蜜黄的羽衣
镶着赤铜底喙爪——
啊！一只鲜明的火镞，
那样癫狂地射放，
射翻了肃静的天宇哦！

像一块雕镂的水晶,
艺术纵未完成,
却永映着上天底光彩——
这样便是他吐出的
那阒雅健的音乐呀!
啊!希腊式的雅健!

野心的鸟儿啊!
我知道你喉咙里的
太丰富的歌儿
快要噎死你了:
但是从容些吐着!
吐出那水晶的谐音,
造成艺术之宫,
让一个失路的灵魂
早安了家吧!

艺术底忠臣

无数的人臣,仿佛真珠
攒在艺术之王底龙衮上,
一心同赞御容底光采;
其中只有济慈一个人
是群龙拱抱的一颗火珠,
光芒赛过一切的珠子。

诗人底诗人啊!
满朝底冠盖只算得

些艺术底名臣,
只有你一人是个忠臣。
"美即是真,真即美。"
我知道你那栋梁之材,
是单给这个真命天子用的;
别的分疆割据,属国偏安,
哪里配得起你哟!

啊!"鞠躬尽瘁,死而后已":
真个做了艺术底殉身者!
忠烈的亡魂啊!
你的名字没写在水上,①
但铸在圣朝底宝鼎上了!

初夏一夜底印象
——一九二二年五月直奉战争时

夕阳将诗人交付给烦恼的夜了,
叮咛道:"把你的秘密都吐给他了吧!"

紫穹窿下洒着碎了的珠子——
诗人想:该穿成一串,挂在死的胸前。

阴风底冷爪子刚扒过饿柳底枯发,
又将池里的灯影儿扭成几道金蛇。

---

① 水上见济慈底"Ode to a grecian urn"。济慈自撰的墓铭曰:"这儿有一个人底名字写在水上了!"——作者原注

贴在山腰下佝偻的可怕的老柏,
挈着黑瘦的拳头硬和太空挑衅。

失睡的蛙们此刻应该有些倦意了,
但依旧努力地叫着水国底军歌。

个个都吠得这般沉痛,村狗啊!
为什么总骂不破盗贼底胆子?

嚼火漱雾的毒龙在铁梯上爬着,
驮着黑色号衣的战争,吼的要哭了。

铜舌的报更的磬,屡次安慰世界,
请他放心睡去,……世界哪肯相信他哦!

上帝啊! 眼看着宇宙糟蹋到这样,
可也有些寒心吗?仁慈的上帝哟!

诗　　债

小小的轻圆的诗句,
是些当一的制钱——
在情人底国中
贸易死亡底通宝。

爱啊!慷慨的债主啊!
不等我偿清诗债
就这么匆忙地去了,
怎样也挽留不住。

但是字串还没毁哟!
这永欠的本钱,
仍然在我帐本上,
息上添息地繁衍。

若有一天你又回来,
爱啊! 要做 Shylock① 吗?
就把我心上的肉,
和心一起割给你吧!

红荷之魂

序

　　盆莲饮雨初放,折了几枝,供在案头,又听侄辈读周茂叔底《爱莲说》,便不由得不联想及于三千里外《荷花池畔》底诗人。赋此寄呈实秋,兼上景超及其他在西山的诸友。

太华玉井底神裔啊!
不必在污泥里久恋了。
这玉胆瓶里的寒浆有些洌骨吗?
那原是没有堕世的山泉哪!

高贤底文章啊! 雏凤底律吕啊!

---

① 夏洛克,莎士比亚的戏剧《威尼斯商人》中的主人公,放高利贷的犹太人。

往古来今竟携了手来谀媚着你。
来吧！听听这蜜甜的赞美诗吧！
抱霞摇玉的仙花呀！
看着你的躯体，
我怎能不想到你的灵魂？
灵魂啊！到底又是谁呢？

是千叶宝座上的如来，
还是丈余红瓣中的太乙呢？
是五老峰前的诗人，
还是洞庭湖畔的骚客呢？

红荷底魂啊！
爱美的诗人啊！
便稍许艳一点儿，
还不失为"君子"。
看那颗颗坦张的荷钱啊！
可敬的——向上底虔诚，
可爱的——圆满底个性。
花魂啊！佑他们充分地发育吧！

花魂啊，
须提防着，
不要让菱芡藻荇底势力
蚕食了泽国底版图。

花魂啊！
要将崎岖的动底烟波，
织成灿烂的静底绣锦。

然后,
高蹈的鸬鹚啊!
热情的鸳鸯啊!
水国烟乡底顾客们啊!……
只欢迎你们来
逍遥着,偃卧着;
因为你们知道了
你们的义务。

别　　后

啊!那不速的香吻,
没关心的柔词……
啊!热情献来的一切的赘礼,
当时都大意地抛弃了,
于今却变作记忆底干粮,
来充这旅途底饥饿。

可是,有时同样的馈仪,
当时珍重地接待了,抚宠了;
反在记忆之领土里
刻下了生憎惹厌的痕迹。

啊!谁道不是变幻呢?
顷刻之间,热情与冷淡,
已经百度底乘除了。

谁道不是矛盾呢?
一般的香吻,一样的柔词,

才冷僵了骨髓,
又烧焦了纤维。
恶作剧的疟魔呀!
到底是谁遣你来的?
你在这一隙驹光之间,
竟教我更迭地
作了冰炭底化身!
恶作剧的疟魔哟!

孤雁篇

"天涯涕泪一身遥。"
——杜　甫

孤　雁

不幸的失群的孤客!
谁教你抛弃了旧侣,
拆散了阵字,
流落到这水国底绝塞,
拚着寸磔的愁肠,
泣诉那无边的酸楚?

啊!从那浮云底密幕里,
迸出这样的哀音;
这样的痛苦!这样的热情!

孤寂的流落者!
不须叫喊得哟!
你那沉细的音波,
在这大海底惊雷里,
还不值得那涛头上
溅破的一粒浮沤呢。

可怜的孤魂啊!
更不须向天回首了。
天是一个无涯的秘密,
一幅蓝色的谜语,
太难了,不是你能猜破的。
也不须向海低头了。
这辱骂高天的恶汉,
他的咸卤的唾沫
不要渍湿了你的翅膀,
粘滞了你的行程!

流落的孤禽啊!
到底飞往哪里去呢?
那太平洋底彼岸,
可知道究竟有些什么?

啊!那里是苍鹰底领土——
那鸷悍的霸王啊!
他的锐利的指爪,
已撕破了自然底面目,
建筑起财力底窝巢。
那里只有铜筋铁骨的机械,

喝醉了弱者底鲜血,
吐出些罪恶底黑烟,
涂污我太空,闭熄了日月,
教你飞来不知方向,
息去又没地藏身啊!

流落的失群者啊!
到底要往哪里去?
随阳的鸟啊!
光明底追逐者啊!
不信那腥臊的屠场,
黑黯的烟灶,
竟能吸引你的踪迹!

归来吧,失路的游魂!
归来参加你的伴侣,
补足他们的阵列!
他们正引着颈望你呢。

归来偃卧在霜染的芦林里,
那里有校猎的西风,
将茸毛似的芦花,
铺就了你的床褥
来温暖起你的甜梦。

归来浮游在温柔的港汊里,
那里方是你的浴盆。
归来徘徊在浪舐的平沙上,
趁着溶银的月色

婆娑着戏弄你的幽影。
归来吧,流落的孤禽!
与其尽在这水国底绝塞,
拚着寸磔的愁肠,
泣诉那无边的酸楚,
不如棹翅回身归去吧!

啊!但是这不由分说的狂飙
挟着我不息地前进;
我脚上又带着了一封书信,
我怎能抛却我的使命,
由着我的心性
回身棹翅归去来呢?

太平洋舟中见一明星

鲜艳的明星哪!——
太阴底嫡裔,
月儿同胞的小妹——
你是天仙吐出的玉唾,
溅在天边?
还是鲛人泣出的明珠,
被海涛淘起?

哦!我这被单调的浪声
摇醒了的灵魂,
昏昏睡了这么久,
毕竟被你唤醒了哦,
灿烂的宝灯啊!

我在昏沉的梦中,
你将我唤醒了,
我才知道我已离了故乡,
贬斥在情爱底边徼之外——
飘簸在海涛上的一枚钓饵。

你又唤醒了我的大梦——
梦外包着的一层梦!
生活呀!苍茫的生活呀!
也是波涛险阻的大海哟!
是情人底眼泪底波涛,
是壮士底血液底波涛。

鲜艳的星,光明底结晶啊!
生命之海中底灯塔!
照着我吧!照着我吧!
不要让我碰了礁滩!
不要许我越了航线;
我自要加进我的一勺温泪,
教这泪海更咸;
我自要倾出我的一腔热血,
教这血涛更鲜!

火　柴

这里都是君王底
樱桃艳嘴的小歌童:
有的唱出一颗灿烂的明星,
唱不出的,都拆成两片枯骨。

玄　思

在这黄昏底沉默里，
从我这荒凉的脑子里，
常迸出些古怪的思想，
不伦不类的思想；

仿佛从一座古寺前的
尘封雨渍的钟楼里，
飞出一阵猜怯的蝙蝠，
非禽非兽的小怪物。

同野心的蝙蝠一样，
我的思想不肯只爬在地上，
却老在天空里兜圈子，
圆的，扁的，种种的圈子。

我这荒凉的脑子
在黄昏底沉默里，
常迸出些古怪的思想，
仿佛同些蝙蝠一样。

我是一个流囚

我是个年壮力强的流囚，
我不知道我犯的是什么罪。

黄昏时候，

他们把我推出门外了,
幸福的朱扉已向我关上了,
金甲紫面的门神
举起宝剑来逐我;
我只得闯进缜密的黑暗,
犁着我的道路往前走。

忽地一座壮阁底飞檐,
像只大鹏底翅子
插在浮沤密布的天海上:
卍字格的窗棂里
泻出醺人的灯光,黄酒一般地酽;
哀宕淫热的笙歌,
被激愤的檀板催窘了,
螺旋似地锤进我的心房:
我的身子不觉轻去一半,
仿佛在那孔雀屏前跳舞了。

啊快乐——严懔的快乐——
抽出它的讥诮底银刀,
把我刺醒了;
哎呀!我才知道——
我是快乐底罪人,
幸福之宫里逐出的流囚,
怎能在这里随便打溷呢?

走吧!再走上那没有尽头的黑道吧!
唉!但是我受伤太厉害;
我的步子渐渐迟重了;

我的鲜红的生命,
渐渐染了脚下的枯草!

我是个年壮力强的流囚,
我不知道我犯的是什么罪。

寄怀实秋

泪绳捆住的红烛
已被海风吹熄了;
跟着有一缕犹疑的轻烟,
左顾右盼,
不知往哪里去好。
啊!解体的灵魂哟!
失路底悲哀哟!

在黑暗的严城里,
恐怖方施行它的高压政策:
诗人底尸肉在那里仓皇着,
仿佛一只丧家之犬呢。
莲蕊间酣睡着的恋人啊!
不要灭了你的纱灯:
几时珠箔银绦飘着过来,
可要借给我点燃我的残烛,
好在这阴城里面,
为我照出一条道路。

烛又点燃了,
那时我便作个自然的流萤,

在深更底风露里,
还可以逍遥流荡着,
直到黎明!

莲蕊间酣睡着的骚人啊!
小心那成群打围的飞蛾,
不要灭了你的纱灯哦!

晴　　朝

一个迟笨的晴朝,
比年还现长得多,
像条懒洋洋的冻蛇,
从我的窗前爬过。

一阵淡清的烟云
偷着跨进了街心……
对面的一带朱楼
忽都被他咒入梦境。

栗色汽车像匹骄马
休息在老绿阴中,
瞅着他自身的黑影,
连动也不动一动。

傲霜的老健的榆树
伸出一只粗胳膊,
拿在窗前底日光里,
翻金弄绿,不奈乐何。

除外了一个黑人
薙草,刮刮地响声渐远,
再没有一息声音——
和平布满了大自然,

和平蜷伏在人人心里;
但是在我的心内
若果也有和平底形迹,
那是一种和平底悲哀。

地球平稳地转着,
一切的都向朝日微笑;
我也不是不会笑,
泪珠儿却先滚出来了。

皎皎的白日啊!
将照遍了朱楼底四面;
永远照不进的是——
游子底漆黑的心窝坎!

一个恹病的晴朝!
比年还过得慢,
像条负创的伤蛇,
爬过了我的窗前。①

---

① 最后一节四行系收入《红烛》时增写。

记　忆

记忆溃起苦恼的黑泪
在生活底纸上写满蝇头细字；
生活底纸可以撕成碎片，
记忆底笔迹永无磨灭之时。

啊！友谊底悲剧，希望底挽歌，
情热底战史，罪恶底供状——
啊！不堪卒读的文词哦！
是记忆底亲手笔，悲哀底旧文章！

请弃绝了我吧，拯救了我吧！
智慧哟！勾引记忆底奸细！
若求忘却那悲哀的文章，
除非要你赦脱了你我的关系！

太 阳 吟

太阳啊，刺得我心痛的太阳！
又逼走了游子底一出还乡梦，
又加他十二个时辰底九曲回肠！

太阳啊，火一样烧着的太阳！
烘干了小草尖头底露水，
可烘得干游子底冷泪盈眶？

太阳啊，六龙骖驾的太阳！

省得我受这一天天底缓刑,
就把五年当一天跑完那又何妨?

太阳啊——神速的金乌——太阳!
让我骑着你每日绕行地球一周,
也便能天天望见一次家乡!
太阳啊,楼角新升的太阳!
不是刚从我们东方来的吗?
我的家乡此刻可都依然无恙?

太阳啊,我家乡来的太阳!
北京城里底宫柳裹上一身秋了吧?
唉!我也憔悴的同深秋一样!

太阳啊,奔波不息的太阳!
你也好像无家可归似的呢。
啊!你我的身世一样地不堪设想!

太阳啊,自强不息的太阳!
大宇宙许就是你的家乡吧。
可能指示我我底家乡底方向?

太阳啊,这不像我的山川,太阳!
这里的风云另带一般颜色,
这里鸟儿唱的调子格外凄凉。

太阳啊,生命之火底太阳!
但是谁不知你是球东半底情热,
同时又是球西半底智光?

太阳啊,也是我家乡底太阳!
此刻我回不了我往日的家乡,
便认你为家乡也还得失相偿。

太阳啊,慈光普照的太阳!
往后我看见你时,就当回家一次;
我的家乡不在地下乃在天上!

忆　菊
——重阳前一日作

插在长颈的虾青瓷的瓶里,
六方的水晶瓶里的菊花,
攒在紫藤仙姑篮里的菊花;
守着酒壶的菊花,
陪着螯盏的菊花;
未放,将放,半放,盛放的菊花。

镶着金边的绛色的鸡爪菊;
粉红色的碎瓣的绣球菊!
懒慵慵的江西腊哟;
倒挂着一饼蜂窠似的黄心,
仿佛是朵紫的向日葵呢。
长瓣抱心,密瓣平顶的菊花;
柔艳的尖瓣攒蕊的白菊
如同美人底拳着的手爪,
拳心里攥着一撮儿金粟。

檐前,阶下,篱畔,圃心底菊花:
霭霭的淡烟笼着的菊花,
丝丝的疏雨洗着的菊花,——
金底黄,玉底白,春酿底绿,秋山底紫,……

剪秋萝似的小红菊花儿;
从鹅绒到古铜色的黄菊;
带紫茎的微绿色的"真菊"
是些小小的玉管儿缀成的,
为的是好让小花神儿
夜里偷去当了笙儿吹着。

大似牡丹的菊王到底奢豪些,
他的枣红色的瓣儿,铠甲似的,
张张都装上银白的里子了;
星星似的小菊花蕾儿
还拥着褐色的萼被睡着觉呢。

啊!自然美底总收成啊!
我们祖国之秋底杰作啊!
啊!东方底花,骚人逸士底花呀!
那东方底诗魂陶元亮①
不是你的灵魂底化身吧?
那祖国底登高饮酒的重九
不又是你诞生底吉辰吗?

---

① 陶元亮,即陶潜(365—427),一名陶渊明,字元亮,浔阳柴桑(今江西九江)人,东晋大诗人。平生爱菊,有"采菊东篱下,悠然见南山"之名句。

你不像这里的热欲的蔷薇,
那微贱的紫萝兰更比不上你。
你是有历史,有风俗的花。
啊!四千年的华胄底名花呀!
你有高超的历史,你有逸雅的风俗!

啊!诗人底花呀!我想起你,
我的心也开成顷刻之花,
灿烂的如同你的一样;
我想起你同我的家乡,
我们的庄严灿烂的祖国,
我的希望之花又开得同你一样。

习习的秋风啊!吹着,吹着!
我要赞美我祖国底花!
我要赞美我如花的祖国!
请将我的字吹成一簇鲜花,
金底黄,玉底白,春酿底绿,秋山底紫,……
然后又统统吹散,吹得落英缤纷,
弥漫了高天,铺遍了大地!

秋风啊!习习的秋风啊!
我要赞美我祖国底花!
我要赞美我如花的祖国!

秋　色
（芝加哥洁飓森公园里）

"诗情也似并刀快,

剪得秋光入卷来。"
——陆　游

紫得像葡萄似的涧水
翻起了一层层金色的鲤鱼鳞。

几片剪形的枫叶,
仿佛朱砂色的燕子,
颠斜地在水面上
旋着,掠着,翻着,低昂着……

肥厚得熊掌似的
棕黄色的大橡叶,
在绿茵上狼藉着。
松鼠们张张慌慌地
在叶间爬出爬进,
搜猎着他们来冬底粮食。
成了年的栗叶。
向西风抱怨了一夜,
终于得了自由,
红着干燥的脸儿,
笑嬉嬉地辞了故枝。

白鸽子,花鸽子,
红眼的银灰色的鸽子,
乌鸦似的黑鸽子,
背上闪着紫的绿的金光——
倦飞的众鸽子在阶下集齐了,
都将喙子插在翅膀里,

寂静悄悄地打盹了。

水似的空气泛滥了宇宙；
三五个活泼泼的小孩，
（披着橘红的黄的黑的毛绒衫）
在丁香丛里穿着，
好像戏着浮萍的金鱼儿呢。

是黄浦江上林立的帆樯？
这数不清的削瘦的白杨
只竖在石青的天空里发呆。

倜傥的绿杨像位豪贵的公子，
裹着件平金的绣蟒，
一只手叉着腰身，
照着心烦的碧玉池，
玩媚着自身的模样儿。

凭在十二曲的水晶栏上，
晨曦瞰着世界微笑了，
笑出金子来了——
黄金笑在槐树上，
赤金笑在橡树上，
白金笑在白松皮上。

哦，这些树不是树了！
是些绚缦的祥云——
琥珀的云，玛瑙的云，
灵风扇着，旭日射着的云。

哦！这些树不是树了,
是百宝玲珑的祥云。

哦,这些树不是树了,
是紫禁城里的宫阙——
黄的琉璃瓦,
绿的琉璃瓦;
楼上起楼,阁外架阁……
小鸟唱着银声的歌儿,
是殿角的风铃底共鸣。
哦！这些树不是树了,
是金碧辉煌的帝京。
啊！斑斓的秋树啊！
陵阳公①样的瑞锦,
土耳基底地毡,
Notre Dame②底蔷薇窗,
Fra Angelico③底天使画
都不及你这色彩鲜明哦！

啊！斑斓的秋树啊！
我羡煞你们这浪漫的世界,
这波希米亚的生活！
我羡煞你们的色彩！

哦！我要请天孙④织件锦袍,

---

① 陵阳公,古代传说中的仙人陵阳子明。
② 巴黎圣母教堂。
③ 安哲里柯(1387—1455),意大利文艺复兴初期的著名宗教画家。他的《受胎告知》一画的天使生动异常。
④ 天孙,星名,即织女星。

给我穿着你的色彩!
我要从葡萄,橘子,高粱……里
把你榨出来,喝着你的色彩!

我要借义山①济慈底诗
唱着你的色彩!
在蒲寄尼底 La Boheme② 里,
在七宝烧的博山炉里,
我还要听着你的色彩,
嗅着你的色彩!

哦! 我要过个色彩的生活,
和这斑斓的秋树一般!

秋之末日

和西风酗了一夜的酒,
醉得颠头跌脑,
洒了金子扯了锦绣,
还呼呼地吼个不休。

奢豪的秋,自然底浪子哦!
春夏辛苦了半年,
能有多少的积蓄,
来供你这般地挥霍呢?
如今该要破产了吧!

---

① 义山,即李商隐(813—858),字义山,号玉谿生,唐代杰出诗人。
② 《波希米亚》,歌剧名。意大利音乐家蒲寄尼作曲。

秋深了

秋深了,人病了。
人敌不住秋了;
镇日拥着件大氅,
像只煨灶的猫,
蜷在摇椅上摇……摇……摇……
想着祖国,
想着家庭,
想着母校,
想着故人,
想着不胜想,不堪想的胜境良朝。

春底荣华逝了,
夏底荣华逝了;
秋在对面嵌白框窗子的
金字塔似的木板房子檐下,
抱着香黄色的破头帕,
追想春夏已逝的荣华;
想的伤心时,
飒飒地洒下几点黄金泪。
啊!秋是追想底时期!
秋是堕泪底时期!

废 园

一只落魄的蜜蜂,
像个沿门托钵的病僧,

游到被秋雨踢倒了的
一堆烂纸似的鸡冠花上，
闻了一闻，马上飞走了。

啊！零落底悲哀哟！
是蜂底悲哀？是花底悲哀？

小　　溪

铅灰色的树影，
是一长篇恶梦，
横压在昏睡着的
小溪底胸膛上。
小溪挣扎着，挣扎着……
似乎毫无一点影响。

稚　　松

他在夕阳底红纱灯笼下站着，
他扭着颈子望着你，
他散开了藏着金色圆眼的，
海绿色的花翎——一层层的花翎。
他像是金谷园里的
一只开屏的孔雀吧？

烂　　果

我的肉早被黑虫子咬烂了。
我睡在冷辣的青苔上，

索性让烂的越加烂了，
只等烂穿了我的核甲，
烂破了我的监牢，
我的幽闭的灵魂
便穿着豆绿的背心，
笑迷迷地要跳出来了！

色　　彩

生命是张没价值的白纸，
自从绿给了我发展，
红给了我情热，
黄教我以忠义，
蓝教我以高洁，
粉红赐我以希望，
灰白赠我以悲哀；
再完成这帧彩图，
黑还要加我以死。
从此以后，
我便溺爱于我的生命，
因为我爱他的色彩。

梦　　者

假如那绿晶晶的鬼火
是墓中人底
梦里进出的星光，
那我也不怕死了！

红豆篇

"此物最相思。"
——王 维

红 豆

一

红豆似的相思啊!
一粒粒的
坠进生命底磁坛里了……
听他跳激底音声,
这般凄楚!
这般清切!

二

相思着了火,
有泪雨洒着,
还烧得好一点;
最难禁的,
是突如其来
赶不及哭的干相思。

三

意识在时间底路上放行:
每逢插起一杆红旗之处,
那便是——

相思设下的关卡,
挡住行人,
勒索路捐的。

四

袅袅的篆烟啊!
是古丽的文章,
淡写相思底诗句。

五

比方有一屑月光,
偷来匍匐在你枕上,
刺着你的倦眼,
撩得你镇夜不睡,
你讨厌他不?
那么这样便是相思了!

六

相思是不作声的蚊子,
偷偷地咬了一口,
陡然痛了一下,
以后便是一阵底奇痒。

七

我的心是个没设防的空城,
半夜里忽被相思袭击了,
我的心旌
只是一片倒降;
我只盼望——

它恣情屠烧一回就去了；
谁知他竟永远占据着，
建设起宫墙来了呢？

八

有两样东西，
我总想撇开，
却又总舍不得：
我的生命，
同为了爱人儿的相思。

九

爱人啊！
将我作经线，
你作纬线，
命运织就了我们的婚姻之锦；
但是一帧回文锦哦！
横看是相思，
直看是相思，
顺看是相思，
倒看是相思，
斜看正看都是相思，
怎样看也看不出团圞二字。

一〇

我俩是一体了！
我们的结合，
至少也和地球一般圆满。
但你是东半球，

我是西半球,
我们又自己放着眼泪,
做成了这苍茫的太平洋,
隔断了我们自己。

一一

相思枕上的长夜,
怎样的厌厌难尽啊!
但这才是岁岁年年中之一夜,
大海里的一个波涛。
爱人啊!
叫我又怎样泅过这时间之海?

一二

我们有一天
相见接吻时,
若是我没小心,
掉出一滴苦泪,
溃痛了你的粉颊,
你可不要惊讶!
那里有多少年底
生了锈的情热底成分啊!

一三

我到底是个男子!
我们将来见面时,
我能对你哭完了,
马上又对你笑。
你却不必如此;

你可以仰面望着我,
像一朵湿蔷薇,
在霁后的斜阳里,
慢慢儿晒干你的眼泪。

一四

我把这些诗寄给你了,
这些字你若不全认识,
那也不要紧。
你可以用手指
轻轻摩着他们,
像医生按着病人的脉,
你许可以试出
他们紧张地跳着,
同你心跳底节奏一般。

一五

古怪的爱人儿啊!
我梦时看见的你
是背面的。

一六

在雪黯风骄的严冬里,
忽然出了一颗红日;
在心灰意冷的情绪里,
忽然起了一阵相思——
这都是我没料定的。

一七

讨诗债的债主
果然回来了!
我先不妨
倾了我的家赀还着。
到底实在还不清了,
再剜出我的心头肉,
同心一起付给他吧。

一八

我昼夜唱着相思底歌儿。
他们说我唱得形容憔悴了,
我将浪费了我的生命。
相思啊!
我颂了你吗?
我是吐尽明丝的蚕儿,
死是我的休息;
我诅了你吗?
我是吐出毒剑底蜂儿,
死是我的刑罚。

一九

我是只惊弓的断雁,
我的嘴要叫着你,
又要衔着芦苇,
保障着我的生命。
我真狼狈哟!

二〇

扑不灭的相思,
莫非是生命之原上底野烧?
株株小草底绿意,
都要被他烧焦了啊!

二一

深夜若是一口池塘,
这飘在他的黛漪上的
淡白的小菱花儿,
便是相思底花儿了,
哦!他结成青的,血青的,
有尖角的果子了!

二二

我们的春又回来了,
我搜尽我的诗句,
忙写着红纸的宜春帖。①
我也不妨就便写张
"百无禁忌。"
从此我若失错触了忌讳,
我们都不必介意吧!

二三

我们是两片浮萍:
从我们聚散底速率

---

① 宜春帖,旧时立春日祝颂新春的帖子。

同距离底远度,
可以看出风儿底缓急,
浪儿底大小。

二四

我们是鞭丝抽拢的伙伴,
我们是鞭丝抽散的离侣。
万能的鞭丝啊!
叫我们赞颂吗?
还是诅咒呢?

二五

我们弱者是鱼肉;
我们曾被求福者
重看了盛在笾豆里,
供在礼教底龛前。
我们多么荣耀啊!

二六

你明白了吗?
我们是照着客们吃喜酒的
一对红蜡烛;
我们站在桌子底
两斜对角上,
悄悄地烧着我们的生命,
给他们凑热闹。
他们吃完了,
我们的生命也烧尽了。

二七

若是我的话
讲得太多,
讲到末尾,
便胡讲一阵了,
请你只当我灶上的烟囱:
口里虽勃勃地吐着黑灰,
心里依旧是红热的。

二八

这算他圆满底三绝吧!——
莲子,
泪珠儿,
我们的婚姻。

二九

这一滴红泪:
不是别后的清愁,
却是聚前的炎痛。

三〇

他们削破了我的皮肉,
冒着险将伊的枝儿
强蛮地插在我的茎上。
如今我虽带着瘿肿的疤痕,
却开出从来没开过的花儿了。
他们是怎样狠心的聪明啊!
但每回我瞟出看花的人们

上下抛着眼珠儿，
打量着我的茎儿时，
我的脸就红了！

三一

哦，脑子啊！
刻着虫书鸟篆的
一块妖魔的石头，
是我的佩刀底砺石，
也是我爱河里的礁石，
爱人儿啊！
这又是我俩之间的界石！

三二

幽冷的星儿啊！
这般零乱的一团！
爱人儿啊！
我们的命运，
都摆布在这里了！

三三

冬天底长夜，
好不容易等到天明了，
还是一块冷冰冰的
铅灰色的天宇，
哪里看得见太阳呢？
爱人啊！哭吧！哭吧！
这便是我们的将来哟！

三四

我是狂怒的海神,
你是被我捕着的一叶轻舟。
我的情潮一起一落之间,
我笑着看你颠簸;
我的千百个涛头
用白晃晃的锯齿咬你,
把你咬碎了,
便和樯带舵吞了下去。

三五

夜鹰号咷地叫着;
北风拍着门环,
撕着窗纸,
撞着墙壁,
掀着屋瓦,
非闯进来不可。
红烛只不息地淌着血泪,
凝成大堆赤色的石钟乳。
爱人啊!你在哪里?
快来剪去那乌云似的烛花,
快窝着你的素手
遮护着这抖颤的烛焰!
爱人啊!你在哪里?

三六

当我告诉你们:
我曾在玉箫牙板,

一派悠扬的细乐里,
亲手掀起了伊的红盖帕;
我曾著着银烛,
一壁撷着伊的凤钗,
一壁在伊耳边问道:
"认得我吗?"
朋友们啊!
当你们听我讲这些故事时;
我又在你们的笑容里,
认出了你们私心的艳羡。

三七

这比我的新人,
谁个温柔?
从炉面镂空的双喜字间,
吐出了一线蜿蜒的香篆。

三八

你午睡醒来,
脸上印着红凹的簟纹,
怕是链子锁着的
梦魂儿吧?
我吻着你的香腮,
便吻着你的梦儿了。

三九

我若替伊画像,
我不许一点人工产物
污秽了伊的玉体。

我并不是用画家底肉眼,
在一套曲线里看伊的美;
但我要描出我常梦着的伊——
一个通灵澈洁的裸体的天使!
所以为免除误会起见,
我还要叫伊这两肩上
生出一双翅膀来。
若有人还不明白,
便把伊错认作一只彩凤,
那倒没什么不可。

四〇

假如黄昏时分,
忽来了一阵雷电交加的风暴,
不须怕得呀,爱人!
我将紧拉着你的手,
到窗口并肩坐下,
我们一句话也不要讲,
我们只凝视着
我们自己的爱力
在天边碰着,
碰出些金箭似的光芒,
炫瞎我们自己的眼睛。

四一

有酸的,有甜的,有苦的,有辣的。
豆子都是红色的,
味道却不同了。
辣的先让礼教尝尝!

苦的我们分着囫囵地吞下。
酸的酸得像梅子一般,
不妨细嚼着止止我们的渴。
甜的呢!
啊! 甜的红豆都分送给邻家作种子吧!

四二

我唱过了各样的歌儿,
单单忘记了你。
但我的歌儿该当越唱越新,越美。
这些最后唱的最美的歌儿,
　　一字一颗明珠,
　　一字一颗热泪,
我的皇后啊!
这些算了我赎罪底菲仪,
这些我跪着捧献给你。

死　水[①]

口　供

我不骗你,我不是什么诗人,
纵然我爱的是白石的坚贞,
青松和大海,鸦背驮着夕阳,
黄昏里织满了蝙蝠的翅膀。
你知道我爱英雄,还爱高山,
我爱一幅国旗在风中招展,
自从鹅黄到古铜色的菊花。
记着我的粮食是一壶苦茶!

可是还有一个我,你怕不怕?——
苍蝇似的思想,垃圾桶里爬。

收　回

那一天只要命运肯放我们走!
不要怕;虽然得走过一个黑洞,
你大胆的走;让我掇着你的手;
也不用问哪里来的一阵阴风。

[①] 《死水》是闻一多的第二本诗集,是他在艺术上成熟时期的创作。

只记住了我今天的话,留心那
一掬温存,几朵吻,留心那几炷笑,
都给拾起来,没有差;——记住我的话:
拾起来,还有珊瑚色的一串心跳。

可怜今天苦了你——心渴望着心——
那时候该让你拾,拾一个痛快,
拾起我们今天损失了的黄金。
那斑斓的残瓣,都是我们的爱,
拾起来,戴上。
     你戴着爱的圆光,
我们再走,管他是地狱,是天堂!

"你指着太阳起誓"

你指着太阳起誓,叫天边的寒雁
说你的忠贞。好了,我完全相信你,
甚至热情开出泪花,我也不诧异。
只是你要说什么海枯,什么石烂……
那便笑得死我。这一口气的工夫
还不够我陶醉的?还说什么"永久"?
爱,你知道我只有一口气的贪图,
快来箍紧我的心,快!啊,你走,你走……

我早算就了你那一手——也不是变卦——
"永久"早许给了别人,秕糠是我的份,
别人得的才是你的菁华——不坏的千春。
你不信?假如一天死神拿出你的花押,

你走不走？去去！去恋着他的怀抱，
跟他去讲那海枯石烂不变的贞操！

什么梦？

一排雁字仓皇的渡过天河，
寒雁的哀呼从她心里穿过，
　　"人啊，人啊"她叹道，
　"你在哪里，在哪里叫着我？"

黄昏拥着恐怖，直向她进逼，
一团剧痛沉淀在她的心里，
　　"天啊，天啊"她叫道，
　"这到底，到底是什么意义？"

道是那样长，行程又在夜里，
她站在生死的门限上犹夷，
　　"烦闷，烦闷"她想道
　"我将永远，永远结束了你！"

决断写在她脸上，——决断的从容，……
忽然摇篮里哇的一阵警钟，
　　"儿啊，儿啊"她哭了，
　"我做的是什么是什么梦？"

大鼓师

我挂上一面豹皮的大鼓，
　我敲着它游遍了一个世界，

我唱过了形形色色的歌儿，
　　我也听饱了喝不完的彩。

一角斜阳倒挂在檐下，
　　我躐着芒鞋，踏入了家村。
"咱们自己的那只歌儿呢？"
　　她赶上前来，一阵的高兴。

我会唱英雄，我会唱豪杰，
　　那倩女情郎的歌，我也唱，
若要问到咱们自己的歌，
　　天知道，我真说不出的心慌！

我却吞下了悲哀，叫她一声，
　　"快拿我的三弦来，快呀快！
这只破鼓也忒嫌闹了，我要
　　那弦子弹出我的歌儿来。"

我先弹着一群白鸽在霜林里，
　　珊瑚爪儿踩着黄叶一堆；
然后你听那秋虫在石缝里叫，
　　忽然又变了冷雨洒着柴扉。

洒不尽的雨，流不完的泪，……
　　我叫声"娘子！"把弦子丢了，
"今天我们拿什么作歌来唱？
　　歌儿早已化作泪儿流了！

"怎么？怎么你也抬不起头来？

啊！这怎么办，怎么办！……
来！你来！我兜出来的悲哀，
　　得让我自己来吻它干。

"只让我这样呆望着你，娘子，
　　像窗外的寒蕉望着月亮，
让我只在静默中赞美你，
　　可是总想不出什么歌来唱。

"纵然是刀斧削出的连理枝，
　　你瞧，这姿势一点也没有扭。
我可怜的人，你莫疑我，
　　我原也不怪那挥刀的手。

"你不要多心，我也不要问，
　　山泉到了井底，还往哪里流？
我知道你永远起不了波澜，
　　我要你永远给我润着歌喉。

"假如最末的希望否认了孤舟，
　　假如你拒绝了我，我的船坞！
我战着风涛，日暮归来，
　　谁是我的家，谁是我的归宿？

"但是，娘子啊！在你的尊前，
　　许我大鼓三弦都不要用；
我们委实没有歌好唱，我们
　　既不是儿女，又不是英雄！"

狼 狈

假如流水上一抹斜阳
悠悠的来了,悠悠的去了;
假如那时不是我不留你,
那颗心不由我作主了。

假如又是灰色的黄昏
藏满了蝙蝠的翅膀;
假如那时不是我不念你,
那时的心什么也不能想。

假如落叶像败阵纷逃,
暗影在我这窗前睥睨;
假如这颗心不是我的了,
女人,教它如何想你?

假如秋夜也这般的寂寥……
嘿!这是谁在我耳边讲话?
这分明不是你的声音,女人;
假如她偏偏要我降她。

你莫怨我

你莫怨我!
这原来不算什么,
人生是萍水相逢,
让他萍水样错过。

你莫怨我!

　　你莫问我!
泪珠在眼边等着,
只须你说一句话,
一句话便会碰落,
　　你莫问我!

　　你莫惹我!
不要想灰上点火。
我的心早累倒了,
最好是让它睡着,
　　你莫惹我!

　　你莫碰我!
你想什么,想什么?
我们是萍水相逢,
应得轻轻的错过。
　　你莫碰我!

　　你莫管我!
从今加上一把锁;
再不要敲错了门,
今回算我闯的祸,
　　你莫管我!

你　　看

你看太阳像眠后的春蚕一样,

镇日吐不尽黄丝似的光芒；
你看负暄的红襟在电杆梢上，
酣眠的锦鸭泊在老柳根旁。

你眼前又陈列着青春的宝藏，
朋友们，请就在这眼前欣赏；
你有眼睛请再看青山的峦嶂，
但莫向那山外探望你的家乡。

你听听那枝头颂春的梅花雀，
你得揩干眼泪，和他一只歌。
朋友，乡愁最是个无情的恶魔，
他能教你眼前的春光变作沙漠。

你看春风解放了冰锁的寒溪，
半溪白齿琮琮的漱着涟漪，
细草又织就了釉釉的绿意。
白杨枝上招展着幺小的银旗。

朋友们，等你看到了故乡的春，
怕不要老尽春光老尽了人？
呵，不要探望你的家乡，朋友们，
家乡是个贼，他能偷去你的心！

也　许
——葬歌

也许你真是哭得太累，
也许，也许你要睡一睡，

那么叫夜鹰不要咳嗽,
蛙不要号,蝙蝠不要飞。

不许阳光拨你的眼帘,
不许清风刷上你的眉,
无论谁都不能惊醒你,
撑一伞松阴庇护你睡。

也许你听这蚯蚓翻泥,
听这小草的根须吸水,
也许你听这般的音乐
比那咒骂的人声更美;

那么你先把眼皮闭紧,
我就让你睡,我让你睡,
我把黄土轻轻盖着你,
我叫纸钱儿缓缓的飞。

忘掉她

忘掉她,像一朵忘掉的花,——
　那朝霞在花瓣上,
　那花心的一缕香——
忘掉她,像一朵忘掉的花!

忘掉她,像一朵忘掉的花!
　像春风里一出梦,
　像梦里的一声钟,
忘掉她,像一朵忘掉的花!

忘掉她,像一朵忘掉的花!
　听蟋蟀唱得多好,
　　看墓草长得多高;
忘掉她,像一朵忘掉的花!

忘掉她,像一朵忘掉的花!
　她已经忘记了你,
　　她什么都记不起;
忘掉她,像一朵忘掉的花!

忘掉她,像一朵忘掉的花!
　年华那朋友真好,
　　他明天就教你老;
忘掉她,像一朵忘掉的花!

忘掉她,像一朵忘掉的花!
　如果是有人要问,
　　就说没有那个人;
忘掉她,像一朵忘掉的花!

忘掉她,像一朵忘掉的花!
　像春风里一出梦,
　　像梦里的一声钟,
忘掉她,像一朵忘掉的花!

泪　　雨

他在那生命的阳春时节,

曾流着号饥号寒的眼泪;
那原是舒生解冻的春霖,
却也兆征了生命的哀悲。

他少年的泪是连绵的阴雨
暗中浇熟了酸苦的黄梅;
如今黑云密布,雷电交加,
他的泪像夏雨一般的滂沛。

中途的怅惘,老大的蹉跎,
他知道中年的苦泪更多,
中年的泪定似秋雨淅沥,
梧桐叶上敲着永夜的悲歌。

谁说生命的残冬没有眼泪?
老年的泪是悲哀的总和;
他还有一掬结晶的老泪,
要开作漫天愁人的花朵。

末　日

露水在筦筒里哽咽着,
　芭蕉的绿舌头舐着玻璃窗,
四围的垩壁都往后退,
　我一人填不满偌大一间房。

我心房里烧上一盆火,
　静候着一个远道的客人来,
我用蛛丝鼠矢喂火盆,

我又用花蛇的鳞甲代劈柴。

鸡声直催,盆里一堆灰,
　一股阴风偷来摸着我的口,
原来客人就在我眼前,
　我咳嗽一声,就跟着客人来。

死　　水

这是一沟绝望的死水,
清风吹不起半点漪沦。
不如多扔些破铜烂铁,
爽性泼你的剩菜残羹。

也许铜的要绿成翡翠,
铁罐上锈出几瓣桃花;
再让油腻织一层罗绮,
霉菌给他蒸出些云霞。

让死水酵成一沟绿酒,
飘满了珍珠似的白沫;
小珠们笑声变成大珠,
又被偷酒的花蚊咬破。

那么一沟绝望的死水,
也就夸得上几分鲜明。
如果青蛙耐不住寂寞,
又算死水叫出了歌声。

这是一沟绝望的死水,
这里断不是美的所在,
不如让给丑恶来开垦,
看他造出个什么世界。

春　　光

静得像入定了的一般,那天竹,
那天竹上密叶遮不住的珊瑚;
那碧桃,在朝暾里运气的麻雀。
春光从一张张的绿叶上爬过。
蓦地一道阳光晃过我的眼前,
我眼睛里飞出了万支的金箭,
我耳边又谣传着翅膀的摩声,
仿佛有一群天使在空中逻巡……

忽地深巷里迸出了一声清籁:
"可怜可怜我这瞎子,老爷太太!"

黄　　昏

黄昏是一头迟笨的黑牛,
一步一步的走下了西山;
不许把城门关锁得太早,
总要等黑牛走进了城圈。

黄昏是一头神秘的黑牛,
不知他是哪一界的神仙——

天天月亮要送他到城里,
一早太阳又牵上了西山。

我要回来

  我要回来,
乘你的拳头像兰花未放,
乘你的柔发和柔丝一样,
乘你的眼睛里燃着灵光,
  我要回来。

  我没回来,
乘你的脚步像风中荡桨,
乘你的心灵像痴蝇打窗,
乘你笑声里有银的铃铛,
  我没回来。

  我该回来,
乘你的眼睛里一阵昏迷,
乘一口阴风把残灯吹熄,
乘一只冷手来掇走了你,
  我该回来。

  我回来了,
乘流萤打着灯笼照着你,
乘你的耳边悲啼着莎鸡,
乘你睡着了,含一口沙泥,
  我回来了。

夜　　歌

癞虾蟆抽了一个寒噤,
黄土堆里钻出个妇人,
妇人身旁找不出阴影,
月色却是如此的分明。

黄土堆里钻出个妇人,
黄土堆上并没有裂痕;
也不曾惊动一条蚯蚓,
或绷断蛸蟏①一根网绳。

月光底下坐着个妇人,
妇人的容貌好似青春,
猩红衫子血样的狰狞,
鬔松的散发披了一身。

妇人在号咷,捶着胸心,
癞虾蟆只是打着寒噤,
远村的荒鸡哇的一声,
黄土堆上不见了妇人。

静　　夜

这灯光,这灯光漂白了的四壁;

---

① "蛸蟏",应作"蟏蛸"。蜘蛛的一种。多在室内墙壁间结网,通称蟢珠或蟢子,古人以为是喜庆的预兆。

这贤良的桌椅,朋友似的亲密;
这古书的纸香一阵阵的袭来;
要好的茶杯贞女一般的洁白;
受哺的小儿接呷在母亲怀里,
鼾声报道我大儿康健的消息……
这神秘的静夜,这浑圆的和平,
我喉咙里颤动着感谢的歌声。
但是歌声马上又变成了诅咒,
静夜!我不能,不能受你的贿赂。
谁希罕你这墙内尺方的和平!
我的世界还有更辽阔的边境。
这四墙既隔不断战争的喧嚣,
你有什么方法禁止我的心跳?
最好是让这口里塞满了沙泥,
如其它只会唱着个人的休戚!
最好是让这头颅给田鼠掘洞,
让这一团血肉也去喂着尸虫,
如果只是为了一杯酒,一本诗,
静夜里钟摆摇来的一片闲适,
就听不见了你们四邻的呻吟,
看不见寡妇孤儿抖颤的身影,
战壕里的痉挛,疯人咬着病榻,
和各种惨剧在生活的磨子下。
幸福!我如今不能受你的私贿,
我的世界不在这尺方的墙内。
听!又是一阵炮声,死神在咆哮。
静夜!你如何能禁止我的心跳?

一个观念

你隽永的神秘,你美丽的谎,
你倔强的质问,你一道金光,
一点儿亲密的意义,一股火,
一缕缥缈的呼声,你是什么?
我不疑,这因缘一点也不假,
我知道海洋不骗他的浪花。
既然是节奏,就不该抱怨歌。
啊,横暴的威灵,你降伏了我,
你降伏了我!你绚缦的长虹——
五千多年的记忆,你不要动,
如今我只问怎样抱得紧你……
你是那样的横蛮,那样美丽!

发 现

我来了,我喊一声,迸着血泪,
"这不是我的中华,不对,不对!"
我来了,因为我听见你叫我;
鞭着时间的罡风,擎一把火,
我来了,不知道是一场空喜。
我会见的是噩梦,哪里是你?
那是恐怖,是噩梦挂着悬崖,
那不是你,那不是我的心爱!
我追问青天,逼迫八面的风,
我问,拳头擂着大地的赤胸,

总问不出消息;我哭着叫你,
呕出一颗心来,——在我心里!

祈　　祷

请告诉我谁是中国人,
启示我,如何把记忆抱紧;
请告诉我这民族的伟大,
轻轻的告诉我,不要喧哗!

请告诉我谁是中国人,
谁的心里有尧舜的心,
谁的血是荆轲聂政的血,
谁是神农黄帝的遗孽。

告诉我那智慧来得离奇,
说是河马献来的馈礼;
还告诉我这歌声的节奏,
原是九苞凤凰的传授。

谁告诉我戈壁的沉默,
和五岳的庄严？又告诉我
泰山的石霤还滴着忍耐,
大江黄河又流着和谐？

再告诉我,哪一滴清泪
是孔子吊唁死麟的伤悲？
那狂笑也得告诉我才好,——
庄周淳于髡东方朔的笑。

请告诉我谁是中国人,
启示我,如何把记忆抱紧;
请告诉我这民族的伟大,
轻轻的告诉我,不要喧哗!

一句话

有一句话说出就是祸,
有一句话能点得着火。
别看五千年没有说破,
你猜得透火山的缄默?
说不定是突然着了魔,
突然青天里一个霹雳
　　爆一声:
"咱们的中国!"

这话叫我今天怎么说?
你不信铁树开花也可,
那么有一句话你听着:
等火山忍不住了缄默,
不要发抖,伸舌头,顿脚,
等到青天里一个霹雳
　　爆一声:
"咱们的中国!"

荒　村

"……临淮关梁园镇间一百八十里之距离,已完全断绝人烟。汽车道两旁之村庄,所有居民,逃避一空。农民之家具木器,均以绳相连,沉于附近水塘稻田中,以避火焚。门窗俱无,中以棺材或石堵塞。一至夜间,则灯火全无。鸡犬豕等觅食野间,亦无人看守。而间有玫瑰芍药犹墙隅自开。新出稻秧,翠蔼宜人。草木无知,其斯之谓欤?"

——民国十六年五月十九日《新闻报》

  他们都上哪里去了?怎么
  虾蟆蹲在甑上,水瓢里开白莲;
  桌椅板凳在田里堰里飘着;
  蜘蛛的绳桥从东屋往西屋牵?
  门框里嵌棺材,窗棂里镶石块!
  这景象是多么古怪多么惨!
  镰刀让它锈着快锈成了泥,
  抛着整个的鱼网在灰堆里烂。
  天呀!这样的村庄都留不住他们!
  玫瑰开不完,荷叶长成了伞;
  秧针这样尖,湖水这样绿,
  天这样青,鸟声像露珠样圆。
  这秧是怎样绿的,花儿谁叫红的?
  这泥里和着谁的血,谁的汗?
  去得这样的坚决,这样的脱洒,
  可有什么苦衷,许了什么心愿?
  如今可有人告诉他们:这里
  猪在大路上游,鸭往猪群里钻,
  雄鸡踏翻了芍药,牛吃了菜——
  告诉他们太阳落了,牛羊不下山,
  一个个的黑影在岗上等着,
  四合的峦嶂龙蛇虎豹一般,

它们望一望,打了一个寒噤,
大家低下头来,再也不敢看;
(这也得告诉他们)它们想起往常
暮寒深了,白杨在风里颤,
那时只要站在山头嚷一句,
山路太险了,还有主人来搀;
然后笛声送它们踏进栏门里,
那稻草多么香,屋子多么暖!
它们想到这里,滚下了一滴热泪,
大家挤作一堆,脸偎着脸……
去!去告诉它们主人,告诉他们,
什么都告诉他们,什么也不要瞒!
叫他们回来!叫他们回来!
问他们怎么自己的牲口都不管?
他们不知道牲口是和小儿一样吗?
可怜的畜生它们多么没有胆!
喂!你报信的人也上哪里去了?
快去告诉他们——告诉王家老三,
告诉周大和他们兄弟八个,
告诉临淮关一带的庄稼汉,
还告诉那红脸的铁匠老李,
告诉独眼龙,告诉徐半仙,
告诉黄大娘和满村庄的妇女——
告诉他们这许多的事,一件一件。
叫他们回来,叫他们回来!
这景象是多么古怪多么惨!
天呀!这样的村庄留不住他们;
这样一个桃源,瞧不见人烟!

罪　过

老头儿和担子摔一交,
满地是白杏儿红樱桃。
老头儿爬起来直哆嗦。
"我知道我今日的罪过!"
"手破了,老头儿你瞧瞧。"
"唉!都给压碎了,好樱桃!"
"老头儿你别是病了吧?
你怎么直楞着不说话?"
"我知道我今日的罪过,
一早起我儿子直催我。
我儿子躺在床上发狠,
他骂我怎么还不出城。

"我知道今日个不早了,
没想到一下子睡着了。
这叫我怎么办,怎么办?
回头一家人怎么吃饭?"
老头儿拾起来又掉了,
满地是白杏儿红樱桃。

天 安 门

好家伙!今日可吓坏了我!
两条腿到这会儿还哆嗦。
瞧着,瞧着,都要追上来了,
要不,我为什么要那么跑?

先生,让我喘口气,那东西,
你没有瞧见那黑漆漆的,
没脑袋的,蹶腿的,多可怕,
还摇晃着白旗儿说着话……
这年头真没法办,你问谁?
真是人都办不了,别说鬼。
还开会啦,还不老实点儿!
你瞧,都是谁家的小孩儿,
不才十来岁儿吗? 干吗的?
脑袋瓜上不是使枪扎的?
先生,听说昨日又死了人,
管包死的又是傻学生们。
这年头儿也真有那怪事,
那学生们有的喝,有的吃,——
咱二叔头年死在杨柳青,
那是饿的没法儿去当兵,——
谁拿老命白白的送阎王!
咱一辈子没撒过谎,我想
刚灌上俩子儿油,一整勺,
怎么走着走着瞧不见道。
怨不得小秃子吓掉了魂,
劝人黑夜里别走天安门。
得! 就算咱拉车的活倒霉,
赶明日北京满城都是鬼!

飞 毛 腿

我说飞毛腿那小子也真够别扭,
管包是拉了半天车得半天歇着,

一天少了说也得二三两白干儿,
醉醺醺的一死儿拉着人谈天儿。
他妈的谁能陪着那个小子混呢?
"天为啥是蓝的?"没事他该问你。
还吹他妈什么箫,你瞧那副神儿,
窝着件破棉袄,老婆的,也没准儿,
再瞧他擦着那车上的俩大灯吧,
擦着擦着问你曹操有多少人马。
成天儿车灯车把且擦且不完啦,
我说"飞毛腿你怎不擦擦脸啦?"
可是飞毛腿的车擦得真够亮的,
许是得擦到和他那心地一样的!
嗐!那天河里飘着飞毛腿的尸首,……
飞毛腿那老婆死得太不是时候。

洗 衣 歌

洗衣是美国华侨最普遍的职业,因此留学生常常被人问道,"你爸爸是洗衣裳的吗?"

(一件,两件,三件,)
洗衣要洗干净!
(四件,五件,六件,)
熨衣要熨得平!

我洗得净悲哀的湿手帕,
我洗得白罪恶的黑汗衣,
贪心的油腻和欲火的灰,……
你们家里一切的脏东西,

交给我洗,交给我洗。

铜是那样臭,血是那样腥,
脏了的东西你不能不洗,
洗过了的东西还是得脏,
你忍耐的人们理它不理?
　替他们洗! 替他们洗!

你说洗衣的买卖太下贱,
肯下贱的只有唐人不成?
你们的牧师他告诉我说:
耶稣的爸爸做木匠出身,
　你信不信? 你信不信?

胰子白水耍不出花头来,
洗衣裳原比不上造兵舰。
我也说这有什么大出息——
流一身血汗洗别人的汗?
　你们肯干? 你们肯干?

年去年来一滴思乡的泪,
半夜三更一盏洗衣的灯……
下贱不下贱你们不要管,
看哪里不干净哪里不平,
　问支那人,问支那人。

我洗得净悲哀的湿手帕,
我洗得白罪恶的黑汗衣,
贪心的油腻和欲火的灰,

你们家里一切的脏东西,
　　交给我——洗,交给我——洗。

　　(一件,两件,三件,)
　洗衣要洗干净!
　　(四件,五件,六件,)
　熨衣要熨得平!

闻一多先生的书桌

忽然一切的静物都讲话了,
　　忽然间书桌上怨声腾沸:
墨盒呻吟道"我渴得要死!"
　　字典喊雨水渍湿了他的背;

信笺忙叫道弯痛了他的腰;
　　钢笔说烟灰闭塞了他的嘴,
毛笔讲火柴烧秃了他的须,
　　铅笔抱怨牙刷压了他的腿,
香炉咕喽着"这些野蛮的书
　　早晚定规要把你挤倒了!"
大钢表叹息快睡锈了骨头;
　　"风来了! 风来了!"稿纸都叫了;

笔洗说他分明是盛水的,
　　怎么吃得惯臭辣的雪茄灰;
桌子怨一年洗不上两回澡,
　　墨水壶说"我两天给你洗一回。"
"什么主人? 谁是我们的主人?"

一切的静物都同声骂道,
"生活若果是这般的狼狈,
　倒还不如没有生活的好!"

主人咬着烟斗迷迷的笑,
　"一切的众生应该各安其位。
我何曾有意的糟蹋你们,
　秩序不在我的能力之内。"

真 我 集[①]

读沈尹默《小妹》！想起我的妹来了也作一首

今年暑假里有一晚上,我点着一盏煤油灯看诗;妈坐在我后面,低着头,靠在我的椅子背上。我听见一个发颤的声音讲:

"这么早没得事,又想起来了……"

我忽然觉得屋子起了一阵雾,灯光也发昏了,书上的字也迷胡了;温热的泪珠一颗颗的往我的双腮上淋着。

十五妹！我们喜欢做梦的人,自从在梦乡里,发现了那一个光明的世界,就看着现在这牢狱的世界里,无事不是痛苦;何以在狱里的人,日夜的只怕到哪一天死要来拉他出狱哩？

十五妹！人家都说你死得可怜。我说你的可怜,是在生前,不在死后。

漆黑的屋子,衬出豆大的灯光;帐子里仿佛有一个发颤的声音讲:

"又想起来了！"

十五妹！我只怕听这一句话。

[①] 《真我集》是闻一多自己早年所编的一本新诗稿,可以从中看到他创作新诗最初的成绩。

雪　　片

一个雪片离开了青天底时候,
他飘来飘去地讲"再见!
再见,亲爱的云,你这样冷淡!"
然后轻轻地向前迈往。

一个雪片寻着了一株树底时候,
"你好!"他说——"你可平安!
你这样的赤裸与孤单,亲爱的,
我要休息,并且叫我的同伴都来。"

但是一个雪片,勇敢而且和蔼,
歇在一个佳人底蔷薇颊上底时候,
他吃了一惊,"好温柔的天气呀!
这是夏季?"——他就融化了。

朝　　日

夜已将他的黑幕卷起了,
世界还被酣梦羁绊着咧;
勤苦的太阳像一家底主人翁,
先起来了,披着他的绣裳,
偷偷地走到各个窗子前来,
喊他的睡觉的骄儿起来做工。
啊!这样寂静灵幻的睡容,
他哪里敢惊动呢?
他不敢惊动,只望着他笑,

但他的笑散出热炙的光芒，
注射到他睡觉的脸上，
却惊动了他的灵魂，摆脱了他的酣梦，——
睡觉的起来了！

忠　　告

人说："月儿，你圆似弹丸，缺似
　　弓弦；圆时虽美，缺的难看！"
我说："月儿，圆缺是你的常事，
　　你别存美丑底观念！
　　你缺到半规，缺到娥眉，我还
　　　　是爱你那清光灿烂；
　　但是你若怕丑，躲在黑云里，
　　　　不肯露面，
　　我看不见你，便疑你像龟鼋底
　　　　甲，蟾蜍底衣，夜叉底脸。"

率　　真

莺儿，你唱得这样高兴，
你知道树下靠着一个人是为什么的吗？
鸦儿，你也唱得这样高兴，
你不曾听见诅骂底声音吗？
好鸟儿！我想你们只知有了歌儿，就该唱，
什么赞美，什么诅骂，你们怎能管得着？
咦！鹦哥，鸟族底不肖之子，
忘了自己的歌儿学人语。

若是天下鸟儿都似你,
世界上哪里去找音乐呢?

志　　愿

柔和的新月！放荡的青春！

柔春里的长途散步；我们俩正值朱颜。我听见你讲:"早点预备晚饭,赶快做菜。今晚有新月,让我们设些志愿,我们一块儿去散步……睡觉还早着咧。"

柔和的新月！放荡的青春！

你啸了一个调儿,我把窗户推开了,把窗户推开了,好让小小的新月窥进来。

我的心很快活,他唱一个小调儿。他唱地像一个鸟样,通夜在我的梦寐里还唱着,一首癫狂的小歌儿。

柔和的新月！放荡的青春！

你的志愿在四方。个个男儿都如此。我的志愿还是旧的志愿,你的志愿成功了。青春迟暮了。朱颜萧索了。新月灰木了。全世界都老了。

让窗户开着。睡觉还早着咧。

柔和的新月！放荡的青春！

窗户还是开着,一个憔悴的老月,古怪而且昏沉,望着我笑,斜着眼珠儿进来了,像一个老妈子叽哩咕噜讲道:

有——一次——一个——女——人——

你……你……你……!

从她肩背上望过来——

你……你……你……!

望——着——我——我那时候——正在——新弦,
设了——一个——志愿——没有——成——功……
没有——成——功!
你……你……你……!

可恶的老月……!

现在我再不早预备晚饭了。为新月忙碌是没有用的。有一个调儿他常常啸着……
我已经忘了那调儿……

放荡的老月!柔和的青春!

关上窗户。过了好久吧——过了一生。

伤　　心

风儿歇了,
柳条儿舞倦了,
雀儿底嗓子叫干了,
春底力也竭了。

肥了绿的,
瘦了红的;
好容易穿透了花丛,
才找出一个恋春的孤客。
拉着他的枝儿,
细细地总看不足,
忽地里把他放了,

弹得一阵残红纷纷……
快放下你的眼帘!
这样惨的象如何看得?
唉!气不完,又哭不出,
只咬着指尖儿默默地想着,——
你又何必这样呢?

一个小囚犯

妈!我还记得,一个四月天,雨脚刚收,
檐沟正忙得吼吼声,
园里底花香跟湫湿的土气在鼻子里冲突。
一双黄蝴蝶又来偷花粉,
太阳斜着眼珠儿瞅着我笑,
我想是他叫我去逮贼,
马上邀我的朋友赶去。
贼没有逮着,我们反跌了一交,
涂得满身的污泥,手被花刺儿戟破了。
我回家来,望着你哭。
你不问底细,就把我关在房里,再不准我出来了。

我关了一个月,我问你:
"妈!事已经过了,我关得很久了,可不可放我出来?"
你说:"不怕丑的孩子!身上弄得那样脏,还好意思见人吗?"
我说:"妈,请你替我洗洗,换一身簇新的衣服,我再也不顽皮了。"
你攒着眉尖儿想了半天才讲:"人家的孩子们都在家里玩儿咧……"
我关了两个月——关病了——我又问你,一壁哭着:

"妈！你一辈子不放我出来吗？

唉！你不知道我病了吗？

整天儿没吸一点新鲜空气，没见一线阳光，

再不放我出来，我真要活活的闭死了呵！"

你说："乖儿，你病到这样，外边那大的风雨，你怎能禁得住呢？

医生吩咐你在家里养病。"

我关了半年，尝饱了药味，病减了一点，我又问你：

"妈！我的病好了，现在我该出去玩了吧？"

你说："你还没好完全，你可以推开窗子望望，但不要走到外边去了。"

窗子开了——哪里淌来的一阵如泣如诉的歌声？听！

"放我出来！

这无期的幽禁，我怎能受得了？

放我出来，把那腐锈渣滓，一齐刮掉，

还是一颗明星，永作你黑夜长途底向导。

不放我出来，待我郁发了酵，更醉得昏头跌脑，

莫怪我撞破了监牢，闹得这世界东颠西倒！

放我出来！"

歌儿毕了，我四面寻找。找不出唱歌的人。

我很喜欢，我也失望，我又问你：

"妈！我从前的伴儿不能帮助我，

致令我弄脏了衣服，戟破了手皮；

假若现在来了一个小孩，教我不要捉蝴蝶，也不要踏污泥，

但陪着我好好生生地玩耍，还唱嘹亮的歌儿，

你也不放我出去吗？"

你说："可以放你，但你又上哪里找这样一个伴儿呢？"

从此以后，我便天天站在窗口喊：
"唱歌的人儿，我们俩一块儿出来吧！"
不晓得唱歌的人儿听见没有。

所 见

小河从槎丫的乱石缝里溜出来，
声音虽不大，却还带点瀑布底意味。
在他身上横卧着，是一株老柳，
从他的干上直竖地射出无数的小枝；
他仍想找点阳光，却被头上的密荫拦住了，
所以那一丛绿叶，都变了死白的颜色。
野藤在这一架天然的木桥下，
挂起了一束鬅松的鬓丝，
被瀑布底呼吸吹得悠悠摇动。
谁家洗衣的女儿，穿着绯红的衫子，
蹲在绿荫深处，打得砰訇砰訇的响？

南 山 诗[①]（古诗今译）

听说京城的南边，
是群山底渊薮；
东西两头抵到海，
大的小的数不清。
《山海经》，《地理志》，
一概无研究；

[①] 《南山诗》是唐代文豪韩愈的一首长篇古体诗。闻先生译了此诗开头的二十八行，抄入《真我集》。——孙敦恒原注

想采书文叙一遍,
却怕十分之中漏了九,
即想不写又不能,
只得尽我看见的说一点。

我常在高山上望见,
戢戢小丘往拢凑着,
天晴显出森森的棱角,
还有丝丝的乱脉如同锦绣一般;
一阵山气正是密密地浑着,
忽地里里外两通透,——
没有风儿,还自簸动飘摇,
融液和软而且茂盛。
横列的云彩有时又平静地凝着,
露出点点的山岫;
天空里浮着一段长眉,
深绿底颜色,刚才画得;
孤单单地撑着的险岩,
仿佛是在海里洗澡的大鹏伸起来的嘴子。

春阳暗地里润泽他,
就吐出濯濯的秀色,
岩峦虽是崒崪,
却软弱得同含着重酒一般。

晚霁见月

好了!风翅掩了,
　　雨脚敛了,

可惜太阳回了，
　　天色黯了，
剩下崎岖汹涌的云山云海，
塞满了天空。

忽地紫波银了，
　　远树沉了，
竟是黄昏死了，
　　白月生了，——
但是崎岖汹涌的云山云海，
塞满了天空！

莫愁太阳自落，
　　睡煞人儿，
且待月亮照着，
　　唤醒魂儿。

但是崎岖汹涌的云山云海，
塞满了天空！

旧体诗赋

拟李陵与苏武诗三首

一

三载同偃息，　　参商在须臾，
缱绻情难已，　　握手且踟蹰。
长城界夷夏，　　飞鸟苦难翕，
从兹不相见，　　老死各一隅。
岂无盈尊酒，　　强欢留斯须，
归期不可误，　　勉子慎征躯！

二

送子止河梁，　　日暮难前之。
老马萧萧鸣，　　掉尾作长辞。
明日行路难，　　便当长相思！
路恶有时尽，　　相思无刹时；
归时慰妻孥，　　团圞或有期。

三

我识别离苦，　　一日如三秋，
仰首思故人，　　白云空悠悠；
举目胥非类，　　言笑难与酬；

朝庭赏归使，　　讵知留者愁！
人生有离合，　　崇德勿相缪！

读项羽本纪

垓下英雄仗剑泣，
淫淫泪湿乌江荻；
早知天壤有刘邦，
宁学吴中一人敌？

春　　柳

垂柳出宫斜，
春来尽发花；
东风自相喜，
吹雪满山家。

月夜遣兴

二更漏尽山吐月，
一曲玉箫人倚楼。
为怕海棠偷睡去，
多心蟋蟀鸣不休。

七夕闺词

卐字回文绣不成，
含愁泪滴杏腮盈；
停针叹道痴牛女，
修到神仙也有情。

提灯会

德虏既克,寰区额庆。京师学生万五千人,以某月某日之夜①,提灯为贺。是夜吾校亦有提灯游海淀者,吾弗与焉;俯思国难,感而成均:

朔云荡高天,风雷骛隼资。半世望三台,时乱枭雄愫。剑龙夜叫亟,千烽赤海湄。流星骇羽檄,涌雾腾旌旗。摇戈叩四邻,待食决雄雌。鸣喑致云雨,践踏滋疮痍。遂使五国师,望风频觇窥。奋格累四载,虚糜巨万赀。所愿晷刻淹,抵死殚莫支,狂虏倍猖獗,血肉为儿嬉。两耀惨晶光,寰区共愤訾。铁骑西方来,神勇见仁慈。长驱窜豺虎,枯萎蒙渥滋。妖渠遁冥僻,群丑亦魄褫。骧声震欧陆,普天毕颔颐。共言销兵甲,升平始今兹。万邦申庆典,吾华亦追随。嫉恶人同心,祸至人同罹。虏挫大难戡,吾怵宁非宜?但使试内顾,得毋泪涟洏!豺貐本同类,猜意肇残觜;失性沸相噬,绝胫决肝脾。觊觎慰饥豹,忍待涎已垂。两伤饱强狼,祸迫岂不知!恃气耻先屈,孰计安与危?吁嗟众黄口,大患方燃眉;涕泣且弗遑,奈何饰愉怡!人心有哀乐,至情不可移。孰肯背其真,徇人作嚅呢?我闻都人士,踊跃举盛仪。狂花烧瓠棱,千火灿迷离。清华位遐僻,朘会犹同期。吉金铿尘圜,我听思斗钘;华灯耿黑树,我睹疑磷燨。孤怀厌喧嚣,彼乐增我悲。幽思坐冥独,愁魂忽南驰。峥嵘跛肉卓,浩汧涉血池,菑疫相为弄,杀气翻大时。昨闻和议隳,夜班百万师。诸将喜跳踉,杀人市皋比。田禾灼涂炭,中藏老农尸;饿鸱唤不醒,饱餮还哺儿。思此肝腑裂,仰天泪淋漓。何当效春雷,高鸣振聋痴。剖疑释仇怨,载橐图缉绥。文教坐布敷,薰风动和吹。然后远近来,共登春台熙。视此区区欢,奚翅百倍之?茫茫大千内,孰不报啜醨!燃箕泣煎豆,同怀属伊谁?!

---

① "某月某日之夜",为1918年11月14日夜。

清华图书馆

京师学校数百十,谁推秘府追东壁?大学充栋三万签,清华规模更无匹,远搜八载穷寰区,邺牛米舫疲挽输。广厦穹窿具陈设,住置十一嫌不敷。泰西匠师司土木,神施鬼设诸夏无。巨万装成天禄阁,太乙下窥青藜扶。盈庭折轴未为富,阙佚凌滥能无虞?泰西管理有专术,更遣游学资仿摹,归来整顿运新法,兰台蓬观奚翅乎?君不见剡溪老藤人未识,碧苰为简金刀刻,鼠须蚕茧已奇创,剞劂神工更不测;谁知富藏侔猗顿,连云玉轴供蠹蚀;琅琊田舍牧豕儿,窃坐春风绛帐侧。又不见瑶签碧简高阁储,主人重之犹璠玙,缥囊缃帙十二库,宝箧哪为他人昧!西京都士效驱役,不受黄金愿借书。我生乃值廿世纪,北走名校窥石渠;河间真本此焉见,收拾阅籍二酉余;灵光下射神龙护,对此凝立徒悲歍;何当长绳系白日,假我数十空五车。

清华体育馆

清华士子好身手,北方体育诸校群星我其斗。八年成绩堪不朽,诱掖鼓奖之功国家有。君不见绀楼崋巉跨两园,璨璀皓旰舒风幡,上有琅玕骈竖之石榭,下有日星燐乱之金门;旋梯蟠虬蟉,层房结蜂屯,千纶络绎露蛛网,槎枒丛揭孥茏孙;白玉为池黄金管,醴泉千文通真源,蒸气氤氲靡冬夏,天窗晃朗胡朝昏。碧眼公,熊貔威,坐受千金勤指挥。春和试伎喧虎闱,七尺健儿美且颀,登场陈力就行列,相仍号令无乖违。修绳倒挂都卢足,缥凌欲逐青云飞;青云飞,翻腾疑坠忽安住,徘徊四顾生光辉。有时余勇犹未竭,临行顾盼久不发。神来一扑骇潮吼,直从四体生溟渤;继者纷下争揶揄,四壁风雷杂呵咄;兴尽突起频低昂,乐往悲来愁撑肠。国家不惜糜巨万,岂供吾辈为弄场?吁嗟乎!摇躯叠足此何取?复哉运甓英雄立意苦。

昆山午发

半日疲车驾，　　风尘顿仆仆。
停午发昆山，　　登船如入屋。
孤帆抱山转，　　一转图一幅。
万树拥古塔，　　绀彩挺众绿。
出石生片云，　　贴空漾文縠。
曲岸卧僵柳，　　碍樯数株秃。
当空跨危梁，　　舟穿巨虹腹。
捉鼻唫未成，　　浩歌骇幽鹜。
清飔荡丛薄，　　鸣禽隔深木。
溪回值朝宗，　　饱帆风如镞。
一苇寄弥漫，　　向若吾生蹙。

自言子文学书院射圃谒言子墓

北山夫子尚遗阡，　　南国文章叹倒澜，
栖鹘丽龟留射圃，　　眠龙变石护桐棺。
千秋风气开吴会，　　六艺渊源祖杏坛，
一瓣心香赊礼谒，　　瑶墀独立久盘桓。

辛峰亭远眺

礼墓得奇趣，　　造极鼓余勇。
细草受芒鞵，　　腻滑如踏毧。
路穷值孤亭，　　天风趁云涌。
一山压半城，　　二水浮双栱，
尘阛骈群栵，　　逼视高塔竦。

皎旭明绿荇，　　密港络平垅。
长桥辨渺茫，　　卧波鳌背耸。
罗子惯雄谈，　　掉首指颍溶。
是水因山成，　　众流二壑捧。
脱非此渟蓄，　　华城河伯冢。
因思神禹功，　　微生被恩重。
何当酾千榼，　　直起三百踊。

寻桃源石屋二涧皆涸溯石屋上游乃得水因濯足焉

宿雾跨昏旦，　　照薨朝霞姣。
荒鸡起过客，　　草食不待饱。
昨夜闻倾盆，　　沥沥直达卯。
心知二涧涨，　　急流想皛淼。
鹊步乘兴健，　　笑语入窅窱。
日中抵桃源，　　积石剩枯燥。
更进探石屋，　　龟坼蒸郁燠。
枯鱼叹未休，　　上游发渟潦。
清泉不可求，　　得此亦绝倒。
因之咏沧浪，　　濯足弄浮藻。
硬黄不盈尺，　　写图复草草。
四士望翩然，　　云岩坐缥缈。
得趣在遗形，　　遑论技拙巧。
小憩石屋中，　　云泥认鸿爪。①
放眼阴云湿，　　天风作意扰。
慷慨起浩歌，　　旧邦赞新造。

---

① 去年夏钱、郭二君营宿于此，爨灰残什犹可见也。——作者原注

再歌颂紫白， 休誉慎相保。
曲止继狂呼， 曳履向归道。
回首众山青， 云收白日皎。

维 摩 寺

维摩古寺天下名， 金粟堂前午荫清，
山禽楚雀皆梵响， 金灶石坛非世情。
说法天仙思缥缈， 随缘万鬼忆狰狞，
游人不识广长舌， 小立清溪听赞声。

北郭即景

傍郭人家竹树围， 骄阳卓午尽关扉。
稻花香破山塘水， 翠羽时来拍浪飞。

蜜月著《律诗底研究》稿脱赋感

春绾香闺镇彩霓， 东莱贷笔漫灾梨——
杖摇藜火兼燃梦， 管秃龙须半扫眉。
手假研诗方剖旧， 眼光烛道故疑西。
洛阳异代疏泉出， 谁订"黄初二月"疑！

废旧诗六年矣。复理铅椠，纪以绝句

六载观摩傍九夷， 吟成缺舌总猜疑。
唐贤读破三千纸， 勒马回缰作旧诗。

释　　疑

艺国前途正杳茫，　　新陈代谢费扶将——
城中戴髻高一尺，　　殿上垂裳有二王。
求福岂堪争弃马？　　补牢端可救亡羊。
神州不乏他山石，　　李杜光芒万丈长。

天　　涯

天涯闭户赌清贫，　　斗室孤灯万里身。
堪笑连年成底事？——　穷途舍命作诗人。

实秋饰蔡中郎演《琵琶记》，戏作柬之

一代风流薄幸哉！　　锺情何处不优俳？
琵琶要作诛心论，　　骂死当年蔡伯喈！

清华学生代表团祭徐君曰哲文

萃群袄于九区兮，莫赤匪狐；启层关以揖盗兮，攫我版图，目负冢于道路兮，孰敢诣而张弧，徐君哀彼啜醨兮，距六衢以疾呼。君之居兮病在身，君之行兮不戚以臞，君朝出兮莫来归。搴两旗兮风缟，宛言笑兮在耳，胡一夕兮已陈？念鲁难之未艾兮，何以慰兹忠魂？指九天以为正兮，誓三户以亡秦。谨陈辞而荐醴兮，魂来享其无僅。

招亡友赋

贾君覲君，以乙卯季冬，殁于清华学校之医院。明年冬，走以同

室者罹剧疾,禁于是院,所以杜传染也。过杨侯之邱,多所记忆;挹黄公之酒,不无浩叹!其夕,素蟾韬耀,朔烋哀号,废书假眠,万籁寂然。恍恍惚惚,觐君来前,惊而延之,神定景逝;更寐而求,苦不交睫。起视牖外,疏星出没,月在树高;巡宇而呼,昂空而泣,踟蹰搔首,不知所措,乃作赋以招之曰:

呜呼噫嘻!子胡不归?精气不失,凝神显质,道出于躬,子胡不神以逸哉?王弼谭玄,嵇康傅琴,越昔之哲,罔阻于幽肩,子胡为而弗灵哉?土伯魑魅,咆哮念吇,薛荔攫人,挟劂荷剞,子独不之懵哉?豪骑鲸游,突机逍遥,促以长飚,迅于赤熛,子胡不来与走共此宵哉?子死之所,今为吾圃,子或弗臆,道无险阻,烛子以炬,夫畴复敢子拒哉?厥室之左,楼峨峨哉;厥室之右,涧浏浏哉,厥室之前,行轩辇哉;厥室之后,囿百亩哉;厥室之门,无卫屯哉;厥室之幌,阔且晃哉;子胡不归!夫畴复敢呦駡哉?走有青琼,醍醐轻哉;濡鳖臛蠵,实鼎脽哉;粔妆饾馂,如饴膏哉;绿蚁新醅,泛玉罍哉;炉可温哉,榻可眠哉,故籍从衡,可供研哉;鸿谈狂笑,无人诮哉;言之不足,承歌啸哉;子胡不归!走迟子于室之窔哉,走思畴昔,泪如泻哉;订交清华,比云霞哉;乙卯之冬,谊蔑如哉;蝌文象胥,学不颇哉;惟子与走共切磋哉!鞅掌会务,维勤恳哉,惟子与走共此瘽哉;少年志越,拯时难哉,惟子与走共此自瘽哉!睥睨宙合,嗟慕愚贤,慷慨悲歌,愤言誔辤,于俊迈何,不可再哉!高谭雄辩,深扣清酬,隽语解颐,睿音箴尤,于询哗何?不如昔哉!明月丽天,庭阶垩雪,狂语欣罗,清歌裂帛,如风定何?不可复哉!秋飙雨夕,素友杂坐,羽觞忽接,秦声同和,如豪狂何?今其已哉!子说走书,玉润金生,走兹擘笺,子来为走评哉;子嗜走画,幛涛有声,走调丹青,子来助走成哉;已走之志,昔尚功而贱言,兹务言以立功,子来以为走之折衷哉。已走之学,曩蔑古而恬今,兹庆今而淫古,子来为决舍取哉。呜呼噫嘻!子胡不归哉?

辞毕,有声冥冥,不见其形;其言曰:二人同心,幽明不乖,交子以神,匪以形骸;闵免崇德,勿复相怀!

马　赋

古罗马爱部鲁洲之艾阙城中，有巨钟焉。民间有冤滥者，则鸣钟以闻诸县令。约翰王时有武士，垂老，贪婪贷利，尽市其鹰犬、甲胄以取资。畜马一匹，旋弃之。马食蔓触钟，钟鸣，县令至，则见老马，左右言属武士；乃亟召武士至，重责之，武士大惭，复携马归。美人亨曼长卿以诗纪之。兹译其意，广其辞，而为之赋。曰：

若有人兮居艾厥，被犀甲兮执戈钺，善游猎兮畜鹰犬，每好奇兮赴巇脆，性倜傥兮崇侠义，软者扶兮强者伐。緊爱马兮千金，与壮士兮同心；体散花兮颀削出，壁象月兮巅县日，髻孤起兮龙颅，耳双矗兮朋欹，踢金镳兮弄影，控铁衔兮啮膝；郁风雷之壮心兮，思飚步于崤崒；幸伯乐之垂青兮，顾瘠躬而不恤。白云飞兮秋马肥，关月圆兮壮士悲，闻觱篥兮夜惊，悄寒风兮生怖，拔剑兮四顾，抚爱马兮依依。羽书倏至兮干戈急挥，奕奕貔貅兮萧萧驿骐；冰坚兮度足冻，飙烈兮嘶声稀；力蹙兮势穷，渐车兮裂帷，负甲胄兮千钧，奋腾骧兮欲痱；短兵接兮鱼丽陵，霾两轮兮折帜徽；壮士一叫兮马争先，杀群敌兮阐王威。高歌兮凯旋，日暮兮旆旌归。鸣白珂兮拥翠盖，趁趋兮返王畿；叠影欣顾兮纷瑞霱，凝威欲嘶兮嚼玉靮；膺荣赏兮富且贵，人与马兮相光辉。夫何韶华兮冉冉，齿徒增兮雄威敛。主人衰兮壮志颓，靡黄金兮不足慊，弛弓兮藏矢，求善价兮沽鹰獢；醇酒兮妇人，老大兮忘绳检；曰老马兮素餐，秣资粮兮不驮鞍，任女风餐兮露宿，余宁得鱼兮忘筌。嗟娇质兮翩翩，讵不识兮饥寒？朝徘徊兮阡陌，夕躅躃兮阑干；食萑苨兮嗓破，吸燥埃兮鼻酸；鬣焦萧兮屩敝，背伶俜兮卦刊，麈蚊蝇兮尾秃，舐疮痏兮舌干。将翘足以惊陆兮，忽蹒跚而欲颠；渴饮水于明溪兮，对枯影而自怜。偶攀蔓兮触钟，钟鸣兮马恟。县令至兮匆匆，见老马兮遢遢。俄众辑兮如云，竞相语兮讻讻。驰黄纸兮召武士，聚丹墀兮亭疑究。主人含羞兮携马归，日斗粟兮餐骅骝，华厩兮洁槽，缱绻兮如始;人马兮一心,亘千古兮无已。乱曰:飞鸟尽兮良弓藏,淮阴醢兮彭越烹。马得钟兮返高厦,人不幸兮畴知者?厩焚兮子问人,余何惜兮斯马!

松　　赋

伊名园之珍植,挺雄姿于峦岗,缀工字之华厅,侣古月以登堂,倒鳞影于荷池,翅羽盖于乌旸,枝映波而上下,叶偏反以阴阳,集九仙之仪翩,接五凤之焜煌,亦秉彝之特粹,故干巍而柯昂。于时斗勺建亥,日驭移房,朔风飔飔,雨霰霏雾;屏翳翳弭节,曜灵韬光;蒔卉另而闵丹,阶草凋而缄黄;柳落叶以逐下,蓬振絮而飞飏,万木栫杌,兹松郁苍。杂康千与飞节,友贞梅与幽篁,卷残飙之欻吸,积寒雪之严芳,经千霜而弥劲,带冰澌而益强!修柯槮爽,利颖氅氅,紫鳞流腻,翠粒含香;既叫嚣如鹡峙,亦连蜷如龙翔,度神飔而流响,协清钟以铿锵,斧钺斗而铁鸣,溟渤焱而潮狂;惟群植之俱谢,羌高曲其畴勤?收俊节而莫贵,蔚奇文而独彰。嗟肆帝之造物,尚何别于否臧,此奚为而独荣?众不幸而罹殃。讵后凋以自喜,愿同类之胥昌;使四时无春秋,斯万物何存亡?惜芝苓之虚顾,怨桃李之易僵;虬拳爪而月白,鹤引颈而露瀼;无春风之伟力,矧韶华之不长,览众山之萧条,倏呜咽而凄伤。重曰:入梦兮丁君,起喻兮叔夜;思古人兮不可任,悲独栋兮难以兴厦!

集 外 集

园　内

序　曲

你开始唱着园内之"昨日",
请唱得像玉杯跌得粉碎,
血色的酒浆溅污了满地,
然后模拟掌中的细沙
从指缝之间溜出的声响。

你若唱到园内之"今日",
当唱得像似一溪活水,
在旭日光中淙淙流去;
或如村塾里总角的学童,
走珠似的背诵他的课本。

你若会唱园内之"明日",
你当想起我们紫白的校旗,
你便唱出风旗飘舞底节奏,
最末,避席起立,额手致敬,
你又须唱得像军乐交鸣。

一

寂寥封锁在园内了,
风扇不开的寂寥,
水流不破的寂寥。
麻雀呀!叫呀,叫呀!
放出你那箭镝似的音调,
射破这坚固的寂寥!
但是雀儿终于叫不出来,
寂寥还封锁在园内。

在这沉闷的寂寥里,
雨水泡着的朱扉,
才剩下些银红的霞晕,
雨水洗尽了昨日的光荣。
在这沉闷的寂寥里,
金黄釉的琉璃瓦,
是条死龙的残鳞败甲,
飘零在四方上下。

在这阴霾的寂寥里,
大理石、云母石、青琅玕、汉白玉,
龟坼的阶墀,矢折的栏柱……
纵横地卧在蓬蒿丛里,
像是曝在沙场上的战骨。

在这悲酸的寂寥里,
长发的柳树还像宫妃,
瞰在胶凝的池边饮泣,饮泣……

半醒的蜗牛在败壁上
拖出了颠斜错杂的篆文,
仿佛一页写错了的历史。

在这恐怖的寂寥里,
尪瘠的月儿常挂在松枝上,
像煞一个缢死的僵尸;
在这恐怖的寂寥里,
疯魔的月儿在松枝上缢死。

在这无聊的寂寥里,
坍碎了的王宫变成一座土地庙;
颤怯的农夫鬼物似的,
悄悄地溜进园来,
悄悄地烧了香,磕了头,
又悄悄的溜出园去……
寂寥又封锁在园内了。

寂寥封锁在园内了;
风扇不开的寂寥,
水流不破的寂寥……
一切都是沉闷阴霾,
一切都是悲酸恐怖,
一切都是百无聊赖。

二

好了!新生命胎动了!
寂寥的园内生了瑞芝,
紫的灵芝,白的灵芝,

妆点了神秘的芜园。
灵芝生了,新生命来了!

好了,活泼泼的少年,
摩肩接踵地挤进园来了。
饿着脑筋,烧着心血,
紧张着肌肉的少年,
从长城东头,穿过山海关,
裹着件大氅,跑进来了,
从长城西尾,穿过潼关,
坐在驴车里拉进园来了。

从三峡底湍流里救出的少年,
病恹恹地踱进园里来了,
漂过了南海,漂过了东海,
漂过了黄海,漂过了渤海的少年,
摇着团罗扇,闯进园里来了;
风流倜傥的少年,
碧衫儿荡着西湖底波色,
翩翩然飘进园里来了。

少年们来了,灵芝生满园内,
一切只是新鲜,一切只是明媚,
一切只是希望,一切只是努力,
灵芝不断地在园内苗放,
少年们不断地在园内努力。

三

于是曙色烘醒了东方,

好像浸渐明晰的思想。
晨鸡叫了,晨星没了,
太阳翻身起来了——
金光镀在紫铜盖的穹窿上,
金光燃在龙鳞似的琉璃瓦上,
金光描在高楼顶的旗杆上,
金光洒在战巍巍的松枝上,
金光吻在少年底桃颊上。

少年在太阳底跸道之旁,
瞻望六龙挽着的云轩发轫,
仿佛诚惶诚恐的村童,
遥望着帝王的法驾西幸,
无限的敬仰,无限的欣羡,
充满了他那蒙稚的心灵。
早起的少年危立在假石山上,
红荷招展在他脚底,
旭日烂灿在他头上,
早起的少年对着新生的太阳
如同对着他的严师,
背诵庄周屈子底鸿文,
背诵沙翁弥氏底巨制。

万籁无声,宇宙在敛息倾听,
驯雀飞下平地来倾听,
金鱼浮上池面来倾听——
少年对着新的太阳,
背诵着他的生命底课本。

啊!"自强不息"①的少年啊!
谁是你的严师!
若非这新生的太阳?

四

于是夕阳涨破了西方,
赤血喋染了宇宙——
不是赔偿罪恶的代价,
乃是生命膨胀之溢流。

赤血喋染了宇宙,
细草伸出舌尖舐着赤血,
绿杨散开乱发沐着赤血。
喷水池抛开螺钿镶的银链,
吼着要锁住窜游的夕阳;
夕阳跌倒在喷水池中,
池中是一盆鲜明的赤血。

红砖上更红的爬墙虎,
紫茎里迸出赤叶的爬墙虎,
仿佛是些血管胀破了,
迸出了满墙的红血斑。

赤血膨胀了夕阳的宇宙,
赤血膨胀了少年的血管。
少年们在广场上游戏,
球丸在太空里飞腾,

---

① 不要忘记了这是本校的校箴。——作者原注

像是九天上跳踉的巨灵,
戏弄着熄了的太阳一样。

少年们踢着熄了的太阳,
少年们抛着熄了的太阳,
少年们顶着熄了的太阳,
少年们抱着熄了的太阳;
生命膨胀了少年的血管,
少年们在戏弄熄了的太阳。

夕阳里喧呼着的少年们,
赤铜铸的筋骨,
赤铜铸的精神,
在戏弄熄了的太阳。

五

于是月儿窥进了东园,
宇宙被清光浸满,
宇宙晶凉的海水一般。
宇宙变了清光之海——
银波进入了窗棂,
银波泛滥了庭院,
银波弥漫了大自然,
宇宙沉沦在海底在。

哪里有杨柳?哪里有松桧?
这水似的晶蓝的空气中,
只有些曼舞的海藻,
只有些鹄立的铁珊瑚,

拱抱着巍峨的大礼堂,
龙宫似的庄严灿烂。

龙宫底闾阖是黄金锤出的,
龙宫底楹柱是白玉雕成的。
哦,莫不是水国的仙人——
这清空灵幻的少年
飘摇在龙宫之东,龙宫之西;
那雍容闲雅的少年
躅躑在龙宫之南,龙宫之北?

少年浮游在海底在,
浮游在清光之海底在;
清光浸入少年底心里,
清光洗在少年底身外。
涤尽浊垢,饮入清光,
少年便是清光之海。

听啊!哪里来的歌声?
莫非就是泣珠的鲛人——
莫非是深深海底的鲛人,
坐在紫黑的巉石龛下,
一壁织着愁思之绡,
一壁唱着缠绵之歌?

啊!如此缠绵的歌声,
唱得海水底晶波战栗,
唱得海树底枝叶飔飏,
唱得少年不能仰首,

唱醒了少年底杳恨冥愁。

少年听了缠绵的歌声,
唤起了甜蜜的神圣的绝望,
或是热烘烘的玄秘的隐忧,
一种没由来,没目的,
一知半解的少年愁——
为了茫茫的大千宇宙?
为了滔滔的洪水猛兽?
为了闸不住的情绪之流?
还是抛不下锚的生命之舟?

六

于是月儿愈渐躲入了西园,
楼房底暗影愈渐伸张弥漫,
列着鹅鹳阵的暗影转战而前,
终于占领了凄凉的庭院。

院中垂头丧气的花木,
是被黑暗拘囚的俘虏;
锁在檐下的紫丁香,
锁在墙脚的迎春柳,
含着露珠儿,含着泪珠儿,
莫不是牛衣对泣的楚囚?

画角哀哀地叫了!
悲壮的画角在黑暗里狂吠,
好像激昂的更犬吠着盗贼;
锐利的角声在空中咬着,

咬破了黑暗底魔术,
咬破了少年底美梦,
少年们揎开美梦,跳起榻床,
少年们已和黑暗宣战了。

哦!静夜的角声如何哭了?
将少年们底心脏哭融了,
五百个战士底心脏融成一个。

楼上点着蜡烛,
楼下点着蜡烛,
少年们正在会议,
少年们正在努力。
三旗营底铜磬报尽了五更,
报道黑暗底行程将尽,
少年们啊!再点上一支蜡烛,
便撑持过了这黑暗的末路!

曙光回了,新生命又来了!
一切又是新鲜,明媚,
一切又是希望,努力。
饿的脑筋,烧着心血,
紧张着肌肉的少年们,
凭着希望造出了希望;
活泼泼的少年们,
又在园内不断地努力。

七

然后有一天园内的昨日,

隐入了蒙昧的历史，
园内的今日瓜代了昨日。
然后风云扰攘的天宇
终竟澈体澄清了……
雍穆的蔚蓝临照了一切。
无垠的蔚蓝的天宇
衬出了金碧辉煌的楼阁。

焕丽雄伟的楼阁
像似皇宫帝阙一般——
蓬莱的晓钟鸣了，
文武的千官，戎狄的臣侄，
群在崔嵬的紫宸殿下，
膜拜着文献之王。

肃静森严的楼阁
又似佛寺梵宇一般——
上方的暮磬响了，
意志猛似龙象的僧侣们，
群在理智之佛像前，
焚着虔诚的香火。

哦，文献底宫殿啊！
哦，理智底寺观啊！
蠢峙在蔚蓝的天宇中，
你是东方华胄的学府！
你是世界文化底盟坛！

八

飘啊！紫白参半的旗哟！
飘啊！化作云气飘摇着！
白云扶着的紫气哟！
氤氲在这"水木清华"的景物上，
好让这里万人底眼望着你，
好让这里万人底心向着你！

这里万人还在猛烈的工作，
像园内的苍松一般工作，
伸出他们的理智的根爪，
挖烂了大地底肌腠，
撕裂了大地底骨胳。
将大地底神髓吸取，
好向中天的红日泄吐。

这里万人还在静默地工作，
像园外的西山一般工作，
静默地滋育了草木，
静默地迸溢了温泉，
静默地驮负了浮图御苑；
春夏他沐着雨露底膏泽，
秋冬他戴着霜雪的伤痕，
但他总是在静默中工作。

这里努力工作的万人，
并不像西方式的机械，
大齿轮绾着小齿轮，

全无意识地转动,
全无目的地转动。
但只为他们的理想工作,
为他们四千年来的理想,
古圣先贤底遗训,努力工作。

云气氲氲的校旗呀!
你在百尺高楼上飘摇着,
近瞩京师,远望长城,
你临照着旧中华底脊骸,
你临照着新中华底心脏。
啊!展开那四千年文化底历史,
警醒万人,启示万人,
赐给他们灵感,赐给他们精神!

云气氲氲的校旗呀!
在东西文化交锋之时,
你又是万人底军旗!
万人肉袒负荆底时间过了,
万人卧薪尝胆底时期过了,
万人要为四千年底文化
与强权霸术决一雌雄!

云气氲氲的校旗呀!
你便是东来的紫气,
你飘出函谷关,向西迈往,①

---

① 关令尹登楼见东极有紫气西迈,喜曰,应有圣人过京邑。至期,果见老子。杜工部诗"东来紫气满函关",正用此事。此处所谓"圣人底灵魂",即指老子。——作者原注

你将挟着我们圣人底灵魂,
弥漫了西土,弥漫了全球!

飘呀!紫白参半的旗呀!
飘呀!化作云气飘摇着!
白云扶着的紫气呀!
氤氲在这"水木清华"的景物上,
莫使这里万人忘了你的意义!
莫使这里万人忘了你的意义!

渔 阳 曲

白日底光芒照射着朱梦,
丹墀上默跪着双双的桐影。
宴饮的宾客坐满了西厢,
高堂上虎踞着他们的主人,
高堂上虎踞着威严的主人。
　　叮东,叮东,
　沉默弥漫了堂中,
　　又一个鼓手,
　　在堂前奏弄,
　这鼓声与众不同。
　　叮东,叮东,
　听!你可听得懂?
　听!你可听得懂?

银珵玉碟——尝不遍燕脯龙肝,
鸬鹚勺子泻着美酒如泉,
杯盘的交响闹成铿锵一片,

笑容堆皱在主人底满脸——
啊,笑容堆皱了主人底满脸。
  叮东,叮东,
  这鼓声与众不同——
   它清如鹤泪,
   它细似吟蛩;
  这鼓声与众不同。
  叮东,叮东,
  听!你可听得懂?
  听!你可听得懂?

你看这鼓手他不像是凡夫,
他儒冠儒服,定然腹有诗书;
他宜乎调度着更幽雅的音乐,
粗笨的鼓棰不是他的工具;
这双鼓棰不是这手中的工具!
  叮东,叮东,
  这鼓声与众不同——
   像寒泉注涧,
   像雨打梧桐;
  这鼓声与众不同。
  叮东,叮东,
  听!你可听得懂?
  听!你可听得懂?

你看他敲着灵鼍鼓,两眼朝天,
你看他在庭前绕着一道长弧线,
然后徐徐地步上了阶梯,
一步一声鼓,越打越酣然——

啊,声声的垒鼓,越打越酣然。
　　叮东,叮东,
　这鼓声与众不同——
　　　陡然成急切,
　　　忽又变成沉雄;
　这鼓声与众不同。
　　叮东,叮东,
　不同,与众不同,
　不同,与众不同。

坎坎的鼓声震动了屋宇,
他走上了高堂,便张目四顾,
他看见满堂缩瑟的猪羊,
当中是一只磨牙的老虎。
他偏要撩一撩这只老虎。
　　叮东,叮东,
　这鼓声与众不同;
　　　这不是颂德,
　　　也不是歌功;
　这鼓声与众不同。
　　叮东,叮东,
　不同,与众不同!
　不同,与众不同!

他大步地跨向主人底席旁,
却被一个班吏匆忙地阻挡;
"无礼的奴才!"这班吏吼道,
"你怎么不穿上号衣,就往前瞎闯?
你没有穿号衣,就往这儿瞎闯?"

叮东,叮东,
　　这鼓声与众不同——
　　　　分明是咒诅,
　　　　显然是嘲弄;
　　这鼓声与众不同。
　　叮东,叮东,
　　听!你可听得懂?
　　听!你可听得懂?

他领过了号衣,靠近栏杆,
次第的脱了皂帽,解了青衫,
忽地满堂的目珠都不敢直视,
仿佛看见猛烈的光芒一般,
仿佛他身上射出金光一般。
　　叮东,叮东,
　　这鼓手与众不同;
　　　　他赤身露体,
　　　　他声色不动;
　　这鼓手与众不同。
　　叮东,叮东,
　　真个与众不同!
　　真个与众不同!

满堂是恐怖,满堂是惊讶,
满堂寂寞——日影在石栏杆下;
飞起了翩翩一只穿花蝶,
洒落了疏疏几点木犀花,
庭中洒下了几点木犀花。
　　叮东,叮东,

这鼓手与众不同——
　　　莫不是酒醉?
　　　莫不是癫疯?
　　这鼓手与众不同。
　　叮东,叮东,
　　定当与众不同!
　　定当与众不同!

苍黄的号褂露出一支赤臂,
头颅上高架着一项银盔——
他如今换上了全副装束,
如今他才是一个知礼的奴才,
如今他才是一个知礼的奴才。
　　叮东,叮东,
　　这鼓声与众不同——
　　　像狂涛打岸,
　　　像霹雳腾空;
　　这鼓声与众不同。
　　叮东,叮东,
　　不同,与众不同!
　　不同,与众不同!

他在主人的席前左右徘徊,
鼓声愈渐激昂,越加慷慨;
主人停了玉杯,住了象箸,
主人的面色早已变作死灰,
啊,主人的面色为何变作死灰?
　　叮东,叮东,
　　这鼓声与众不同——

擂得你胆寒,
挝得你发耸;
这鼓声与众不同。
叮东,叮东,
不同,与众不同!
不同,与众不同!

猖狂的鼓声在庭中嘶吼,
主人的羞恼哽塞咽喉,
主人将唤起威风,呕出怒火,
谁知又一阵鼓声扑上心头,
把他的怒火扑灭在心头。
叮东,叮东,
这鼓声与众不同——
像鱼龙走峡,
像兵甲交锋;
这鼓声与众不同。
叮东,叮东,
不同,与众不同!
不同,与众不同!

堂下的鼓声忽地笑个不止,
堂上的主人只是坐着发痴;
洋洋的笑声洒落在四筵,
鼓声笑破了奸雄的胆子——
鼓声又笑破了主人的胆子。
叮东,叮东,
这鼓手与众不同——
席上的主人,

一动也不动；
　这鼓手与众不同。
　　叮东,叮东,
　定当与众不同!
　定当与众不同!

白日的残辉绕过了雕楹,
丹墀上没有了双双的桐影。
无聊的宾客坐满了两厢,
高堂上呆坐着他们的主人,
高堂上坐着丧气的主人。
　　叮东,叮东,
　这鼓手与众不同——
　　　惩斥了国贼,
　　　庭辱了枭雄;
　这鼓手与众不同。
　　叮东,叮东,
　真个与众不同!
　真个与众不同!

大　　暑

今天是大暑节,我要回家了!
今天的日历他劝我回家了。
　　他说家乡的大暑节
　　　是班鸠唤雨的时候
大暑到了,湖上飘满紫鸡头。
大暑正是我回家的时候。

我要回家了，今天是大暑；
我园里的丝瓜爬上了树，
　　　几多银丝的小葫芦，
　　　吊在藤须上巍巍颤，
初结实的黄瓜儿小得像橄榄，……
呵！今年不回家，更待哪一年？

今天是大暑，我要回家了！
燕儿坐在桥梁上讲话了；
　　　斜头赤脚的村家女，
　　　门前叫道卖莲蓬：
青蛙闹在画堂西，闹在画堂东，……
今天不回家辜负了稻香风。

今天是大暑，我要回家去！
家乡的黄昏里尽是盐老鼠，
　　　月下乘凉听打稻，
　　　卧看星斗坐吹箫；
鹭鹚偷着踏上海船来睡觉，
我也要回家了，我要回家了！

醒　　呀！

　　这些是历年旅外因受尽帝国主义的闲气而喊出的不平的呼声；本已交给留美同人所办一种鼓吹国家主义的杂志名叫《大江》的了。但目下正值帝国主义在沪汉演成这场惨剧，而《大江》出版又还有些日子，我把这些诗找一条捷径发表了，是希望他们可以在同胞中激起一些敌忾，把激昂的民气变得更加激昂。我想《大江》的编辑必能原谅这番苦衷。

作　者

众　天鸡怒号,东方已经白了,
　　庆云是希望开成五色的花。
　　醒呀,神勇的大王。醒呀!
　　你的鼾声真和缓得可怕。

　　他们说长夜闭熄了你的灵魂,
　　长夜的风霜是致命的刀。
　　熟睡的神狮呀,你还不醒来?
　　醒呀!我们都等候得心焦了!

汉　我叫五岳的山禽奏乐,
　　我叫三江的鱼龙舞蹈。
　　醒呀!神的元首,醒呀!

满　我献给你长白的驯鹿,
　　我献给你黑龙的活水。
　　醒呀!勇武的单于,醒呀!

蒙　我有大漠供你的驰骤,
　　我有西套作你的庖厨。
　　醒呀!伟大的可汗,醒呀!

回　我给你筑碧玉的洞宫,
　　我请你在葱岭上巡狩。
　　醒呀!神圣的苏丹,醒呀!

藏　我吩咐喇嘛日夜祷求，
　　我焚起麝香来欢迎你。
　　醒呀！庄严的活佛，醒呀！

众　让这些祷词攻破睡乡的城，
　　让我们把眼泪来浇醒你。
　　威严的大王呀，你可怜我们！
　　我们的灵魂儿如此的战栗！
　　醒呀！请扯破了梦魔的网吧。
　　神州给虎豹豺狼糟蹋了。
　　醒了吧！醒了吧！威武的神狮！
　　听我在五色旗下哀号。

长城下之哀歌

啊！五千年文化底纪念碑哟！
伟大的民族底伟大的标帜！……
哦，哪里是赛可罗坡①底石城？
哪里是贝比楼②？哪里是伽勒③寺？
这都是被时间蠹蚀了的名词；
长城！肃杀的时间还伤不了你。

长城啊！你又是旧中华底墓碑，
我是这墓中的一个孤鬼——
我坐在墓上痛哭，哭到地裂天开，

---

① 赛可罗坡（Cyklops），希腊神话中独眼巨神的总称，秉性残暴，住在山洞里。
② 通译巴比伦，在阿卡德语中意为"神之门"。古代两河流域最大城市。曾为古巴比伦王国和新巴比伦王国的首都，至公元二世纪化为废墟。
③ 梵文的音译，通译伽蓝，佛教寺院的通称。

可才能找见旧中华底灵魂,
并同我自己的灵魂之所在?……
长城啊!你原是旧中华底墓碑!

长城啊!老而不死的长城啊!
你还守着那九曲的黄河吗?
你可听见他那消沉的脉搏?
你的同僚怕不就是那金字塔?
金字塔,他虽守不住他的山河,
长城啊!你可守得住你的文化!

你是一条长万里的苍龙,
你送帝轩辕升天去回来了,
偃卧在这里,头枕沧海,尾榻昆仑,
你偃卧在这里看护他的子孙。
长城啊!你可尽了你的责任?
怎么黄帝的子孙终于"披发左衽"!

你又是一座曲折的绣屏:
我们在屏后的华堂上宴饮——
日月是我们的两柱纱灯,
海水天风和着我们高咏,
直到时间也为我们驻辔流连,
我们便挽住了时间放怀酣寝。

长城啊!你为我们的睡眠担当保障;
待我们睡锈了我们的筋骨,
待我们睡忘了我们的理想,
盗贼们忽都爬过我们的围屏,

我们哪能御抗？我们只得投降，
我们只得归附了狐群狗党。

长城啊！你何曾隔阂了匈奴、吐蕃？
你又何曾障阻了辽、金、元、满？……
古来只有塞下的雪没马蹄，
古来只有塞上的烽烟云卷，
古来还有胡骢载着一个佳人，
抱着琵琶饮泣，驰出了玉关！……

唉！何须追忆得昨日的辛酸！
昨日的辛酸怎比今朝的劫数？
昨日的敌人是可汗，是单于，
都幸而闯入了我们的门庭，
洗尽腥膻，攀上了文明底坛府——
昨日的敌人还是我们的同族。

但今日的敌人，今日的敌人，
是天灾？是人祸？是魔术？是妖氛？
哦，铜筋铁骨，嚼火漱雾的怪物，
运输着罪孽，散播着战争，……
哦，怕不要扑灭了我们的日月，
怕不要捣毁了我们的乾坤！

啊！从今哪有珠帘半卷的高楼，
镇日里睡鸭焚香，龙头泻酒，
自然歌稳了太平，舞清了宇宙？
从今哪有石坛丹灶的道院，
一树的碧荫，满庭的红日，——

童子煎茶,烧着了枯藤一束?

哪有窗外的一树寒梅,万竿斜竹,
窗里的幽人抚着焦桐独奏?
再哪有荷锄的农夫踏着夕阳,
歌声响在山前,人影没入山后?
又哪有柳荫下系着的渔舟,
和细雨斜风催不回去的渔叟?

哦,从今只有暗无天日的绝壑,
装满了幺小微茫的生命,
像黑蚁一般的,东西驰骋,——
从今只有半死的囚奴,鹄面鸠形,
抱着金子从矿坑里爬上来,
给吃人的大王们献寿谢恩。

从今只有数不清的烟突,
仿佛昂头的毒蟒在天边等候,
又像是无数惊恐的恶魔,
伸起了巨手千只,向天求救;
从今瞥着万只眼睛的街市上,
骷髅拜骷髅,骷髅赶着骷髅走。

啊!你们夸道未来的中华,
就夸道万里的秦岭蜀山,
剖开腹脏,泻着黄金,泻着宝钻;
夸道我们铁路络绎的版图,
就像是网脉式的楮叶一片,
停泊在太平洋底白浪之间。

又夸道,麇载归来的战舰商轮,
载着金的,银的,形形色色的货币,
镌着英皇乔治,美总统林肯,
各国元首底肖像,各国底国名;
夸道西欧底海狮,北美底苍隼,
俯首锻翮,都在上国之前请命。

你们夸道东方的日耳曼,
你们夸道又一个黄种的英伦,——
哈哈!夸道四千年文明神圣,
俯首帖耳的堕入狗党狐群!
啊!新的中华吗?假的中华哟!
同胞啊!你们才是自欺欺人!

哦,鸿荒的远祖——神农,黄帝!
哦,先秦的圣哲——老聃,宣尼!
吟着美人香草的爱国诗人!
饿死西山和悲歌易水的壮士!
哦,二十四史里一切的英灵!
起来呀,起来呀,请都兴起,——

请鉴察我的悲哀,做我的质证,
请来看看这明日的中华——
庶祖列宗啊!我要请问你们:
这纷纷的四万万走肉行尸,
你们还相信是你们的血裔?
你们还相信是你们的子孙?

神灵的祖宗啊！事到如今，
我当怨你们筑起这各种城寨，
把城内文化底种子关起了，
不许他们自由飘播到城外，
早些将礼义底花儿开遍四邻，
如今反教野蛮底荆棘侵进城来。

我又不懂这造物之主底用心，
为何那里摊着荒绝的戈壁，
这里架起一道横天的葱岭，
那里又停着浩荡的海洋，
中间藏着一座蓬莱仙境，
四周围又堆伏着魍魉猩猩？

最善哭的太平洋！只你那容积，
才容得下我这些澎湃的悲思。
最宏伟,最沉雄的哀哭者哟！
请和着我放声号咷地哭泣！
哭着那不可思议的命运！
哭着那亘古不灭的天理——

哭着宇宙之间必老的青春，
哭着有史以来必散的盛筵，
哭着我们中华的庄严灿烂，
也将永远永远地烟消云散。
哭啊！最宏伟,最沉雄的太平洋！
我们的哀痛几时才能哭完？

啊！在麦垅中悲歌的帝子！

春水流愁,眼泪洗面的降君!
历代最伤心的孤臣节士!
古来最善哭的胜国遗民!
不用悲伤了,不用悲伤了,
你们的丧失究竟轻微得很。

你们的悲哀算得了些什么?
我的悲哀是你们的悲哀之总和。
啊! 不料中华最末次的灭亡,
黄帝子孙最彻底的堕落,
毕竟要实现于此日今时,
毕竟在我自己的眼前经过。

哦,好肃杀,好尖峭的冰风啊!
走到末路的太阳,你竟这般沮丧!
我们中华的名字镌在你身上;
太阳,你将被这冰风吹得冰化,
中华底名字也将冰得同你一样?
看啊! 猖獗的冰风! 狼狈的太阳!

哦,你一只大雕,你从哪里来的?
你在这铅铁的天空里盘飞,
这八达岭也要被你占了去,
筑起你的窠巢,蕃殖你的族类?
圣德的凤凰啊! 你如何不来,
竟让这神州成了恶鸟底世界?

雹雪重载的冻云来自天涯,
推撞着,摩擦着,在九霄争路,

好像一群激战的天狼互相鏖杀。
哦,冻云涨了,滚落在居庸关下,
苍白的冻云之海弥漫了四野,——
哎呀! 神州啊! 你竟陆沉了吗?

长城啊! 让我把你也来撞倒,
你我都是赘疣,有些什么难舍?
哦,悲壮的角声,送葬的角声,——
画角啊! 不要哀伤,也不要诅骂!
我来自虚无,还向虚无归去,
这堕落的假中华不是我的家!

我是中国人

我是中国人,我是支那人,
我是黄帝底神明血胤,
我是地球上最高处来的,
帕米尔便是我的原籍。

我的种族是一条大河,
我们流下了昆仑山坡,
我们流过了亚洲大陆,
我们流出了优美的风俗。

伟大的民族! 伟大的民族!
五岳一般的庄严正肃,
广漠的太平洋底度量,
春云底柔和,秋风底豪放!

我们的历史可以歌唱,
他是尧时老人敲着木壤①,
敲出来的太平的音乐,——
我们的历史是一节民歌。

我们的历史是一只金罍,
盛着帝王祀天底芳礼,——
我们敬天我们顺天,
我们是乐天安命的神仙。

我们的历史是一掬清泪,
孔子哀悼死麒麟的泪;
我们的历史是一阵狂笑,
庄周、淳于髡、东方朔底笑。

我是中国人,我是支那人,
我的心里有尧舜底心,
我的血是荆轲、聂政底血,
我是神农、黄帝底遗孽。

我的智慧来得真离奇,
他是河马献来的馈礼;
我这歌声中的节奏,
原是九苞凤凰底传授。

---

① 相传唐尧时的《击壤歌》被后代用作歌颂太平盛世的典故。后人对"击壤"的理解有两种:一种是以击壤为游戏,魏邯郸淳《艺经》曰:"壤,以木为之,前广后锐,长四尺,阔三寸,其式如履。将戏,先侧一壤于地,遥于三四十步,以手中壤敲之,中者为上。"另说以击壤为劳作,是将土块打碎、拍平类似耙地的劳动。这里执前说。

我心头充满戈壁底沉默,
脸上有黄河波涛底颜色,
泰山底石霤滴成我的忍耐,
峥嵘的剑阁撑出我的胸怀。

我没有睡着!我没有睡着!
我心中的灵火还在燃烧;
我的火焰他越烧越燃,
我为我的祖国烧得发颤。

我的记忆还是一根麻绳,
绳上束满了无数的结梗,
一个结子是一桩史事——
我便是五千年底历史。

我是过去五千年底历史,
我是将来五千年底历史。
我要修葺这历史底舞台,
预备排演历史底将来。

我们将来的历史是一首歌,
还歌着海宴河清底音乐;
我们将来的历史是一杯酒,
又在金罍里给皇天献寿。

我们将来的历史是一滴泪,
我的泪洗尽人类底悲哀;
我们将来的历史是一声笑,
我的笑驱尽宇宙底烦恼。

我们是一条河,一条天河,
一派浑浑噩噩的光被——
我们是四万万不灭的明星,
我们的位置永远注定。

伟大的民族!伟大的民族!
我们是东方文化底鼻祖,
我的生命是世界底生命,
我是中国人,我是支那人!

爱国的心

我心头有一幅旌旆,
没有风时自然摇摆;
我这幅抖颤的心旌,
上面有五样的色彩。

这心腹里海棠叶形,
是中华版图底缩本;
谁能偷去伊的版图?
谁能偷得去我的心?

回 来 了

这真是说不出的悲喜交集——
滚滚的江涛向我迎来,
然后这里是青山,那里是绿水……
我又投入了祖国的慈怀!

你莫告诉我这里是遍体疮痍,
你没听见麦浪翻得沙沙响?
这才是我的家乡我的祖国:
打盹的雀儿钉在牛背上。

祖国啊!今天我分外爱你……
风呀你莫吹,浪呀你莫涌,
让我镇定一会儿,镇定一会儿;
我的心儿他如此在怔忡!

你看江水俨然金一般的黄,
千樯的倒影蠕动在微澜里。
这是我的祖国,这是我的家乡,
别的且都不必提起。

今天风呀你莫吹,浪呀你莫涌。
我是刚才刚才回到家。
祖国呀,今天我们要分外亲热;
请你有泪儿今天莫洒。

这真是说不出的悲喜交集;
我又投入了祖国的慈怀。
你看船边飞着簸谷似的浪花,
天上飘来仙鹤般的云彩。

故　乡

先生,先生,你到底要上哪里去?

你这样的匆忙,你可有什么事?

我要看还有没有我的家乡在;
我要走了,我要回到望天湖边去。
我要访问如今那里还有没有
白波翻在湖中心,绿波翻在秧田里,
有没有麻雀在水竹枝头耍武艺?

先生,先生,世界是这样的新奇,
你不在这里遨游,偏要哪里去?

我要探访我的家乡,我有我的心事;
我要看孵卵的秧鸡可在秧林里,
泥上可还有鸽子的脚儿印"个"字,
神山上的白云一分钟里变几次,
可还有燕儿飞到人家堂上来报喜。

先生,先生,我劝你不要回家去;
世间只有远游的生活是自由的。

游子的心是风霜剥蚀的残碑,
碑上已经漶漫了家乡的字迹,
哦,我要回家去,我要赶紧回家去,
我要听门外的水车终日作鼋鸣,
再将家乡的音乐收入心房里。

先生,先生,你为什么要回家去?
世上有的是荣华,有的是智慧。

你不知道故乡有一个可爱的湖,
常年总有半边青天浸在湖水里,
湖岸上有兔儿在黄昏里觅粮食,
还有见了兔儿不要追的狗子,
我要看如今还有没有这种事。

先生,先生,我越加不能懂你了,
你到底,到底为什么要回家去?

我要看家乡的菱角还长几根刺,
我要看那里一根藕里还有几根丝,
我要看家乡还认识不认识我,
我要看坟山上添了几块新碑石,
我家后园里可还有开花的竹子①。

七子之歌

邶有七子之母不安其室,七子自怨自艾,冀以回其母心,诗人作凯风以愍之。吾国自尼布楚条约迄旅大之租让,先后丧失之土地,失养于祖国,受虐于异类,臆其悲哀之情,益有甚于凯风之七子。因择其与中华关系最亲切者七地,为作歌各一章,以抒其孤苦亡告眷怀祖国之哀忱,亦以励国人之奋兴云尔。国疆崩丧,积日既久,国人视之漠然。不见夫法兰西之 Alsace-Lorraine② 耶?"精诚所至,金石为开"。诚能如斯,中华"七子"之归来,其在旦夕乎?

---

① 俗称竹子开花是凶事的朕兆。——作者原注
② Alsace-Lorraine,即阿尔萨斯－洛林地区,位于法国东部,1871 年普法战争后割予德国,1919 年《凡尔赛和约》签订后归还法国。

澳　门

你可知"妈港"不是我的真名姓?……
我离开你的襁褓太久了,母亲!
但是他们掳去的是我的肉体,
你依然保管着我内心的灵魂。
三百年来梦寐不忘的生母啊!
请叫儿的乳名,叫我一声"澳门"!
　母亲,我要回来,母亲!

香　港

我好比凤阁阶前守夜的黄豹,
母亲啊!我身分虽微,地位险要。
如今狞恶的海狮扑在我身上,
啖着我的骨肉咽着我的脂膏。
母亲啊!我哭泣号咷,呼你不应。
母亲啊!忙让我躲入你的怀抱!
　母亲,我要回来,母亲!

台　湾

我们是东海捧出的珍珠一串,
琉球是我的群弟,我便是台湾。
我胸中还氤氲着郑氏的英魂,
精忠的赤血点染了我的家传。
母亲,酷炎的夏日要晒死我了;
赐我个号令,我还能背城一战。
　母亲,我要回来,母亲!

威海卫

再让我看守着中华最古白海,

这边岸上原有圣人的丘陵在。
母亲,莫忘了我是防海的健将,
我有一座刘公岛作我的盾牌。
快救我回来呀,时期已经到了!
我背后葬的尽是圣人的遗骸。
　　母亲,我要回来,母亲!

广　州　湾

东海和硇州①是我的一双管钥,
我是神州后门上的一把铁锁。
你为什么把我借给一个盗贼?
母亲,你千万不该抛弃了我!
母亲呀!让我忙回到你膝前来,
我要紧紧的拥抱着你的脚髁。
　　母亲,我要回来,母亲!

九　　　龙

我的胞兄香港在诉他的苦痛,
母亲呀,可记得你的幼女九龙?
自从我下嫁给那镇海的魔王,
我何曾有一天不在泪涛汹涌!
母亲,我天天数着归宁的吉日,
我只怕希望要变作一场空梦!
　　母亲,我要回来,母亲!

旅顺大连

我们是旅顺,大连,孪生的兄弟,

---

① 硇州,岛屿名。在广东雷州湾外。

我们的命运——强邻脚下的烂泥,
母亲呀,我们的昨日不堪回首,
我们的今日更值得痛哭流涕,
母亲,归期到了,快领我们回来。
你不知道儿们如何的想念你!
　　母亲! 我们要回来,母亲!

南海之神
——中山先生颂

一　神之降生

炎风煽惑了龃龉的波浪;
海水熬成了一锅热油——
大波噬着小澜,惊涛扑着骇浪。
妖云在摇旗,迅雷在呐喊,
天是精铜的破镜一面;
世界要变成一场大血战。
贝阙里的老龙睡得不安,
仿佛听见了一阵隐约的哭声,
像是九霄外的哀鸿航过。
慈悲的泪在他脸上开成了珠花。
忽地他长啸一声——天昏地黑,
南海岸山一个婴儿坠地了!

婴儿醒了,呱呱的哭声,
载满了一个民族底悲哀。
婴儿又睡了,沉默笼罩着宇宙。
于是蔚蓝的高天是它的庄严,

葱绿的大地是母亲的慈爱。
于是畏惧坐镇在人之心上；
鸟儿底歌声涌到喉间又吞了下去，
花瓣儿浮在空中不敢坠落……
一切的都敛息屏声，
护持着这新生命底睡眠，
倾听着这新脉搏底节奏。
一切的生命都要让开路来，
尽这一道新生命往前先走。

于是宇宙万物尽他们所有的，
都献给他作为庆贺的仪程了：
巍峨的五岳献给他庄严；
瞿塘滪滟底石壁献给他坚忍；
从深山峭谷里探出路径，
捣石成沙,撞断巫山十二峰，
奔流万里，百折不回的扬子江，
献给他寰球三大毅力之一。
浩荡的太平洋献给他度量，
轻身狎浪的海鸥又献给他冒险精神。
谁献给他慈霭底美德？——
说苏了小草的春雨和吹着麦浪的熏风；
谁献给他先觉底智慧？——踞阜的晨鸡；
谁献给他决斗的精神？——负隅的困兽。
九月底雷霆献给他震怒；
日月星辰献给他洞察的眼光；
然后造物者又把创造底全能交付给他了。
于是全宇宙长在一个人的躯壳里了；
啊！一个宇宙在人间歌哭言笑！

一个宇宙在人间奔走呼号！——
于是赤县神州有一个圣人，
同北邻建树赤帜的圣人比肩，
同西邻底 Mahatma① 争衡，
同太平洋彼岸上为一个奴隶民族，
解脱了枷锁的圣人并驾齐驱！

二　纪元之创造

百尺的朱门关闭了五千年；
黑色的苔癣侵蚀了雕梁画栋，
野蜂在兽环底口里作了巢，
屋脊上的飞鱼，鸱吻，铜雀，宝瓶，……
狼藉在臭秽的壕沟里。
宇宙乘除了五千个春秋，
积尘瘗没了浮钯钉，
百尺的朱门依然没有人来开启。
风雨如晦鸡鸣不已的时候，
忽然来了一个愁容满面的巨人，
擎着一只熊熊的火把，
走上门前拍一拍门环，叫一声：
"开门呀！"
一阵蝙蝠从砖缝瓦罅里飞出来了：
失了胶粘力的灰泥垩粉，
纷纷的洒落在他头上。
他又叫一声，连叫几声，……
他耳边但有危梁欹柱解体脱节底异响，
总听不见应门的人声。

---

① mahatma，大圣。此处指圣雄甘地。

滚滚的热泪流到喉咙里来了,
他将热泪咽下了,又大叫数声,
在门扇上拳推脚踢,
在门扇上拳推脚踢,
他吼声如雷,他洒泪如雨,……
全宇宙底震怒在他身中烧着了。
他是一座洪炉——他是烘炉中的一条火龙,
每一颗鳞甲是一颗火星,
每一条须髯是一条火焰。
时期到了!时期到了!他不能再思了!
于是他挥起巨斧,巨斧在他手中抖颤——
摩天的巨斧像山岳一般倒下来了,
骎的一声——阊阖洞开了!
骎的一声——飞昂折倒了!
骎的一声——黄阙丹墀变成齑粉了!
于是在第二个盘古底神斧之下,
五千年的金龙宝殿一扫而空——
前五千年底盘据地禅让给后五千年了。
于是中华的圣人创造了一个新纪元,
这圣人是我们中华历史上的赤道,
他的前面是一个半球,
他的后面又是一个半球。
他是中华文化底总枢纽,
他转了四万万生灵底命运。

三　祈祷

神通广大的救星啊!请你听!
请将神光辐射的炬火照着我们;
勇武聪睿的主将啊!请你听!

请将你的大氅掩覆我们战栗的灵魂,
仓公扁鹊——起死回生的国手啊!
请用神灵的刀圭铲除了这遍体的疮痍;
仁爱的牧者啊!我们是亡告的羊群,
豺狼当道,请你保护我们的生命!

我们虽是不肖的儿女,背恩的奴隶——
我们自身鄙吝反而猜疑你的恩惠,
自身愚蠢因之妒嫉你的聪明;
但是神明宽厚的主将啊!
请你宽赦我们!请你饶恕我们,
让我们流出忏悔的泪洗你心上的伤痕,
让这四万万颗赤心都焚起一瓣自新的心香;
让心香底馥郁熏灭了你的悲酸底记忆。
广大无边,海函地负的精神啊!
让我们忏悔,让我们忏悔!

我们祸孽深重,我们万死不容,
你本不当赐给我们非分的原宥。
我们是龌龊的虮蚤一群,
我们曬饮你的血汗来滋养自身的肌肉。
你的神炬作了我们夜劫底火把,
你的战旗是我们行凶时护身的符箓。
你的名字在我们脚下踩成笑柄。
我们都是你的罪人!

你是行天的赤日,光明底输送者,
我们是蜀山中的村犬,
我们在黯谷中生活,反而狂吠你的光明。

我们是饕餐的鸱鸮剥啄着腐鼠,
你是高洁的鹓鶵从我们头上飞过,
我们的猜忌便进作毒狠的诅骂。
我们是商受不懂圣人的心如何构造,
便将你的心剜了出来查验他的孔窍。
我们戏谑你到了不堪的程度。
哦,让我们忏悔!让我们忏悔!

让洞庭底波涛涤祛我们的罪恶!
让九天底黑云掩着我们的羞耻!
让十八层地狱底火烧着我们的心脏!
让峨嵋,剑阁和青泥底四万八千哀猿,
同声叫着,叫出我们的酸悲!
哦,让我们忏悔!让我们忏悔!

哦,神秘伟大的灵魂啊!
你戴着痛苦如同戴着荣华一般——
荆棘之冠在你头上变成璀璨的玉冕;
悲哀之泪像倒流的弱水,
流到你心中潴成了仁爱的仙海;……
你是那样的神秘!那样的伟大!
你定让我们忏悔,让我们忏悔。

神秘伟大的神灵啊!
让我们赞美你!让我们膜拜你!
让我们从你身上支取力量,
因为你是四万万华胄底力量之结晶。
让我们从你身上看到中华昨日的伟大,
从你身上望到中华明日底光荣——

让我们的希望从你身上发生。
伟大的神！仁爱的神！勇武的神啊！
让我们赞美你！让我们礼拜你！
但是先让我们忏悔！先让我们忏悔！

秦始皇帝

荆轲的匕首，张良的大铁椎，
是两只苍蝇从我眼前飞过。
我肋骨槛里囚着一只黑狼，
这一只黑狼他终于杀了我。

我吞噬了六国来喂这黑狼，
黑狼喂肥了，反来吞噬了我；
我筑起阿房来让黑狼游戏，
他游倦了，我们一齐都睡着。

如今什么也惊不醒我们了，
钜鹿的干戈和咸阳城的火……
多情的刺猬抱着我的骷髅，
十丈来的青蛇缠着我的脚。

唁　　词
——纪念三月十八日的惨剧

没有什么！父母们都不要号咷！
兄弟们，姊妹们也都用不着悲恸！
这青春的赤血再宝贵没有了，
盛着他固然是好，泼掉了更有用。

要血是要他红,要血是要他热;
那脏完了,冷透了的东西谁要他?
不要愤嫉,父母,兄弟和姊妹们!
等着看这红热的开成绚烂的花。

感谢你们,这么样丰厚的仪程!
这多年的宠爱,矜怜,辛苦和希望。
如今请将这一切的交给我们,
我们要永远悬他在日月的边旁。

这最末的哀痛请也不要吝惜。
(这一阵哀痛可磔碎了你们的心!)
但是这哀痛的波动却没有完,
它要在四万万颗心上永远翻腾。

哀恸要永远咬住四万万颗心,
那么这哀痛便是忏悔,便是惕警。
还要把馨香缭绕,俎豆来供奉!
哀痛是我们的启示,我们的光明。

欺负着了

你怕我哭?我才不难受了;
这一辈子我真哭得够了!
哪儿有的事?——三年哭两个,
谁家的眼泪有这么样多?

我一个寡妇,又穷又老了,

今日可给你们欺负着了!

你,你为什么又往家里跑?
再去——去送给他们杀一刀!
看他们的威风有多么大……
算我白养了你们哥儿仨。

我爽兴连这信也不要了,
就算我给你们欺负着了!

为着我教你们上了学校,
没有教你们去杀人绑票——
不过为了这点钱,这点错,
三个儿子整杀了我两个!

这仇有一天我总得报了,
我不能给你们欺负着了!

好容易养活你们这么大,
凭什么我养的让他们杀?
我倒要问问他们这个理,
问问他们杀了可赔得起?……

杀了我儿子,你们就好了?……
我可是给你们欺负着了!

老大为他们死给外国人,
老二为他们和洋人拚命——
帮他们又被他们活杀死,

这到底到底是怎么回事?

三儿还帮不帮你们闹了?……
我总算给你们欺负着了!

你也送去给他们杀一刀,
杀完了就再没有杀的了!
世界上有儿子的多得很,
我要看他们杀不杀得尽!

我真是给你们欺负恼了!
我可不给你们欺负着了?

相遇已成过去①

欢悦的双睛,激动的心;
相遇已成过去,到了分手的时候,
温婉的微笑将变成苦笑,
不如在爱刚抽芽时就掐死苗头。

命运是一把无规律的梭子,
趁悲伤还未成章,改变还未晚,
让我们永为素丝的经纬线;
永远皎洁,不受俗爱的污染。

分手吧,我们的相逢已成过去,

---

① 此诗原为作者用英文写成,1925 年写于纽约。原诗无题,由许芥昱译为中文,题目亦为译者所加。

任心灵忍受多大的饥渴和懊悔。
你友情的微笑对我已属梦想的非分,
更不敢企求叫你深情的微哂。

将来有一天也许我们重逢,
你的风姿更丰盈,而我则依然憔悴。
我的毫无愧色的爽快陈说,
"我们的缘很短,但也有过一回。"

我们一度相逢,来自西东,
我全身的血液,精神,如潮汹涌,
"但只那一度相逢,旋即分道。"
留下我的心永在长夜里怔忡。

叫卖歌

朦胧的曲巷群鸦唤不醒,
东方的天上只是一块黄来一块青。
这是谁催少妇上梳妆?——
　　"白兰花!白兰花!"
　　声声落入玻璃窗。

桐荫摊在八尺的高墙底,
"知了"停了,一阵饭香飘到书房里。
忽把孩儿的午梦惊破了——
　　"薄荷糖!薄荷糖!"
　　小锣儿在墙角敲。

市声像沸水在铜壶里响,

半壁无丝是竹帘筛进的淡斜阳。
这是谁遮断先生的读书声?——
　　"老莲蓬!老莲蓬!"
　　满担清香挑进门。

黄昏要拥注全城去安歇,
纷飞的蝙蝠仿佛是风催落叶。
这时谁将神秘载满老人心?——
　　你听啦!你听啦!
　　算命瞎子拉胡琴。

纳 履 歌

桥下的菖蒲拜折了腰,
半日没有�鸡儿叫。
秋天的河流分外的细,——
一线银丝在沙上洗。

少年的张良是无事忙,
狂奔不向着前途望;
忽然听见了咳嗽一声,
想是只白鹭吃了惊。

抬头瞧见一个老人样,
板桥底边晒太阳,
脱下了破鞋往板桥下摔,
喊一声:"小子拾起来!"

张良底心头上火星飞,

身边恨没有大铁椎:
祖龙在我手下逃生命,
老头儿你是什么人?

老头儿对着他微微笑,
笑得他心寒怒火消……
本来古礼尊尚白头发,
我张良应分服侍他。

河底拾起了老人的鞋,
老人讲:"替我穿起来!"
老人的尊严比皇帝大,
谁敢不听老人的话?

张良双膝跪落心跪落,
捧鞋送上老人底脚,——
只觉老人伟大自身小,
仿佛是鲲鹏比鷦鹩。

"孺子可教!孺子你记着:
再过了五天来会我。"
瞥眼之间不见老人身,
老人不是寻常人!

秋天的河流分外的细,——
一线银丝在沙上洗。
桥下的菖蒲拜折了腰,
半日没有鸨鸡儿叫。

抱　　怨

我拈起笔来在手中玩弄,
空中便飞来了一排韵脚;
我不知如何的摆布他们,
只希望能写出一些快乐。
我听见你在窗前咳嗽,
不由的写成了一首悲歌。

上帝将要写我的生传;
展开了我的生命之纸,
不知要写些什么东西,
许是灾殃,也许是喜事。
你硬要加入你的姓名,
他便写成了一篇痛史。

比　　较

别人的春光歌舞着来,
鸟啼花发鼓舞别人的爱。
我们只有一春苦雨与凄风!
总是桐花暗淡柳惺忪;——
　　我们和别人同不同?

我的人儿她不爱说话,
书斋里夜夜给我送烟茶,
别人家里灯光像是泼溶银,
吴歌楚舞不肯放天明——

我们怎能够比别人？
别人睡向青山去休息，
我们也一同走入黄泉里。
别人堂上的燕子找不着家，
飞到我们的墙前骂落花——
　　我们比别人差不差？

鸟　　语
——送友人南归

他们把我关在囚笼里，
可是这囚笼没有墙壁：——
削瘦的栏杆围在四旁，
一根根都像白骨一样。

这些栏杆中间的隙缝，
不知道到底有什么用：
为他们看我的羽翰，
还是让我好望见青天？

也许是仙鹤似的白云
驶过了蓝宝石的天心；
也许是白云似的仙鹤
从赤日的轮盘边儿晃过。

天上既有飞动的东西，
我怎当辜负我的羽翼？
你看我也打破了监牢；

我原是一只能飞的鸟!

于今回到了我的家乡,
我也该晾晾我的翅膀,……
吓!这根柳条真个轻软,
这满塘春水明镜一般。

江南的山林幽深得很,
山上的白云分外氤氲;
明朝你听见歌声如锤,
你怎知道我身在何处!

答　　辩

挂彩的荣华我当不起,
没有圆光往我头上箍,
旌旗铙鼓不是我的份,
我道上不许用黄土铺。

不许矜骄镀我成金身,
我拒绝"成功"见我一面;
双手掀住挣扎的纷忙,
我对着黎明,也不要看。

锦袍的庄严交给别人,
流汗的快乐得让给我。
上帝许我纯钢的意志,
要我锤出些惨淡的歌。

可是旌旗铙鼓我不要,
我道上不用黄土来铺,
挂彩的荣华我当不起,
哪有圆光往我头上箍?

回　　来

我急忙的闯进门来,喘着气,
打算好了一盆水,一壶滚茶,
种种优渥的犒劳,都在那里:
我要把一天的疲乏交给她。
我载着满心的希望走回来,
哪晓得一开门,满都是寂静——
什么都没变,夕阳绕进了书斋,
一切都不错,只没她的踪影。

出门了? 怎么?……这样的凑巧?
出门了,准是的! 可是那顷刻,
那徬徨的顷刻,我已经尝到
生与死间的距离,无边的萧瑟:
恐怖我也认识了,还有凄惶,
我认识了孤臣孽子的绝望。

武昌艺术专科学校校歌歌词[①]

晴川历历汉阳树,芳草萋萋鹦鹉洲。

[①] 1928年秋,闻一多在武汉大学任教时,曾应邀任武昌艺术专科学校董事,并为该校作此歌词。

大江流日夜,大别龙蛇走。
危楼百尺名黄鹤,独立江岸碍中流。
河山好,风景幽,自古有才生三楚。

吾校惨淡经营,发扬文化绵悠悠。
舞乐八方,粉绘千秋。
愿吾侪努力全修,复兴我伟大民族。

奇　迹

我要的本不是火齐的红,或半夜里
桃花潭水的黑,也不是琵琶的幽怨,
蔷薇的香,我不曾真心爱过文豹的矜严,
我要的婉娈也不是任何白鸽所有的。
我要的本不是这些,而是这些的结晶,
比这一切更神奇得万倍的一个奇迹!
可是,这灵魂是真饿得慌,我又不能
让他缺着供养,那么,即便是糟糠,
你也得募化不是? 天知道,我不是
甘心如此,我并非倔强,亦不是愚蠢,
我是等你不及,等不及奇迹的来临!
我不敢让灵魂缺着供养,谁不知道
一树蝉鸣,一壶浊酒,算得了什么,
纵提到烟峦,曙壑,或更璀璨的星空,
也只是平凡,最无所谓的平凡,犯得着
惊喜得没主意,喊着最动人的名儿,
恨不得黄金铸字,给装在一支歌里?
我也说但为一阕莺歌便噙不住眼泪

那未免太支离,太玄了,简直不值当。
谁晓得,我可不能不那样:这心是真
饿得慌,我不能不节省点,把藜藿
权当作膏粱。

  可也不妨明说,只要你——
只要奇迹露一面,我马上就抛弃平凡
我再不瞅着一张霜叶梦想春花的艳
再不浪费这灵魂的膂力,剥开顽石
来诛求白玉的温润,给我一个奇迹,
我也不再去鞭挞着"丑",逼他要
那份背面的意义;实在我早厌恶了
这些勾当,这附会也委实是太费解了。
我只要一个明白的字,舍利子似的闪着
宝光,我要的是整个的,正面的美。
我并非倔强,亦不是愚蠢,我不会看见
团扇,悟不起扇后那天仙似的人面。
那么
  我便等着,不管等到多少轮回以后——
既然当初许下心愿,也不知道是在多少
轮回以前——我等,我不抱怨,只静候着
一个奇迹的来临。总不能没有那一天
让雷来劈我,火山来烧,全地狱翻起来
扑我,……害怕吗?你放心,反正罡风
吹不熄灵魂的灯,愿这蜕壳化成灰烬,
不碍事,因为那,那便是我的一刹那
一刹那的永恒——一阵异香,最神秘的
肃静,(日,月,一切星球的旋动早被
喝住,时间也止步了)最浑圆的和平……
我听见阊阖的户枢訇然一响,

传来一片衣裙的綷縩——那便是奇迹——
半启的金扉中,一个戴着圆光的你!

八 教授颂①

新中国的
　学者,
　文人,
　思想家,
一切最可敬佩的二十世纪的经师和人师!
　为你们的固执,
　为你们的愚昧,
　为你们的 snobbery②,
　为你替"死的拉住活的"挽救了五十年文化
　　遗产的丰功伟烈,
请接受我这只海贝,
听!
这里
通过辽远的未来的历史长廊,
大海的波涛在赞美你。

(一)政治学家

伊尹
　吕尚
　管仲
　　诸葛亮

---

① 据作者《与张奚若的一封信》一文,八教授除张奚若外,余为潘光旦、冯友兰、钱穆、梁宗岱、沈从文、卞之琳和闻一多。
② 假绅士派头。

"这些",你摇摇头说,
"有经纶而缺乏戏剧性的清风亮节"。
你的目光继续在灰尘中搜索,
你发现了"高士传":
  那边,
    在辽远的那边,
      汾河北岸,
        藐姑射之山中,
偃卧着四个童颜鹤发的老翁,
忽而又飘浮在商山的白云里了,
回头却变作一颗客星,
给洛阳的钦天监吃了一惊,
(赶尽是光武帝的大腿一夜给人压麻了)
于是一阵笑声,
又隐入七里濑的花丛里去了……
于是你笑了。
这些独往独来的精神,
我知道,
是你最心爱的,
虽然你心里也有点忧虑……
于是你为你自己身上的
  西装裤子的垂直线而苦恼,
然而你终于弃"轩冕"如敝屣了。

你惋惜当今有唐太宗,
你自己可不屑做魏徵。
你明知没有明太祖,
可还要耍一套方孝孺;
  你强占了危险的尖端,

教你的对手捏一把汗。

你是如何爱你的主角(或配角)啊,
在这历史的最后一出"大轴子"里,
你和他——你的对手,
是谁也少不了谁,
　　虽则——
　　不,
　　正因为
在剧情中,
你们是势不两立的——
你们是相得益彰的势不两立。

正如他为爱他自己
而深爱着你,
你也爱的对手,
为了你真爱你自己。

二千五百年个人英雄主义的幽灵啊!
你带满一身发散霉味儿的荣誉,
甩着文明杖,
来到这二十世纪三十年代的公园里散步;
你走过的地方,
是一阵阴风;
你的口才——
　　那悬河一般倾泻着的通货,
是你的零用钱,
你的零用钱愈花愈有,
　　你的通货永远无需兑现。

幽灵啊！
今天公园门口
挂上了"游人止步"的牌子，
（它是几时改作私园的！）
现在
你的零用钱，
即便能兑现，
也没地方用了。

请回吧！
可敬爱的幽灵！
你自有你的安乐乡，
　在藐姑射的烟雾中，
　在商山的白云中，
　在七里濑的水声中，
回去吧，
　这也不算败兴而返！

　　《八教授颂》写于1944年7月1日，它是闻一多先生发表《奇迹》后"整十五年没有写诗"，因感时"思想发酵了"而"爆裂"出来的一首讽刺诗，也是先生最后的一首诗。此诗曾在1948年6月出版的诗联丛刊《牢狱篇》上发表过一部分，这次是先生手稿的全部，且订正了那次发表时的错漏。从诗题和闻一多先生同一天写给张奚若先生的信中可以知道，闻先生本来打算要写八节的，可惜写了第一节《政治家》便搁笔了。张奚若先生在纪念闻一多先生死难二周年时说："我很可惜你那篇《八教授颂》长诗没有写完，不然，虽然不敢说一定会'与别人有益'，但总可增加青年人对于人性的认识，对于社会革命运动进一步的了解。"并说此诗是一首"可与《八哀诗》媲美的大作"。此诗反映出诗人政治思想上和诗风上的转变。它的责备和讽刺流露出一个革命者的变革激情。

(孙敦恒附记)

笑

朝日里的秋忍不住笑了——
笑出金子来了——
黄金笑在槐树上,
赤金笑在橡树上,
白金笑在白皮树上。

硕健的杨树,
裹着件拼金的绿衫,
一只手叉着腰,
守在池边微笑;
矮小的丁香,
躲在墙脚下微笑。

白杨笑完了,
只孤零零地
竖在石青色的天空里发呆。

成年了的栗叶,
向西风抱怨了一夜,终于得了自由,
红着脸儿,
笑嘻嘻地脱离了故枝。

闺中曲

墙头还洒着淅沥的余滴,
夕阳浸在泥洼中的积潦里,
寂寞的空阶呆立着一个伊——
"人儿!人儿!"伊叹道,
"我几时,几时才能看见你?"

横斜的雁字没入了天河,
寒雁底呼声从伊心中穿过;
于是悲哀沉淀在伊的心窝,
"天啊!天啊!"伊叫道,
"你为什么,为什么生了我!"

瘖哑的自鸣钟负墙而立。
时间是无涯的厌倦和烦累。
伊站在生死的门限上犹夷,
"悲哀!悲哀!"伊想道,
"我将永远,永远结束了你!"
摇篮里忽然呱呱的啼哭,
仿佛是黑夜里声声的更鼓,
把伊从一场噩梦之中救出。
"儿啊!儿啊!"伊哭道,
"教我如何,如何死得下去!"

贡　　献

红灯下我陪你们醉酒,

沙发上我敬给你们两枝香烟,
我陪着你们坐车子,走路,吃饭,
仿佛一天天我也有我的贡献。

　给你们让着路,点着头,
你们打扮好了,我替你们惊羡,
你们跟来了,我抛下一只铜板——
不要误会了这就是我的贡献。

　有时悲哀抓着我的心,
我能为人类的苦痛捏一把汗,
我能哭得像婴孩,在一刹那间——
这刹那间才是我最伟大的贡献!

散文杂文编

青　岛

　　海船快到胶州湾时,远远望见一点青,在万顷的巨涛中浮沉;在右边崂山无数柱奇挺的怪峰,会使你忽然想起多少神仙的故事。进湾,先看见小青岛,就是先前浮沉在巨浪中的青点,离它几里远就是山东半岛最东的半岛——青岛。簇新的,整齐的楼屋,一座一座立在小小山坡上,笔直的柏油路伸展在两行梧桐树的中间,起伏在山冈上如一条蛇。谁信这个现成的海市蜃楼,一百年前还是个荒岛?

　　当春天,街市上和山野间密集的树叶,遮蔽着岛上所有的住屋,向着大海碧绿的波浪,岛上起伏的青梢也是一片海浪,浪下有似海底下神人所住的仙宫。但是在榆树丛荫,还埋着十多年前德国人坚伟的炮台,深长的甬道里你还可以看见那些地下室,那些被毁的大炮飞机,和墙壁上血涂的手迹。——欧战时这儿剩有五百德国兵丁和日本争夺我们的小岛,德国人败了,日本的太阳旗曾经一时招展全市,但不久又归还了我们。在青岛,有的是一片绿林下的仙宫和海水泱泱的高歌,不许人想到地下还藏着十多间可怕的暗窟,如今全毁了。

　　堤岸上种植无数株梧桐,那儿可以坐憩,在晚上凭栏望见海湾里千万只帆船的桅杆,远近一盏盏明灭的红绿灯飘在浮标上,那是海上的星辰。沿海岸处有许多伸长的山角,黄昏时潮水一卷一卷来,在沙滩上飞转,溅起白浪花,又退回去,不厌倦的呼啸。天空中海欧逐向渔舟飞,有时间在海水中的大岩石上,听那巨浪撞击着岩石激起一两丈高的水花。那儿再有伸出海面的站桥,去站着望天上的云,海天的云彩永远是清澄无比的,夕阳快下山,西边浮起几道鲜丽耀眼的光,在别处你永远看不见的。

过清明节以后,从长期的海雾中带回了春色,公园里先是迎春花和连翘,成篱的雪柳,还有好像白亮灯的玉兰,软风一吹来就憩了。四月中旬,奇丽的日本樱花开得像天河,十里长的两行樱花,蜿蜒在山道上,你在树下走,一举首只见樱花绣成的云天。樱花落了,地下铺好一条花蹊。接着海棠花又点亮了,还有踯躅在山坡下的"山踯躅",丁香,红端木,天天在染织这一大张地毯;往山后深林里走去,每天你会寻见一条新路,每一条小路中不知是谁创制的天地。

到夏季来,青岛几乎是天堂了。双驾马车载人到汇泉浴场去,男的女的中国人和十方的异客,戴了阔边大帽,海边沙滩上,人像小鱼一般,曝露在日光下,怀抱中是薰人的咸风。沙滩边许多小小的木屋,屋外搭着伞篷,人全仰天躺在沙上,有的下海去游泳,踩水浪,孩子们光着身在海滨拾贝壳。街路上满是烂醉的外国水手,一路上胡唱。

但是等秋风吹起,满岛又回复了它的沉默,少有人行走,只在雾天里听见一种怪木牛的叫声,人说木牛躲在海角下,谁都不知道在那儿。

一个白日梦

林荫路旁侍立着一排像是没有尽头的漂亮的黄墙,墙上自然不缺少我们这"文字国"最典型的方块字的装饰,只因马车跑得太快,来不及念它?心想反正不是机关,便是学校,要不就是营房。忽然两座约莫二丈来高,影壁不像影壁,华表不像华表,极尽丑恶之能事的木质构造物闯入了视野,像黑夜里冷不防跳出一声充满杀气的"口令!"那东西可把人吓一跳!那威风凛凛的稻草人式的构造物,和它上面更威风的蓝地白书的八个擘窠大字:

顶天立地
继往开来

也不知道是出自谁人的手笔,或哪部"经典"。对子倒对得顶稳的。可是当时我并没有想到那些,我只觉得一阵头昏眼花,不是吓唬的,(稻草人可吓得倒人?)我的头昏眼花恰恰是像被某种气味熏得作呕时的那一种。我问我自己,这究竟是一种什么气味?怎么那样冲人?

我想起十字牌的政治商标,我明白了。不错,八个字的目的如果在推销一个个人的成功秘诀,那除了希特勒型的神经病患者,谁当得起?如果是标榜一个国家的立国精神,除了纳粹德国一类的世界里,又那儿去找这样的梦?想不出我们炎黄子孙也变得这样伟大!果然如此,区区个人当然也"与有荣焉",——我的耳根发热了。

个人主义和由它放大的本位主义的肥皂水,居然吹起这种大而美丽的泡,看,它不但囊括了全部的空间"顶天立地",还垄断了整个的时间"继往开来"！怕只怕一得意,吹得太使劲儿,泡炸了,到那时原形毕露,也不过那么小小一滴水而已。我真为它——也为我自己——捏一把汗。

个人之于社会等于身体的细胞,要一个人身体健全,不用说必需每个细胞都健全。但如果某个细胞太喜欢发达,以至超过它本分的限度而形成瘿瘤之类,那便是病了。健全的个人是必需的,个人发达到排他性的个人主义却万万要不得,如今个人主义还不只是瘿瘤,它简直是因毒菌败坏了一部分细胞而引起的一种恶性发炎的痈疽,浮肿的肌肉开着碗口大的花,那何尝不也是花花绿绿的绚缦的色彩,其实只是一堆臭脓烂肉。唉！气味便是从那里发出的吧！

从排他性的个人主义到排他性的民族主义,是必然的发展。我是英雄,当然我的族类全是英雄。炎性是会得蔓延的,这不必细说。

极端的个人主义者必然也是个唯心主义者。心灵是个人行为的发号施令者,夸大了个人,便夸大了心灵。也许我只是历史上又一个环境的幸运儿,但我总以为我的成功,完全由于自己的意志或精神力量,只因为除了我个人,我什么也没看见。我只知道向自己身上去发现成功的因素,追得愈深,想得愈玄,于是便不能不堕入唯心论的迷魂阵中。

一切环境因素,一切有利的物质条件,一切收入的帐簿被转到支出项下了,我惊讶于自身无尽的财富,而又找不出它的来源,我的结论只好是"天生德于予"了。于是我不但是英雄,而且是圣人了！

由不曾失败的英雄,一变而为不曾错误的圣人,我便与"真理"同体化了,因而"我"与"人"就变成"是"与"非"的同义语了。从此一切暴行只要是出于我的,便是美德,因为"我"就是"是"。到这时,可怜的个人主义便交了恶运,环境渐渐于我不利,我于是猜忌,疯狂,甚至迷信,我的个人主义终于到了恶性发炎的阶段,我的结局……天知道是什么！

可怕的冷静

一个从灾荒里长成的民族,挨着一切的苦难,总像挨着天灾一样,以麻木的坚忍承受打击,没有招架,没有愤怒,甚至没有呻吟,像冬眠的蛰虫一般,只在半死状态中静候着第二个春天的来临,——这样便是今天的中国,快挨过了第七个年头的国难,它会准备再挨下去,直到那一天,大概一觉醒来,自然会发现胜利就在眼前。客观上,战争与饥饿本也久已打成一片了,因此,愈是实在的战斗员,愈有挨饿的责任,不像人家最前线的人们吃得最好最饱,我们这里真正的饿殍恰恰就是真正的兵士。抗战与灾荒既已打成一片,抗战期中的现象,便更酷肖荒年的现象了。照例是灾情愈重,发财的愈多,结果贫穷的更加贫穷,富贵的更加富贵。照例是灾情严重了,呼吁的声音海外比国内更响,于是救济的主要责任落在外人身上,而国内人士,相形之下,便愈能显出他们那"不动心"的沉着而雍容的风度了。现在一切荒年的社会现象在抗战中又重演一次,不过规模更大,严重性更深刻些罢了。但是说来奇怪,分明是痼疾愈深,危机愈大,社会表层偏要装出一副太平景象的面孔。配合着冠冕堂皇的要人谈话和报纸社评的,是一般社会情绪——今天一个画展,明天一个堂会,"顾左右而言他"的副刊和小报一天天充斥起来,内容一天比一天软性化。从抗战开始以来,没有见过今天这样"众人熙熙,如享太牢,如登春台"的景象,这不知道是肺结核患者脸上的红晕呢,还是将死前的回光反照!

一部分人为着旁人的剥削,在饥饿中畜生似的沉默着,另一部分人却在舒适中兴高采烈的粉饰着太平,这现象是叫人不能不寒心的,如果他还有一点同情心与正义感的话。然而不知道是为了谁的体面,你还不能声张。最可虑的是不通世故而血气方刚的青年,面对这种事实,又将作何感想?对了,怕动摇抗战,但饥饿能抗战吗?粉饰饥饿就是抗战吗?如果抗战是天经地义,不要忘记当年的青年,便是撑持这天经地义最有力的支柱,可见青年盲目而又不盲目,在平时他不免盲目,但在非常时期他永远是不盲目的。原来非常时期所需要的往往不是审慎,而是勇气,而在这上面,青年是比任何人都强的。正如当年激起抗战怒潮的是青年,今天将要完成抗战大业的力量,也正是这蕴藏在青年心灵中的烦躁。这不是浮动,而是活力的脉搏。民族必需生存,抗战必需胜利,在这最高原则之下,任何平时的轨范都是暂时可以搁置的枝节。火烧上了眉毛,就得抢救。这是一个非常时期!

如果老年人中年人能负起责任,那自然更好,但事实上,战争先天的是青年人的工作(它需要青年的体质和青年的热情),所以如果老年人中年人肯负起责任,也只是参加青年的工作,或与青年分工合作,而不是代替青年的工作。战争既先天的是青年的工作,那么战时的国家就得以青年的意志为意志,虽则在战争的技术上,老年人中年人的智慧也是不可少的。

从抗战开始到今天,我们遭遇过两个关键,当初要不要抗战,是第一个关键,今天要不要胜利,是第二个关键,而第一个关键本来早已决定了第二个,因为既打算抗战,当然要胜利。但事实上目前的一切分明是朝着与胜利相反的方向发展,所以可怪的,是一部分人虽然看出方向的错误,却还要力持冷静,或从一些烦琐的立场,认为不便声张,不必声张。眼看青年完成抗战,争取胜利的意志必须贯彻,然而没有老年人中年人的智慧予以调节与指导,青年的力量不免浪费。万一还有人固执起来,利用他们的地位与力量,阻止了青年意志的贯彻,那结果便更不堪设想了。时机太危急了,这不是冷静的时候,希望老年人中年人的步调能与青年齐一,早点促成胜利的来临!大众的坚忍的沉默是可原谅的,因为他们是灾荒中生长的,而灾荒养成了他们的麻木,有着粉饰太平的职责的人们是可原谅的,因为他们也有理由麻木。可是负有领导青年责任的人们,如果过度的冷静,也是可怕的,当这不宜冷静的时候!

愈战愈强

回忆抗战初期，大家似乎不大讲到"胜利"，那时的心理与其说是胜败置之度外，还不如说是一心想着虽败犹荣。敌人是以"必定胜"的把握向我们侵略，我们是以"不怕败"的决心给他们抵抗。你无非是要我败，我偏偏不怕败，我不怕败，你便没有胜。那时人民的口号是"豁出去了！""跟你拼了！"政府的策略是"破釜沉舟"，是"置之死地而后生"，人民和政府都不怕败，自然大家也不讳败，结果是我们愈败愈奋勇，而敌人真把我们没办法。

武汉撤退以后，渐渐听到"争取胜利"的呼声，然而也就透露了怕败的顾虑了。

开罗会议以后，胜利俨然到了手似的，而一般现象，则正好表示着一些人的工作，是在"争取失败"。事实昭彰，凡是有眼睛的都看到了，有良心的都指出了，这里无需我再说，我也不忍再说，于是愈是趋向失败，愈是讳言失败，自己讳言失败，同时也禁止旁人言失败。是否表面上"失败"绝迹了，暗地里便愈好制造失败呢？抗战到了这地步，大概也是一种"置之死地而后生"的办法罢？好了，那我以老百姓的资格，也就"豁出去了！""跟你拼了！"

所以我今天想要算帐！

算帐是一件麻烦事，但不要紧，大的做大的算，小的做小的算，反正从今以后，我不打算有清闲日子了！

比如眼前在我们昆明，就有一笔不大不小的帐值得算一算。

昨天早起出门找报看，第一家报纸给了我一个喜讯，它老老实实地告诉我,衡阳的仗咱们打好了一点,我当然很高兴。但是看到第二家报纸,却把我气昏了,就因为那标题中"我军愈战愈强"六个大字。

编辑先生!我是有名有姓的,我虽不知道你姓名,但你也必然有名有姓,你若是好汉,就请出来跟我算清这笔帐!你所谓"愈战愈强"者,如果就是今天另一家报纸标题所谓"愈战愈奋"的意思,那我就原谅你,我可怜你中国人不大会处理中国文字。如果你那"强"字是甚么"四强之一"那类"强"的意思,那我就要控告你两大罪状:一,你侮辱了我们老百姓的人格。二,你出卖了你的祖国。

难道你就忘记了,卢沟桥的烽火一起,我们挺身应战,是为了我们有十二万分胜算的把握吗?老实告诉你,除了存心利用抗战来趁火打劫的败类之外,我们老百姓果真是怕败的话,就早已都投汪精卫去了。我相信在自由中国,每一个良善的中国人,当初既是抱了拼命的决心,胜也要打,败也要打,今天还是抱定这决心,胜也要打,败也要打,何况国际的客观环境已经好转,谁又是那样的傻子,情愿让它"功亏一篑"呢?所以你如果多多给我们报导些自身的缺点,那只会增加我们的戒惧心,刺激我们的努力。你以为我们真是那样"闻败则馁"的草包吗?你若那样想,便把我们看同汪精卫之流了,你晓得那是侮辱别人的人格吗?

闻败则馁的必也闻胜则骄,你既把我们当作闻败则馁的人,那你泄露了(杜撰罢?)许多乐观的消息,难道又不怕我们骄起来吗?明知骄是抗战的鸩毒,而偏要用"愈战愈强"来灌溉我们的骄,那你又是何居心?依据你自己的逻辑,你这就是汉奸行为,因此你是出卖了你的祖国,你又晓得吗?

我们倒不怕承认自身的"弱",愈知道自身弱在哪里,愈好在各人自己的岗位上来尽力加强它。你说我们"愈强",我倒要请你拿出事实来,好教我们更放心点。谁不愿意自己强呢!但信口开河是不负责任,存心欺骗更是无耻。六个字的标题,看来事小,它的意义却很重大。

用这字面的,本不只你一人,但是,先生,恕我这回抓住你了！你气得我一顿饭没吃好啊！然而如果在原则上你是受了谁的指示,那个指示你的人不也该是有名有姓的吗？如果他高兴,就请他出来说明也好。抗战是大家的抗战,国家是大家的国家,谁有权利来禁止我发问！

关于儒·道·土匪

医生临症，常常有个观望期间，不到病势相当沉重，病象充分发作时，正式与有效的诊断似乎是不可能的。而且，在病人方面，往往愈是痼疾，愈要讳疾忌医，因此恐怕非等到病势沉重，病象发作，使他讳无可讳，忌无可忌时，他也不肯接受诊断。

事到如今，我想即使是最冥顽的讳疾忌医派，如钱穆教授之流，也不能不承认中国是生着病，而且病势的严重，病象的昭著，也许赛过了任何历史记录。惟其如此，为医生们下诊断，今天才是最成熟的时机。

向来是"旁观者清"，无怪乎这回最卓越的断案来自一位英国人。这是韦尔斯先生观察所得：

> 在大部分中国人的灵魂里，斗争着一个儒家。一个道家。一个土匪。（《人类的命运》）

为了他的诊断的正确性，我们不但钦佩这位将近八十高龄的医生，而且感激他，感谢他给我们查出了病源，也给我们至少保证了半个得救的希望，因为有了正确的诊断，才谈得到适当的治疗。

但我们对韦尔斯先生的拥护，不是完全没有保留的，我认为假如将"儒家，道家，土匪"，改为"儒家，道家，墨家"，或"偷儿，骗子，土匪"，这不但没有损害韦氏的原意，而且也许加强了它，因为这样说话，可以使那些比韦氏更熟悉中国历史和文化的人，感着更顺理成章点，因此也更乐于接受点。

先讲偷儿和土匪,这两种人作风的不同,只在前者是巧取,后者是豪夺罢了。"巧取豪夺"这成语,不正好用韩非的名言"儒以文乱法,侠以武犯禁"来说明吗?而所谓侠者不又是堕落了的墨家吗?至于以"骗子"代表道家,起初我颇怀疑那徽号的适当性,但终于还是用了它。"无为而无不为"也就等于说:无所不取,无所不夺。而看去又像是一无所取,一无所夺,这不是骗子是什么?偷儿,骗子,土匪是代表三种不同行为的人物,儒家,道家,墨家是代表三种不同的行为理论的人物,尽管行为产生了理论,理论又产生了行为,如同鸡生蛋,蛋生鸡一样,但你既不能说鸡就是蛋,你也就不能将理论与行为混为一谈。所以韦尔斯先生叫儒家,道家和土匪站作一排,究竟是犯了混淆范畴的逻辑错误。这一点表过以后,韦尔斯先生的观察,在基本意义上,仍不失为真知灼见。

就历史发展的次序说,是儒,墨,道。要明白儒墨道之所以成为中国文化的病,我们得从三派思想如何产生讲起。

由于封建社会是人类物质文明成熟到某种阶段的结果,而它自身又确乎能维持相当安定的秩序,我们的文化便靠那种安定而得到迅速的进步,而思想也便开始产生了。但封建社会的组织本是家庭的扩大,而封建社会的秩序是那家庭中父权式的以上临下的强制性的秩序,它的基本原则至多也只是强权第一,公理第二。当然秩序是生活必要的条件,即便是强权的秩序,也比没有秩序好。尤其对于把握强权,制定秩序的上层阶级,那种秩序更是绝对的可宝。儒家思想便是以上层阶级的立场所给予那种秩序的理论的根据。然而父权下的强制性的秩序,毕竟有几分不自然,不自然的便不免虚伪,虚伪的秩序终久必会露出破绽来,墨家有见于此,想以慈母精神代替严父精神来维持秩序,无奈秩序已经动摇后,严父若不能维持,慈母更不能维持,儿子大了,父亲管不了,母亲更管不了,所以墨家之归于失败,是势所必然的。

墨家失败了,一气愤,自由行动起来,产生所谓游侠了,于是秩序便愈加解体了。秩序解体以后,有的分子根本怀疑家庭存在的必要,甚至咒诅家庭组织的本身,于是独自逃掉了,这种分子便是道家。

一个家庭的黄金时代,是在夫妇结婚不久以后,有了数目不太多的子女,而子女又都在未成年的期间。这时父亲如果能够保持着相当丰裕的收入,家中当然充满一片天伦之乐,即令不然,儿女人数不多,只要分配得平均,也还可以过得相当快乐,万一分配不太平均,反正儿女还小,也不至闹出大乱子来。但事实是一个庞大的家庭,儿女太多,又都成年了,利害互相冲突,加之分配本来就不平均,父亲年老力衰,甚至已经死了,家务由不很持平的大哥主持,其结果不会好,是可想而知了,儒家劝大哥一面用父亲在天之灵的大帽子实行高压政策,一面叫大家以黄金时代的回忆来策励各人的良心,说是那样,当年的秩序和秩序中的天伦之乐,自然会恢复。他不晓得当年的秩序,本就是一个暂时的假秩序,当时的相安无事,是沾了当时那特殊情况的光,于今情形变了,自然会露出马脚来。墨家的母性的慈爱精神不足以解决问题,原因也只在儿女大了,实际的利害冲突,不能专凭感情来解决,这一层前面已经提到。在这一点上,墨家犯的错误,和儒家一样,不过墨家确乎感觉到了那秩序中分配不平均的基本症结,这一点就是他后来走向自由行动的路的心理基础。墨家本意是要实现一个以平均为原则的秩序,结果走向自由行动的路,是破坏秩序。只看见破坏旧秩序,而没有看见建设新秩序的具体办法,这是人们所痛恶的,因为,正如前面所说的,秩序是生活的必要条件。尤其是中国人的心理,即令不公平的秩序,也比完全没有秩序强。

这里我们看出了墨家之所以失败,正是儒家之所以成功。至于道家因根本否认秩序而逃掉,这对于儒家,倒因为减少了一个掣肘的而更觉方便,所以道家的遁世实际是帮助了儒家的成功。因为道家消极的帮了儒家的忙,所以,儒家之反对道家,只是口头的,表面的,不像他对于墨家那样的真心的深恶痛绝。因为儒家的得势,和他对于墨道两家态度的不同,所以在上层阶级的士大夫中,道家还能存在,而墨家却绝对不能存在。墨家不能存在于士大夫中,便一变为游侠,再变为土匪,愈沉愈下了。

捣乱分子墨家被打下去了,上面只剩了儒与道,他们本来不是绝对不相容的,现在更可以合作了。合作的方案很简单。这里恕我曲解一句古书,《易经》说"肥遁,无不利",我们不妨读肥为本字。而把"肥遁"解为肥了之后再遁,那便是说一个儒家做了几任"官",捞得肥肥的,然后撒开腿就跑,跑到一所别墅或山庄里,变成一个什么居士,便是道家了。——这当然是对己最有利的办法了。甚至还用不着什么实际的"遁",只要心理上念头一转,就身在宦海中也还是遁,所谓"身在魏阙,心在江湖",和"大隐隐朝市"者,是儒道合作中更高一层的境界。在这种合作中,权利来了,他以儒的名分来承受,义务来了,他又以道的资格说,本来我是什么也不管的,儒道交融的妙用,真不是笔墨所能形容的,在这种情形之下,称他们为偷儿和骗子,能算冤曲吗?

"成则为王,败则为寇","窃钩者诛,窃国者侯",这些古语中所谓王侯如果也包括了"不事王侯,高尚其事"的道家,便更能代表中国的文化精神。事实上成语中没有骂到道家,正表示道家手段的高妙。讲起穷凶极恶的程度来,土匪不如偷儿,偷儿不如骗子,那便是说墨不如儒,儒不如道,韦尔斯先生列举三者时,不称墨而称土匪,也许因为外国人到中国来,喜欢在穷乡僻壤跑,吃土匪的亏的机会特别多,所以对他们特别深恶痛绝。在中国人看来,三者之中,其实土匪最老实,所以也最好防备。从历史上看来,土匪的前身墨家,动机也最光明。如今不但在国内,偷儿骗子在儒道的旗帜下,天天剿匪,连国外的人士也随声附和的口诛笔伐,这实在欠公允,但我知道这不是韦尔斯先生的本意,因为知道在他们本国,韦尔斯先生的同情一向是属于那一种人的。

话说回来,土匪究竟是中国文化的病,正如偷儿骗子也是中国文化的病。我们甚至应当感谢韦尔斯先生在下诊断时,没有忘记土匪以外的那两种病源——儒家和道家。韦尔斯先生用《春秋》的书法,将儒道和土匪并称,这是他的许多伟大贡献中的又一个贡献。

什么是儒家
——中国士大夫研究之一

"无论在任何国家",伊里奇在他的《国家论》里说,"数千年间全人类社会的发展,把这发展的一般的合法则性,规则性,继起性,这样的指示给我们了:即是,最初是无阶级社会——贵族不存在的太古的,家长制的,原始的社会;其次是以奴隶制为基础的社会,奴隶占有者的社会。……奴隶占有者和奴隶是最初的阶级分裂。前一集团不仅占有生产手段——土地,工具(虽然工具在那时是幼稚的),而且还占有了人类。这一集团称为奴隶占有者,而提供劳动于他人的那些劳苦的人们便称为奴隶。"中国社会自文明初发出曙光。即约当商盘庚时起,便进入了奴隶制度的阶段,这个制度渐次发展,在西周达到它的全盛期,到春秋中叶便成强弩之末了,所以我们可以概括的说,从盘庚到孔子,是我们历史上的奴隶社会期。但就在孔子面前,历史已经在剧烈的变革着,转向到另一个时代,孔子一派人大声急呼,企图阻止这一变革,然而无效。历史仍旧进行着,直至秦汉统一,变革的过程完毕了,这才需要暂时休息一下。趁着这个当儿,孔子的后学们,以董仲舒为代表,便将孔子的理想,略加修正,居然给实现了。在长时期变革过程的疲惫后,这是一帖理想的安眠药,因为这安眠药的魔力,中国社会便一觉睡了两千年,直到孙中山先生才醒转一次。孔子的理想既是恢复奴隶社会的秩序,而董仲舒是将这理想略加修正后,正式实现了,那么,中国社会,从董仲舒到中山先生这段悠长的期间,便无妨称为一个变相的奴隶社会。

董仲舒的安眠药何以有这大的魔力呢?要回答这问题,还得从头说起。相传殷周的兴亡是仁暴之差的结果,这所谓仁与暴分明代表着两种不同的奴隶管理政策。大概殷人对于奴隶榨取过度,以至奴隶们"离心离德"而造成"前途倒戈"的后果,反之,周人的榨取比较温和,所以能一方面赢得自己奴隶的"同心同德",一方面又能给太公以施行"阴谋"的机会,教对方的奴隶叛变他们自己的主人。仁与暴是漂亮的名词,实际只是管理奴隶的方法有的高明点,有的笨点罢了。周人还有个高明的地方,那便是让胜国的贵族管理胜国的奴隶。《左传》定四年说:"周公相王室,分鲁公以……殷民六族……使帅其宗氏,辑其分族,将其类丑,……使之职事于鲁,……分之土田陪敦(附庸,即仆庸),祝宗卜史,备物典策,官司彝器。……分康叔以……殷民七族。……"这些殷民六族与七族便是胜国投降的贵族,那些"备物典策,官司彝器"的"祝宗卜史"便是后来所谓"儒"——寄食于贵族的智识分子。让贵族和智识分子分掌政教,共同管理自己的奴隶(附庸),这对奴隶们和奴隶占有者(周人)双方都有利的,因为以居间的方式他们可以缓和主奴间的矛盾,他们实在做了当时社会机构中的一种缓冲阶层。后来胜国贵族们渐趋没落,而儒士们因有特殊智识和技能,日渐发展成一种宗教文化的行帮企业,兼理着下级行政干部的事务,于是缓冲阶层便为儒士们所独占了(当然也有一部分没落的胜国贵族,改业为儒,加入行帮的)。

明白了这种历史背景,我们就可以明白儒家的中心思想。因为儒家是一个居于矛盾的两极之间的缓冲阶层的后备军,所以他们最忌矛盾的统一,矛盾统一了,没有主奴之分,便没有缓冲阶层存在的余地。他们也不能偏袒某一方面,偏袒了一方,使一方太强,有压倒对方的能力,缓冲者也无事可做。所谓"君子和而不同",便是要使上下在势均力敌的局面中和平相处,而切忌"同"于某一方面,以致动摇均势。因为动摇了均势,便动摇自己的地位啊!儒家之所以不能不讲中庸之道,正因他是站在中间的一种人。中庸之道,对上说,爱惜奴隶,便是爱惜自己的生产工具,也便是爱惜自己,所以是有利的;对下说,反正奴隶是做定了,苦也就吃定了,只要能少吃点苦就是幸福,所以也是有利的。然而中庸之道，最有利的，恐怕还是那站在中间，两边玩弄，两边镇压，两边劝谕，做人又做鬼的人吧！孔子之所以宪章文武，尤其梦想周公，无非是初期统治阶级的奴隶管理政策，符合了缓冲阶层的利益，所谓道统者，还是有其社会经济意义的。

可是切莫误会，中庸决不是公平。公平是从是非观点出发的，而中庸只是在利害上打算盘。主奴之间还讲什么是非呢？如果是要追究是非，势必牵涉到奴隶制度的本身，如果这制度本身发生了问题，哪里还有什么缓冲阶层呢？显然的，是非问题是和儒家的社会地位根本相抵触的。他只能一面主张"成事不说，遂事不谏，既往不咎"，一面用正名(君君臣臣，父父子子)的理论，维持现有的秩序(既成事实)，然后再苦口婆心的劝两面息事宁人，马马虎虎，得过且过。我疑心"中庸"之庸字，也就是"附庸"之庸字，换言之，"中庸"便是中层或中间之佣。自身既也是一种佣役(奴隶)，天下哪有奴隶支配主人的道理，所以缓冲阶层的真正任务，也不过是恳求主子刀下留情，劝令奴才忍重负辱，"执中无权，犹执一也"，天秤上的码子老是向重的一头移动着，其结果，"中庸"恰恰是"不中庸"，可不是吗？"爵禄可辞也，白刃可蹈也，中庸不可能也"！果然你辞了爵禄，蹈了白刃，那于主人更方便(因为把劝架的人觖决了，奴才失去了掩蔽，主人可以更自由的下毒手)，何况爵禄并不容易辞，白刃更不容易蹈呢？实际上缓冲阶层还是做了帮凶，"季氏富于周公，而求也为了聚敛而附益之，"冉求的作风实在是缓冲阶层的惟一出路。孔子喝令"小子鸣鼓而攻之"！是冤枉了冉求，因为孔子自己也是"三月无君则皇皇如也"的，冉求又怎能饿着肚子不吃饭呢！

但是，有了一个建筑在奴隶生产关系上的社会，季氏便必然要富于周公，冉求也必然要为之聚敛，这是历史发展的一定的法则。这法则的意义是什么呢？恰恰是奴隶社会的发展促成了奴隶社会的崩溃。缓冲阶层既依存于奴隶社会，那么冉求之辈替主人聚敛，也就等于替缓冲阶层自掘坟墓。所以毕竟是孔子有远见，"留得青山在，不怕没柴烧"，冉求是自己给自己毁坏青山啊！然而即令是孔子的远见也没有挽回历史。这是命运的作剧吧？做了缓冲阶层，其势不能帮助上头聚敛，不聚敛，阶层的地位便无法保持，但是聚敛得来使整个奴隶社会的机构都要垮台，还谈得到什么缓冲阶层呢？所以孔子的呼吁如果有效，青山不过是晚坏一天，自己便多烧一天的柴，如果无效，青山便坏得更早点，自己烧柴的日子也就有限了，孔子的见地远是远点，但比起冉求，也不过是"以五十步笑百步"而已。结果，历史大概是沿着冉求的路线走的，连比较远见的路线都不会蒙它采纳，于是春秋便以高速度的发展转入了战国，儒家的理想，非等到董仲舒是不能死灰复燃的。

话又说回来了，儒家思想虽然必需等到另一时代，客观条件成熟，才能复活，但它本身也得有其可能复活的主观条件，才能真正复活，否则便有千百个董仲舒，恐怕也是枉然。儒家思想，正如上文所说，是奴隶社会的产物，而它本身又是拥护奴隶社会的。我们都知道，奴隶社会是历史必须通过的阶级，它本身是社会进步的果，也是促使社会进步的因。既然必须通过，当然最好是能过得平稳点，舒服点。文武周公所安排的，孔子所发表的奴隶社会，因为有了那样缓和的榨取政策，和为执行这政策而设的缓冲阶层，它确乎是一比较舒服的社会，因为舒服，所以自从董仲舒把它恢复了，二千年的历史在它的怀抱中睡着了。

诚然，董仲舒的儒家不是孔子的儒家，而董仲舒以后的儒家也不是董仲舒的儒家，但其为儒家则一，换言之，他们的中心思想是一贯的。二千年来士大夫没有不读儒家经典的，在思想上，他们多多少少都是儒家，因此，我们了解了儒家，便了解了中国士大夫的意识观念。如上文所说，儒家思想是奴隶社会的产物，然则中国士大夫的意识观念是什么，也就值得深长思之了！

五四运动的历史法则

　　大家都知道,近百年来,中国社会是处于一种半封建性半殖民地性的状态中。封建的主人地主官僚与殖民国的主人帝国主义,这两个势力之能够同时并存于我们这里,已经说明了它们之间的一种奇异的关系,一种相反而又相成,相克而又相生的矛盾关系。在剥削人民的共同目的上。它们利害相同,所以能够互相结合,互相维护,同时分赃不匀又使它们利害冲突而不能不互相龃龉。然而它们却不能决裂。因为,它们知道,假如帝国主义独占了中国,任凭它的武器如何锋利,民族的仇恨会梗塞着它的喉头,使它不能下咽,假如封建势力垄断了中国,那又只有加深它自己的崩溃,以致在人民革命势力之前,加速它自己的灭亡。总之,被压迫被榨取的,究竟是"人",而人是有反抗性的,反抗而团结起来,便是力量,不是民族的力量,便是民主的力量,这些对于帝国主义或封建势力,都是很讨厌的东西。于是他们想好分工合作,让地主官僚出面执行榨取的任务,以缓和民族仇恨。(这是帝国主义借刀杀人!)让帝国主义一手把着枪炮,一手提着钱袋,站在背后保镖,以软化民主势力(这是地主官僚狗仗人势!)。它们是聪明的,因为,虽然它们的欲壑都有着垄断性与排他性,它们却都愿意极力克制这些,彼此互相包容,互相照顾,互相妥协,而相安于一种近乎均势的状态中。果然,愈是这样,它们的寿命愈长,那就是说,惟其是半封建半殖民地,中国人民的解放才愈难实现。

　　可是,帝国主义和封建势力的寿命偏是不能长,而中国人民毕竟非解放不可!基于资本主义国家间内在的矛盾,帝国主义对中国的威力大大的受了制约,矛盾尖锐化到某种程度,使它们自相火并起来,帝国主义就得暂时退出中国。帝国主义退出了中国,人民的对手便由两个变成一个,这便好办了,只要能让人民和封建势力以一比一的力量来决斗,最后胜利定属于人民。我说最后胜利,因为一上来,封建势力凭了它那优势的据点和优势的武器,确乎来势汹汹,几乎有全盘胜利的把握。但它究竟是过了时的乏货,内部的腐化将逼得它最后必需将据点放弃,武器交出,而归于失败。五四运动及其前前后后,便是这个历史事实的具体说明。

　　一九一四年以前,活动于中国这个政治经济战场上的,是一种三角斗争,包括(一)各个字号的帝国主义,(二)以袁世凯为中心的封建残余势力,以及(三)代表人民力量的市民层民主革命的两股潜伏势力:(甲)国民党政治集团,(乙)北京大学文化集团。那时三个力量中,帝国主义势焰最大,封建势力仅次于帝国主义,政治上代表人民愿望的国民党,几乎是在苟延残喘的状态中保持着一线生机,至于作为后来文化革命据点的北京大学,在政治意义上,更是无足轻重,但等一九一四年,欧洲诸帝国主义国家内在的矛盾,尖锐化到不能不爆发为第一次世界大战,中国的情形便大变了。欧洲列强,不论是协约国或同盟国。为着忙于上前线进攻,或在后方防守,忽然都退出了中国。欧洲帝国主义退出了,中国社会的本质,便立时由半封建半殖民地,变为约当于百分之九十的封建,百分之十的殖民地(这百分之十的主人,不用说,就是日本)。于是袁世凯和他的集团忽然交了红运,可是袁世凯的红运实在短得可怜,而他的余孽,北洋军阀的红运也不太长。真正走红运的倒是人民,你不记得仅仅距袁氏称帝后四年,督军解散国会和张勋复辟后二年,向封建势力突击的文化大进军,五四运动便出现了吗?从此中国土地上便不断的涌着波澜日益壮阔的民主怒潮,终于使国民革命军北伐成功,北洋军阀彻底崩溃。这时人民力量不但铲除了军阀,还给刚从欧洲抽身回来的帝国主义吃了不少眼前亏。请注意:帝国主义突然退出,封建势力马上抬头,跟着人民的力量就将它一把抓住,经过一番苦斗,终于将它打倒——这一历史公式,特别在今天,是值得我们深深玩味了!

谁说历史不会重演？虽然在细节上，今天的"五四"不同于二十六年前的"五四"，可是在主要成分上，两个时代几乎完全是一样的。第二次世界大战爆发，欧洲帝国主义退出，于是中国半殖民地的色彩取消了，半封建便一变而为全封建（请在复古空气和某种隆重礼物的进献中注意筹安会的鬼，还有这群鬼群后的袁世凯的鬼！）现在封建势力正在嚣张的时候，可是，人民也并没有闲着，代表人民愿望，发挥人民精神，唤醒人民力量的政治，文化种种集团也都不缺少，满天乌云，高耸的树梢上已在沙沙发响，近了，更近了，暴风雨已经来到，一场苦斗是不能避免的。至于最后的胜利，放心吧——有历史给你做保证。

历史重演，而又不完全重演。从二十六年前的"五四"，到今天，恰是螺旋式的进展了一周。一切都进步了。今天帝国主义的退出，除了实际活动力量与机构的撤退，还有不平等条约的取消，中国人卖身契的撕毁。这回帝国主义的退出是正式的，至少在法律上，名义上是绝对的，中国第一次，坐上了"列强"的交椅。帝国主义进一步的撤退，是促使或放纵封建势力进一步的伸张的因素，所以随着帝国主义的进步，封建势力也进步了。战争本应使一个国家更加坚强，中国却愈战愈腐化，这是什么缘故？原来腐化便是封建势力的同义语，不是战争，而是封建余毒腐化了中国。今天政治经济，社会，文化的腐化方面，比二十六年前更变本加厉，是公认的事实。时髦的招牌和近代化的技术，并不能掩饰这些事实。反之，都是加深腐化的有力工具，和保育毒菌的理想温度。然而封建势力的进步，必然带来人民力量的进步，这可分四方面讲。（一）西南大后方市民阶层的民主运动。这无论在认识上，组织上或进行方法上，比起五四时代都进步多了，详情此地不能讨论。（二）敌后的民主中国，这个民主的大本营，论成绩和实力，远非五四时代的以来所能比拟，是人人都知道的。（三）封建势力内部的醒觉分子。这部分民主势力，现在还在潜伏期中，一旦爆发，它的作用必然很大。这是五四时代几乎完全没有过的一种势力，今天在昆明，它尤其被一般人所忽略。以上三种力量都是自觉的,另有一种不自觉的,但也许比前三者更强大的力量,那便是(四)大后方水深火热中的农民。虽然他们不懂什么是民主,但是谁逼得他们活不下去,他们是懂得的。五四时代,因帝国主义退出,中国民族工业得以暂时繁荣,一般说来,人民的生活是走上坡路的。今天的情形,不用说,和那时正相反。这情形是政治腐化的结果,而政治腐化的责任,正如上文所说,是不能推在抗战身上的。半个民主的中国不也在抗战吗?而且抗得更多,人民却不饿饭。(还不要忘记那本是中国最贫瘠的区域之一。)原来抗战在我们这大后方,是被人利用了,当作少数人吸血的工具利用了。黑幕已经开始揭露,血债早晚是要还清的,到那时,你自会认识这股力量是如何的强大。

帝国主义的进步,封建势力的进步,结果都只为人民的进步造了机会,为人民的胜利造了机会。不管道路如何曲折,最后胜利永远是属于人民的,二十六年前如此,今天也如此。在"五四"的镜子里,我们看出了历史的法则。

五四断想

旧的悠悠死去,新的悠悠生出,不慌不忙,一个跟一个,——这是演化。

新的已经来到,旧的还不肯去,新的急了,把旧的挤掉,——这是革命。

挤是发展受到阻碍时必然的现象,而新的必然是发展的,能发展的必然是新的,所以青年永远是革命的,革命永远是青年的。

新的日日壮健着(量的增长),旧的日日衰老着(量的减耗),壮健的挤着衰老的,没有挤不掉的。所以革命永远是成功的。

革命成功了,新的变成旧的,又一批新的上来了。旧的停下来拦住去路,说:"我是赶过路程来的,我的血汗不能白流,我该歇下来舒服舒服。"新的说:"你的舒服就是我的痛苦,你耽误了我的路程,"又把他挤掉,……如此,武戏接二连三的演下去,于是革命似乎永远"尚未成功"。

让曾经新过来的旧的,不要只珍惜自己的过去,多多体念别人的将来,自己腰酸腿痛,拖不动了,就赶紧让。"功成身退",不正是光荣吗?"后生可畏,焉知来者之不如今也!"这也是古训啊!

其实青年并非永远是革命的,"青年永远是革命的"这定理,只在"老年永远是不肯让路的"这前提下才能成立。

革命也不能永远"尚未成功"。几时旧的知趣了,到时就功成身退,不致阻碍了新的发展,革命便成功了。

旧的悠悠退去,新的悠悠上来,一个跟一个,不慌不忙,哪天历史走上了演化的常轨,就不再需要变态的革命了。

但目前,我们还要用"挤"来争取"悠悠",用革命来争取演化。"悠悠"是目的,"挤"是达到目的的手段。

于是又想到变与乱的问题。变是悠悠的演化,乱是挤来挤去的革命。若要不乱挤,就只得悠悠的变。若是该变而不变,那只有挤得你变了。

子在川上曰:"逝者如斯夫,不舍昼夜!"古训也发挥了变的原理。

妇女解放问题

认清楚对象

争取妇女解放的对象该是整个社会而不是男性。一切问题都是这不合理的社会所产生，都该去找社会去算帐。但社会是看不见的，在这里只能用个人的想象来把它看成一个集体的东西——房屋。我们在这房屋中间生活了几千年，每人都被安放在一个角落上，有的被放得好，放得正，生活过得舒服；有的被放得不正，生活不舒服，就想法改良反抗，于是推推挤挤拿旁人来出气。其实，旁人也没有办法，也不能负责的，这是整个社会结构的问题，就像一座房屋，盖得既不好，年代又久了，住得不舒服，修修补补是没有用处的，就只有小心地把房屋拆下，再重新按照新的设计图样来建筑。对于社会而言，这种根本的办法，就是"革命"。革命并非毁灭，只是小心地把原料拆下来，重新照新计划改造。所以计划得很好的革命，并不是太大的事情。

奴隶制度产生的因素有二：一是种族，二是两性

现在的社会是不合理的，因为这社会里有阶级，阶级的产生由于奴隶制度。奴隶制度产生的因素有两个。一是种族，二是两性。在两个种族打仗的时候，甲族的人被乙族的俘去了，作为生产工具，即是奴隶，原来平等的社会就开始分裂成主奴两个阶级。奴隶的数目

愈来愈多的时候,这两个阶级的分别也愈为明显,倘没有另外的种族,那末一切不平等,阶级产生的可能性也可减少。其次,问到最初被俘的甲族人是男还是女的,回答说是女的。被俘来的不仅作奴隶,还可作妻子。因为在图腾社会中有一种很重要的制度叫"外婚制",就是男子不能和他本族的女子结婚,一定得找外族的女子作配偶。在这制度下两族本可交换女子结婚,但因古代婚姻,不单是解决两性的问题,重要的还是经济的问题,大家都需要生产,劳动力,女子在未嫁前帮娘家做活,娘家当然不愿她出嫁而减少一个帮手,使自己受到损失,所以老把女儿留在家里。但另一边同样急切地需要她去生产孩子,在这争持的情形下,产生了抢婚的行为,她既是被抢来的生产工人,便怕她逃回去,或被娘家的人抢回,才用绳子捆起,成为这族的奴隶,所以谈到奴隶制度时,两性的因素不可缺少,甚至"奴隶制",是"外婚制"的发展呢!

女、奴性和妓性

中国古人造字,"女"字是"㜎"或"㚜",象征绳子把坐着的人捆住,而"女"字和"奴"字在古时不但声音一样,意义也相同,本来是一个字,只是有时多加一只手牵着"㜎"而已,那时候,未出嫁的女儿叫"子",出嫁后才叫"女"或"奴",所以妇女的命运从历史的开始起,就这么惨了。

现在的社会里,奴隶已逐渐解放了,最先被解放的奴隶是距主人最远的农业奴隶,主人住在城里,他们住在乡间。其次被解放的是贵族的工商职奴隶,主人住在内城,他们住在外城。再其次是在主人身边伺候主子的听差老妈子,而资格最老,历史最久的奴隶——妇女——却还没有得到解放,因为她们和她们的主子——丈夫——的距离太近,关系太密切了,而且生活过得也还可以,不觉得要解放。

从历史上看中国的女性,就是奴性的同义字,三从四德就是奴性的内容。再不客气地说一句,近代西洋女性的妓性比较起来也好不了多少,只是男女关系不固定些而已。奴则老是呆在家里,不准外出,而且固定屈于一个男子,妓则要自由得多,妓因有被迫去当的,但自动去当妓多少带点反抗性,所以近代西洋的妓性比中国的奴性要好一点,因为已解放了一个,只是不彻底而已。

真女性应该从母性出发而不从妻性出发

彻底解放了的新女性应该是真女性,我们先设想在奴隶社会没开始时的那个没有阶级,没有主奴关系的社会,真女性就该以那社会中的天然的,本来的,真正的女性做标准。有人说女子总是女子,在生理上和男子不同,就进化来证明女子该进厨房,其实是不对的,根据人类学,在原始时的女性中心社会里的女子,长得和这时代的女子不同,胸部挺起,声量宽洪,性格刚强,而那时候的男子反因坐得久了,脂肪积储在下体,使臀部变大,同时又因须抚养儿女,性情温柔,声音细弱,所以除了女子能生育而产生母子关系而外,和男子并没有什么不同。真女性就应该从母性出发而不从妻性出发,(从妻性出发,不成为奴,即成为妓。)母亲对待儿子总是慈爱的,愿为儿子操劳,忍耐,甚至勇敢地牺牲,从母性出发的真女性是刚强的,具备一切美德如:仁爱,忍耐,勇敢,坚强,就是雌性的动物在哺乳的时候,总是比雄的还来得凶,来得可怕,俗语中的"母大虫""雌老虎",占书上称猎得乳虎的做英雄,都是这个意思。女子彻底解放以后,将来的文化要由女子来领导一切都以妇女为表率,为模范,为中心。

我们不反对女子中看又中用,
但最要紧的还是中用

妇女的解放,并不是个人的努力所能成功的,必须从整个社会下手,拆下旧房屋,再按照新计划去盖造,使成为没有阶级,没有主奴关系的社会。历史照螺旋形发展,从当初开始有奴隶的社会到今天刚好绕了一圈,现在又要到没有奴隶的社会了,这不是进化,不过这得有理想,有魄力才能改变到一个新社会。三千年来的历史全错了,要是有一点地方对的,也是偶然碰上了而已。我的这种想法也许有点大胆,有点浪漫;但在有些地方——譬如苏联,已经试验成功了。台维斯的《出使莫斯科记》里说:"美国的女子中看不中用,苏联的女子中用不中看。"苏联女子就是从母性出发的真女性,是实际有用的,并不是供人看看的花瓶。当然我们不反对女子中看又中用,但最要紧的还是中用,倘以中看为标准而做去,充其量,只是表现出妓性。还有《延安一月》的作者告诉我们延安的妇女已不像女性,也就是说延安的妇女是真正解放了,已不再是奴隶了。现在既有具体的,试验成功的榜样供大家学习,为什么还躲在这社会里呻吟而逃避呢?毕竟妇女解放问题被提出了,热烈地展开讨论了,表示妇女解放的条件已成熟,离真正解放的日子也不远了,一旦妇女真正解放,文化也就变成新的文学艺术各部门都要以新姿态出现了!

谨防汉奸合法化

百年以来,中华民族的历史是一部不断的反帝国主义反封建的斗争史,八年抗战依然是这斗争的继续。由于帝国主义与封建势力永远是互相勾结,狼狈为奸的,所以两种斗争永远得双管齐下。虽则在一定的阶段中,形式上我们不能不在二者之中选出一个来作为主要的斗争的对象,但那并不是说,实质上我们可以放松其余那一个。而且斗争愈尖锐,他们二者团结得也愈紧,抓住了一个,其余一个就跑不掉,即令你要放走他,也不可能。这恰好就是目前的局势。对外民族抗战阶段中的敌伪,就是对内民主革命阶段中的帝(国主义)封(建势力),这是无须说明的,而目前的敌伪,早已在所谓"共荣圈"中,变成了一个浑一的共同体,更是鲜明的事实。现在日寇已经投降,惩治日寇战犯的办法,固然需待同盟国共同商讨,但惩治汉奸是我们自己的事,然而直到今天,我们还没有听见任何关于处理汉奸的办法。

当初我们那样迫切要求对日抗战,一半固然因为敌人欺我太甚,一半也是要逼着那些假中国人和抱着委屈勉强做中国人的中国人,索性都滚到他们主子那边去,让我们阵线上黑白分明,便于应战,并且到时候,也好给他们一网打尽。果然抗战爆发,一天一天,汉奸集团愈汇愈大,于是一年一年,一个伪组织又一个伪组织,一批伪军又一批伪军。但是那时我们并不着急,我们只有高兴,因为正如上面所说,这样在战术上是于我们绝对有利的。可是到了今天,八年浴血苦斗所争来的黑白,恐怕又要被搅成八年以前黑白不分的混沌状态了。这种现象是中国人民所不能忍受的。硬要汉奸合法化了,只是掩耳盗铃的笨拙的把戏,事实的真相,每个人民心头是雪亮的。并且按照逻辑的推论,人民也会想到:使汉奸合法化的,自己就是汉奸,而对于一切的汉奸,人民的决心是要一网打尽的。因此,我们又深信八年抗战既已使黑白分明,要再混淆它,已经是不可能的。谁要企图这样做,结果只是把自己混进"黑名单"里,自取灭亡之道!

"一二·一"运动始末记

自从民国三十三年双十节,昆明各界举行纪念大会,发表国是宣言,提出积极的政治主张。这里的学生,配合着文化界,妇女界,职业界的青年,便开始团结起来,展开热烈的民主运动,不断地喊出全国人民最迫切的要求,各大中学师生关于民主政治无数次的讲演,讨论和各种文艺活动的集会,各界人士许多次对国是的宣言,以及三十三年护国,三十四年"五四"纪念的两次大游行,这些活动,和其他后方各大城市的沉默恰形成一个鲜明的对照。但在这沉默中,谁知道他们对昆明,尤其昆明的学生,怀抱着多少欣羡,寄托着多少期望!

三十四年八月,日本还没投降,全国欢欣鼓舞,以为八年来重重的苦难,从此结束。但是,不出两月,在十月三日,云南省政府突然的改组,驻军发生冲突,使无辜的市民饱受惊扰,而且遭遇到并不比一次敌机的空袭更少的死亡。昆明市民的喘息未定,接着全国各地便展开了大规模的内战,人人怀着一颗沉重的心,瞠视着这民族自杀的现象。昆明,被人家欣羡和期望的昆明,怎么办呢?是的,暴风雨是要来的,昆明再不能等了,于是十一月廿五日晚,国立西南联合大学,国立云南大学,私立中法大学,和云南省立英语专科学校等四校学生自治会,在西南联大新校舍草坪上,召开了反对内战,呼吁和平的座谈会,到会者五千余人。似乎反动者也不肯迟疑,在教授们的讲演声中,全场四周企图威胁到会群众和扰乱会场秩序的机关枪,冲锋枪,小钢炮一齐响了,散会之后,交通又被断绝,数千人在深夜的寒风中踯躅着,抖擞着。昆明愤怒了。

翌日,全市各校学生,在市民普遍的同情与支持之下,相率罢课,表示抗议。并要求查办包围学校开枪的军队。当局对学生们这些要求的答复是什么呢？除种种造谣和企图破坏学校团结的所谓"反罢课委员会"的卑劣阴谋外，便是十一月三十日特务们的棍子，石头，手枪，刺刀，对全市学生罢课联合委员会宣传队的沿街追打。然而这只是他们进攻的序幕。十二月一日，从上午九时到下午四时，大批特务和身着制服，佩带符号的军人，携带武器，分批闯入云南大学，中法大学，联大工学院，师范学院，联大附中等五处，捣毁校具，劫掠财物，殴打师生。同时在联大新校舍门前，暴徒们于攻打校门之际，投掷手榴弹一枚，结果南菁中学教员于再先生中弹重伤，当晚十时二十分在云大医院逝世。同时在联大师范学院，正当铁棍，石头飞舞之中，大批学生已经负伤倒地，又飞来三颗手榴弹，中弹重伤联大学生李鲁连君，仅只奄奄一息了，又在送往医院的途中，被暴徒拦住，惨遭毒打，遂至登时气绝。奋勇救护受伤同学的联大学生潘琰小姐已经胸部被手榴弹炸伤，手指被弹片削掉，倒地后，胸部又被猛戳三刀，便于当日下午五时半在云大医院的病榻上，喊着"同学们团结呀！"与世长辞了。昆华工校学生张华昌君，闻变赶来救援联大同学，头部被弹片炸破，左耳满盛着血浆，血红的鲜血上浮着白色的脑浆，这个仅止十七岁的生命，绵延到当日下午五时在甘美医院也结束了。此外联大学生缪祥烈君，左腿骨炸断，后来医治无效，只好割去，变成残废。总计各校学生重伤者十一人，轻伤者十四人，联大教授也有多人痛遭殴辱。各处暴徒从肇事逞凶时起，到"任务"完成后，高呼口号，扬长过市时止，始终未受到任何军警的干涉。

这就是昆明学生的民主运动，和它的最高潮"一二·一"惨案的概略。

"一二·一"是中华民国建国以来最黑暗的一天，也就在这一天，死难四烈士的血给中华民族打开了一条生路。从这一天起，在整整一个月中，作为四烈士灵堂的联大图书馆，几乎每日都挤满了成千成万，扶老携幼的致敬的市民，有的甚至从近郊几十里外赶来朝拜烈士的遗骸。从这天起，全国各地，乃至海外，通过物质的或精神的种种不同的形式,不断地寄来了人间最深厚的同情和最崇高的敬礼。在这些日子里,昆明成了全国民主运动的心脏,从这里吸收着也输送着愤怒的热血的狂潮。从此全国的反内战,争民主的运动,更加热烈的展开,终于在南北各地一连串的血案当中,促成了停止内战,协商团结的新局面。

愿四烈士的血是给新中国历史写下了最新的一页,愿它已经给民主的中国奠定了永久的基石!如果愿望不能立即实现的话,那么,就让未死的战士们踏着四烈士的血迹,再继续前进,并且不惜汇成更巨大的血流,直至在它面前,每一个糊涂的人都清醒起来,每一个怯懦的人都勇敢起来,每一个疲乏的人都振作起来,而每一个反动者战栗的倒下去!

四烈士的血不会是白流的。

论文评论编

《女神》之时代精神

若讲新诗,郭沫若君的诗才配称新呢,不独艺术上他的作品与旧诗词相去最远,最要紧的是他的精神完全是时代的精神——二十世纪底时代的精神。有人讲文艺作品是时代底产儿。《女神》真不愧为时代底一个肖子。

一、二十世纪是个动的世纪。这种的精神映射于《女神》中最为明显。《笔立山头展望》最是一个好例——

> 大都会底脉搏呀!
> 生底鼓动呀!
> 打着在,吹着在,叫着在,……
> 喷着在,飞着在,跳着在……
> 四面的天郊烟幕蒙笼了!
> 我的心脏呀,快要跳出口来了!
> 哦哦,山岳底波涛,瓦屋底波涛,
> 涌着在,涌着在,涌着在,涌着在呀!
> 万簌共鸣的 symphony,
> 自然与人生的婚礼呀!
> …………

恐怕没有别的东西比火车底飞跑同轮船的鼓进(阅《新生》与《笔立山头展望》)再能叫出郭君心里那种压不平的活动之欲罢?再看这一段供招——

今天天气甚好,火车在青翠的田畴中急行,好像个勇猛沉毅的少年向着希望弥满的前途努力奋迈的一般。飞!飞!一切青翠的生命,灿烂的光波在我们眼前飞舞。飞!飞!飞!我的自己融化在这个磅礴雄浑的 rhythm 中去了!我同火车全体,大自然全体,完全合而为一了!我凭着车窗望着旋回飞舞着的自然,听着车轮虺虺的进行调,痛快!痛快!……

(《与宗白华书》(三叶集》第138页)

这种动的本能是近代文明一切的事业之母,他是近代文明之细胞核。郭沫若底这种特质使他根本上异于我国往古之诗人。比之陶潜之——

结庐在人境,而无车马喧

一则极端之动,一则极端之静,静到——

心远地自偏,

隐遁遂成一个赘疣的手续了,——于是白居易可以高唱着——

大隐隐朝市,

苏轼也可以笑那——

北山猿鹤漫移文

了。

二、二十世纪是个反抗的世纪。"自由"底伸张给了我们一个对待权威的利器,因此革命流血成了现代文明底一个特色了。《女神》中这种精神更了如指掌。只看《匪徒颂》里的一些。——

  一切……革命底匪徒们呀!
  万岁!万岁!万岁!

那是何等激越的精神,直要骇得金脸的尊者在宝座上发抖了哦。《胜利的死》真是血与泪的结晶;拜伦,康沫尔底灵火又在我们的诗人底胸中烧着了!

  你暗淡无光的月轮哟!我希望我们这阴莽莽的地球,在这一刹那间,早早同你一样冰化!"

啊!这又是何等的疾愤!何等的悲哀!何等的沉痛!——

  汪洋的大海正在唱着他悲壮的哀歌,
  穹窿无际的青天已经哭红了他的脸面,
  远远的西方,太阳沉没了!——
  悲壮的死哟!金光灿灿的死哟!凯旋同等的死哟!胜利的死哟!
  兼爱无私的死神!我感谢你哟!你把我敬爱无暨的马克斯威尼早早救了!
  自由底战士,马克斯威尼,你表示出我们人类意志底权威如此伟大!
  我感谢你呀!赞美你呀!'自由'从此不死了!
  夜幕闭了后的月轮哟!何等光明呀!……

三、《女神》底诗人本是一位医学专家。《女神》里富有科学底成分也是无足怪的。况且真艺术与真科学本是携手进行的呢。然而这里又可以见出《女神》里的近代精神了。略微举几个例——

> 你去,去寻那与我的振动数相同的人;
> 你去！去寻那与我的燃烧点相等的人。
>
> （《序诗》）
>
> 否,否。不然！是地球在自转,公转。
>
> （《金字塔》）
>
> 我是 X 光线底光,
> 我是全宇宙底 enersy 底总量！
>
> （《天狗》）
>
> 我想我的前身
> 原本是有用的栋梁,
> 我活埋在地底多年,
> 到今朝才得重见天光。
>
> （《炉中煤》）
>
> 你暗淡无光的月轮哟……早早同你一样冰化！
>
> （《胜利的死》）

至于这些句子像——

> 我要把我的声带唱破！
>
> （《梅花树下醉歌》）
>
> 我的一枝枝的神经纤维在身中战栗。
>
> （《夜步十里松原》）

还有散见于集中的许多人体上的名词如脑筋,脊髓,血液,呼吸,……更完完全全的是一个西洋的 doctor 底口吻了。上举各例还不过诗中所运用之科学知识,见于形式上的。至于那讴歌机械底地方更当发源于一种内在的科学精神。在我们的诗人底眼里,轮船的烟筒开着了黑色的牡丹是"近代文明底严母";太阳是亚波罗坐的摩托车前的明灯;诗人底心同太阳是"一座公司底电灯";云日更迭的掩映是同探海灯转着一样;火车底飞跑同于"勇猛沉毅的少年"之努力,在他眼里机械已不是一些无声的物具,是有意识有生机如同人神一样。机械底丑恶性已被忽略了;在幻象同感情底魔术之下他已穿上美丽的衣裳了呢。

这种伎俩恐怕非一个以科学家兼诗人者不办。因为先要解透了科学,亲近了科学,跟他有了同情,然后才能驯服他于艺术底指挥之下。

四、科学底发达使交通底器械将全世界人类底相互关系捆得更紧了。因有史以来世界之大同的色彩没有像今日这样鲜明的。郭沫若底《晨安》便是这种 cosmopolitanism 底证据了。《匪徒颂》也有同样的原质,但不是那样明显。即如《女神》全集中所用的方言也就有四种了。他所称引的民族,有黄人,有白人,还有"有火一样的心肠"的黑奴。他所运用的地名散满于亚美欧非四大洲。原来这种在西洋文学里不算什么。但同我们的新文学比起来,才见得是个稀少的原质,同我们的旧文学比起来更不用讲是破天荒了。啊!诗人不肯限于国界,却要做世界底一员了;他遂喊道——

> 晨安!梳人灵魂的晨风呀!
> 晨风呀!你请把我的声音传到四方去罢!
>
> (《晨安》)

五、物质文明底结果便是绝望与消极。然而人类底灵魂究竟没有死,在这绝望与消极之中又时时忘不了一种挣扎抖擞底动作。二十世纪是个悲哀与兴奋底世纪。二十世纪是黑暗的世界,但这黑暗是先导黎明的黑暗。二十世纪是死的世界,但这死是预言更生的死。

这样便是二十世纪,尤其是二十世纪底中国。

> 流不尽的眼泪,
> 洗不净的污浊,
> 浇不熄的情炎,
> 荡不去的羞辱。
>
> (《凤凰涅槃》)

不是这位诗人独有的,乃是有生之伦,尤其是青年们所同有的。但虽处的青年虽一样地富有眼泪,污浊,情炎,羞辱,恐怕他们自己觉得并不十分真切。只有现在的中国青年——"五四"后之中国青年,他们的烦恼悲哀真像火一样烧着,潮一样涌着,他们觉得这"冷酷如铁","黑暗如漆","腥秽如血"的宇宙真一秒钟也羁留不得了。他们厌这世界,也厌他们自己。于是急躁者归于自杀,忍耐者力图革新。革新者又觉得意志总敌不住冲动,则抖擞起来,又跌倒下去了。但是他们太溺爱生活了,爱他的甜处,也爱他的辣处。他们决不肯脱逃,也不肯降服。他们的心里只塞满了叫不出的苦,喊不尽的哀。他们的心快塞破了,忽地一个人用海涛底音调,雷霆底声响替他们全盘唱出来了。这个人便是郭沫若,他所唱的就是《女神》。难怪个个中国青年读《女神》没有不椎膺顿足同《湘累》里的屈原同声叫道——

> 哦,好悲切的歌词!唱得我也流起泪来了。
> 流罢!流罢!我生命底泉水呀!你一流了出来,
> 好像把我全身底烈火都浇熄了的一样。
> ……你这不可思议的内在的灵泉,你又把我苏活转
> 来了!

啊!现代的青年是血与泪的青年,忏悔与奋兴的青年。《女神》是血与泪的诗,忏悔与奋兴的诗。田汉君在给《女神》之作者的信讲得对:

"与其说你有诗才,无宁说你有诗魂,因为你的诗首首都是你的血,你的泪,你的自叙传,你的忏悔录啊!"但是丹穴山上的香木不只焚毁了诗人底旧形体,并连现时一切的青年底形骸都毁掉了。凤凰底涅槃是一切青底的涅槃。凤凰不是唱道?——

> 我们更生了!
> 我们更生了!
> 一切的一,更生了!
> 一的一切,更生了!
> 我们便是"他",他们便是我!
> 我中也有你,你中也有我!
> 你便是你,
> 我便是我!

奇怪得很,北社编的《新诗年选》偏取了《死的引诱》作《女神》的代表之一。他们非但不懂读诗,并且不会观人。《女神》底作者岂是那样软弱的消极者吗?

> 你去! 去在我可爱的青年的兄弟姊妹胸中;
> 把他们的心弦拨动,
> 把他们的智光点燃罢!
>
> (《序诗》)

假若《女神》里尽是《死的引诱》一类的东西,恐怕兄弟姊妹底心弦都被他割断,智光都被他扑灭了呢!

原来蹈恶犯罪是人之常情。人不怕有罪恶,只怕有罪恶而甘于罪恶,那便终古沉沦于死亡之渊里了。人类的价值在能忏悔,能革新。世界的文化也不过由这一点发生的。忏悔是美德中最美的,他是一切的光明底源头,他是尺蠖的灵魂渴求展伸的表象。

唉！泥上的脚印！
你好像是我灵魂儿的象征！
你自陷了泥涂，
你自会受了踩躏。
唉，我的灵魂！
你快登上山顶！

（《登临》）

所以在这里我们的诗人不独喊出人人心中底热情来，而且喊出人人心中最神圣的一种热情呢！

《女神》之地方色彩

现在的一般新诗人——新是作时髦解的新——似乎有一种欧化的狂癖，他们的创造中国新诗底鹄的，原来就是要把新诗作成完全的西文诗。（有位作者曾在《诗》里讲道，他所谓后期底作品"已与以前不同而和西洋诗相似"，他认为这是新诗底一步进程，……是件可喜的事。）《女神》不独形式十分欧化，而且精神也十分欧化的了。《女神》当然在一般人的眼光里要算新诗进化期中已臻成熟的作品了。

但是我从头到今，对于新诗的意义似乎有些不同。我总以为新诗径直是"新"的，不但新于中国固有的诗，而且新于西方固有的诗，换言之，它不要作纯粹的本地诗，但还要保存本地的色彩，它不要做纯粹的外洋诗，但又尽量的吸收外洋诗的长处，它要做中西艺术结婚后产生的宁馨儿。我以为诗同一切的艺术应是时代的经线，同地方纬线所编织成的一匹锦，因为艺术不管它是生活的批评也好，是生命的表现也好，总是从生命产生出来的，而生命又不过时间与空间两个东西底势力所遗下的脚印罢了。在寻常的方言中有"时代精神"同"地方色彩"两个名词，艺术家又常讲自创力（originality），各作家有各作家的时代与地方，各团体有各团体的时代与地方，各不皆同，这样自创力自然有发生的可能了。我们的新诗人若时时不忘我们的"今时"同我们的"此地"，我们自会有了自创力，我们的作品自既不同于今日以前的旧艺术，又不同于中国以外的洋艺术。这个然后才是我们翘望默祷的新艺术了！

我们的旧诗大体上看来太没有时代精神的变化了，从唐朝起，我们的诗发育到成年时期了，以后便似乎不大肯长了，直到这回革命以前，诗底形式同精神还差不多是当初那个老模样。（词曲同诗相去实不甚远，现行的新诗却大不同了。）不独艺术为然，我们底文化底全体也是这样，好像吃了长生不老的金丹似的。新思潮底波动便是我们需求时代精神的觉悟。于是一变而矫枉过正，到了如今，一味的时髦是骛，似乎又把"此地"两字忘到踪影不见了。现在的新诗中有的是"德谟克拉西"，有的是泰果尔，亚坡罗，有的是"心弦""洗礼"等洋名词。但是，我们的中国在那里？我们四千年的华胄在那里？那里是我们的大江，黄河，昆仑，泰山，洞庭，西子？又那里是我们的《三百篇》，《楚骚》，李，杜，苏，陆？《女神》关于这一点还不算罪大恶极，但多半的时候在他的抒情的诸作里并不强似别人。《女神》中所用的典故，西方的比中国的多多了，例如 Apollo，Venus，Cupid，Bacchus，Prometheus，Hygeia，……是属于神话的，其余属于历史的更不胜枚举了。《女神》中底西洋的事物名词处处都是，数都不知从那里数起。《凤凰涅槃》底凤凰是天方国底"菲尼克斯"，并非中华的凤凰。诗人观画观的是 Millet 底 Shepherdess，赞像赞的是 Beethoven 底像。他所羡慕的工人是炭坑里的工人，不是人力车夫。他听鸡声，不想着笛簧的律吕而想着 orchestra 底音乐。地球底自转公转，在他看来，"就好像一个跳着舞的女郎"，太阳又"同那月桂冠儿一样"。他的心思分驰时，他又"好像个受着磔刑的耶稣"。他又说他的胸中像个黑奴。当然《女神》产生的时候，作者是在一个盲从欧化的日本，他的环境当然差不多是西洋环境，而且他读的书又是西洋的书，无怪他所见闻，所想念的都是西洋的东西。但我还以为这是一个非常的例子，差不多是个畸形的情况。若我在郭君底地位，我定要用一种非常的态度去应付，节制这种非常的情况。那便是我要时时刻刻想着我是个中国人，我要做新诗，但是中国的新诗，我并不要做个西洋人说中国话，也不要人们误会我的作品是翻译的西文诗；那么我著作时，庶不致这样随便了。郭君是个不相信"做"诗的人，我也不相信没有得着诗的灵感者就可以从揉炼字句中作出好诗来。但郭君这种过于欧化的毛病也许就是太不"做"诗的结果。选择是创造艺术的程序中最紧要的一层手续,自然的不都是美的,美不是现成的。其实没有选择便没有艺术,因为那样便无以鉴别美丑了。

《女神》还有一个最明显的缺憾,那便是诗中夹用可以不用的西洋文字了。《雪朝》《演奏会上》两首诗径直是中英合璧了,我们以为很多的英文字实没有用原文底必要。如 pantheism, rhythm, energy, disillusion, orchestra, pioneer 都不是完全不能翻译的,并且有的在本集中他处已经用过译文的。实在很多次数,他用原文,并非因为意义不能翻译的关系,乃因音节关系,例如——

我是全宇宙底 energy 底总量。

象这种地方的的确确是兴会到了,信口而出,到了那地方似乎为音节的圆满起见,一个单音是不够的,于是就以"恩勒结"(energy)三个音代"力"底一个音。无论作者有意地欧化诗体,或无意地失于检点,这总是有点讲不大过去的。这虽是小地方,但一个成熟的艺术家,自有余裕的精力顾到这里,以谋其作品之完美。所以我的批评也许不算过分吧?

我前面提到《女神》之薄于地方色彩底原因是在其作者所居的环境。但环境从来没有对于艺术产品之性质负过完全责任,因为单是环境不能产生艺术。所以我想日本底环境固应对《女神》的内容负一分责任,但此外定还有别的关系。这个关系我疑心或者就是《女神》之作者对于中国文化之隔膜。我们前篇已经看到《女神》怎样富于近代精神——即西方文化——不幸得很,是同我国的文化根本背道而驰的,所以一个人醉心于前者定不能对于后者有十分的同情与了解。《女神》底作者,这样看来,定不是对于我国文化真能了解,深表同情者。我们看他回到上海,他只看见——

游闲的尸,淫嚣的肉,长的男袍,短的女袖,满目都是骷髅,满街都是灵柩,乱闯,乱走。

其实他那知道"满目骷髅""满街灵柩"的上海实在就是西方文化遗下的罪孽?受了西方底毒的上海其实又何异于受了西方底毒的东京,横滨,长崎,神户呢?不过这些日本都市受毒受的更彻底一点罢了。但是这一段闲话是节外生枝,我的本意是要指出《女神》底作者对于中国,只看见他的坏处,看不见他的好处。他并不是不爱中国,而他确是不爱中国的文化。我个人同《女神》作者底态度不同之处是在:我爱中国固因他是我的祖国,而尤因他是有他那种可敬爱的文化的国家;《女神》之作者爱中国,只因它是他的祖国,因为是他的祖国,便有那种不能引他敬爱的文化,他还是爱他。爱祖国是情绪底事,爱文化是理智底事。一般所提倡的爱国专有情绪的爱就够了;所以没有理智的爱并不足以诟病一个爱国之士。但是我们现在讨论的另是一个问题,是理智上爱国之文化底问题。(或精辨之,这种不当称爱慕而当称鉴赏。)

爱国的情绪见于《女神》中的次数极多,比别人的集中都多些。《棠棣之花》,《炉中煤》,《晨安》,《浴海》,《黄浦江口》都可以作证。但是他鉴赏中国文化底地方少极了,而且不彻底,在《巨炮之教训》里他借托尔斯泰底口气说道——

我爱你是中国人。我爱你们中国的墨与老。

在《西湖纪游》里他又称赞——

那几个肃静的西人一心在校勘原稿。

但是既真爱老子为什么又要作"飞奔""狂叫""燃烧"的天狗呢?为什么又要吼着——

> 啊啊！不断的毁坏，不断的创造，不断的努力哟！
>
> （《立在地球边上放号》）

> 我崇拜创造的精神，崇拜力，崇拜血，崇拜心脏；我崇拜炸弹，崇拜悲哀，崇拜破坏；
>
> （《我是个偶像崇拜者》）

> 我要看你"自我"底爆裂开出血红的花来哟？
>
> （《新阳关三叠》）

我不知道他到底是个什么主张。但我只觉得他喊着创造，破坏，反抗，奋斗的声音，比——

> 倡道慈俭，不敢先底三宝

底声音大多了，所以我就决定他的精神还是西方精神。再者他所歌讴的东方人物如屈原，聂政，聂嫈，都带几分西方人的色彩。他爱庄子是为他的泛神论，而非为他的全套的出世哲学。他所爱的老子恐怕只是托尔斯泰所爱的老子。墨子的学说本来很富于西方的成分，难怪他也不反对。

《女神》底作者既这样富于西方的激动底精神，他对于东方的恬静底美当然不大能领略，《密桑索罗普之夜歌》是个特别而且奇怪的例外。《西湖纪游》不过是自然美之鉴赏。这种鉴赏同鉴赏太宰府，十里松原底自然美，没有什么分别。

有人提倡什么世界文学。那么不顾地方色彩的文学就当有了托辞了吗？但这件事能不能是个问题，宜不宜又是个问题。将世界各民族底文学都归成一样的，恐怕文学要失去好多的美。一样颜色画不成一幅完全的画，因为色彩是绘画的一样要素。将各种文学并成一种，便等于将各种颜色合成一种黑色，画出一张 sketch 来。我不知道一幅彩画同一幅单色的 sketch 比,那样美观些。西谚曰"变化是生活底香料"。真要建设一个好的世界文学,只有各国文学充分发展其地方色彩,同时又贯以一种共同的时代精神,然后并而观之,各种色料虽互相差异,却又互相调和,这便正符那条艺术底金科玉臬"变异中之一律"了。

以上我所批评《女神》之处,非特《女神》为然,当今诗坛之名将莫不皆然,只是程度各有深浅罢了。若求纠正这种毛病,我以为一桩,当恢复我们对于旧文学底信仰,因为我们不能开天辟地(事实与理论上是万不可能的),我们只能够并且应当在旧的基础上建设新的房屋。二桩,我们更应了解我们东方底文化。东方底文化是绝对的美的,是韵雅的。东方的文化而且又是人类所有的最彻底的文化。哦！我们不要被叫嚣犷野的西人吓倒了！

> 东方的魂哟!
> 雍容温厚的东方的魂哟!
> 不在檀香炉上袅袅的轻烟里了,
> 虔祷的人们还膜拜些什么?
>
> 东方的魂哟!
> 通灵洁彻的东方的魂哟!
> 不在幽篁的疏影里了,
> 虔祷的人们还供奉着些什么?

(梁实秋)

文艺与爱国
——纪念三月十八

铁狮子胡同大流血之后《诗刊》就诞生了,本是碰巧的事,但是谁能说《诗刊》与流血——文艺与爱国运动之间没有密切的关系?

"爱国精神在文学里,"我让德林克瓦特讲,"可以说是与四季之无穷感兴,与美的逝灭,与死的逼近,与对妇人的爱,是一种同等重要的题目。"爱国精神之表现于中外文学里已经是层出不穷,数不胜数了。爱国运动能够和文学复兴互为因果,我只举最近的一个榜样——爱尔兰,便是明确的证据。

我们的爱国运动和新文学运动何尝不是同时发轫的?他们原来是一种精神的两种表现。在表现上两种运动一向是分道扬镳的。我们也可以说正因为他们没有携手,所以爱国运动的收效既不大,新文学运动的成绩也就有限了。

爱尔兰的前例和我们自己的事实已经告诉我们了:这两种运动合起来便能够互收效益,分开来定要两败俱伤。所以《诗刊》的诞生刚刚在铁狮子胡同大流血之后,本是碰巧的;我却希望大家要当他不是碰巧的。我希望爱自由,爱正义,爱理想的热血要流在天安门,流在铁狮子胡同,但是也要流在笔尖,流在纸上。

同是一个热烈的情怀,犀利的感觉,见了一片红叶掉下地来,便要百感交集,"泪浪滔滔",见了十三龄童的赤血在地下踩成泥浆子,反而漠然无动于中。这是不是不近人情?我并不要诗人替人道主义同一切的什么主义捧场。因为讲到主义便是成见了。理性铸成的成见是艺术的致命伤;诗人应该能超脱这一点。诗人应该是一张留声机的片子,钢针一碰着他就响。他自己不能决定什么时候响,什么时候不响。他完全是被动的。他是不能自主,不能自救的。诗人做到了这个地步,便包罗万有,与宇宙契合了。换句话说,就是所谓伟大的同情心——艺术的真源。

并且同情心发达到极点,刺激来得强,反动也来得强,也许有时仅仅一点文字上的表现还不够,那便非现身说法不可了。所以陆游一个七十衰翁要"泪洒龙床请北征",拜伦要战死在疆场上了。所以拜伦最完美,最伟大的一首诗,也便是这一死。所以我们觉得诸志士们三月十八日的死难不仅是爱国,而且是伟大的诗。我们若得着死难者的热情的一部分,便可以在文艺上大成功;若得着死难者的热情的全部,便可以追他们的踪迹,杀身成仁了。

因此我们就将《诗刊》开幕的一日最虔诚的献给这次死难的志士们了!

诗的格律

一

假定"游戏本能说"能够充分的解释艺术的起源,我们尽可以拿下棋来比作诗;棋不能废除规矩,诗也就不能废除格律。(格律在这里是 form 的意思)"格律"两个字最近含着了一点坏的意思,但是直译 form 为形体或格式也不妥当。并且我们若是想起 form 和节奏是一种东西,便觉得 form 译作格律是没有什么不妥的了。假如你拿起棋子来乱摆布一气,完全不依据下棋的规矩进行,看你能不能得到什么趣味?游戏的趣味是要在一种规定的格律之内出奇致胜。做诗的趣味也是一样的。假如诗可以不要格律,做诗岂不比下棋,打球,打麻将还容易些吗?难怪这年头儿的新诗"比雨后的春笋还多些"。我知道这些话准有人不愿意听。但是 Bliss Perry 教授的话来得更古板。他说"差不多没有诗人承认他们真正给格律缚束住了。他们乐意戴着脚镣跳舞,并且要戴别个诗人的脚镣。"

这一段话传出来,我又断定许多人会跳起来,喊着"就算它是诗,我不做了行不行?"老实说,我个人的意思以为这种人就不作诗也可以,反正他不打算来戴脚镣,他的诗也就做不到怎样高明的地方去。杜工部有一句经验语很值得我们揣摩的,"老去渐于诗律细"。

诗国里的革命家喊道"皈返自然!"其实他们要知道自然界的格律,虽然有些像蛛丝马迹,但是依然可以找得出来。不过自然界的格律不圆满的时候多,所以必须艺术来补充它。这样讲来,绝对的写实主义便是艺术的破产。"自然的终点便是艺术的起点",王尔德说得很对。自然并不尽是美的。自然中有美的时候,是自然类似艺术的时候。最好拿造型艺术来证明这一点。我们常常称赞美的山水,讲它可以入画。的确中国人认为美的山水,是以像不像中国的山水画做标准的。欧洲文艺复兴以前所认为女性的美,从当时的绘画里可以证明,同现代女性美的观念完全不合;但是现代的观念不同希腊的雕像所表现的女性美相符了。这是因为希腊雕像的出土,促成了文艺复兴,文兴复兴以来,艺术描写美人,都拿希腊的雕像做蓝本,因此便改造了欧洲人的女性美的观念。我在赵瓯北的一首诗里发现了同类的见解。

绝似盆池聚碧屏,嵌空石笋满江湾。
化工也爱翻新样,反把真山学假山。

这径直是讲自然的模仿艺术了。自然界当然不是绝对没有美的。自然界里面也可以发现出美来,不过那是偶然的事。偶然在言语里发现一点类似诗的节奏,便说言语就是诗,便要打破诗的音节,要它变得和言语一样——这真是诗的自杀政策了。(注意我并不反对用土白作诗,我并且相信土白是我们新诗的领域里,一块非常肥沃的土壤,理由等将来再仔细的讨论。我们现在要注意的只是土白可以"做"诗;这"做"字便说明了土白须要一番锻炼选择的工作然后才能成诗。)诗的所以能激发情感,完全在它的节奏;节奏便是格律。莎士比亚的诗剧里往往遇见情绪紧张到万分的时候,便用韵语来描写。歌德作《浮士德》也曾用同类的手段,在他致席勒的信里并且提到了这一层。韩昌黎"得窄韵则不复傍出,而因难见巧,愈险愈奇……"这样看来,恐怕越有魄力的作家,越是要戴着脚镣跳舞才跳得痛快,跳得好。只有不会跳舞的才怪脚镣碍事,只有不会做诗的才感觉得格律的缚束。对于不会作诗的,格律是表现的障碍物;对于一个作家,格律便成了表现的利器。

又有一种打着浪漫主义的旗帜来向格律下攻击令的人。对于这种人，我只要告诉他们一件事实。如果他们要像现在这样的讲什么浪漫主义，就等于承认他们没有创造文艺的诚意。因为，照他们的成绩看来，他们压根儿就没有注意到文艺的本身，他们的目的只在披露他们自己的原形。顾影自怜的青年们一个个都以为自身的人格是再美没有的，只要把这个赤裸裸的和盘托出，便是艺术的大成功了。你没有听见他们天天唱道"自我的表现"吗？他们确乎只认识了文艺的原料，没有认识那将原料变成文艺所必须的工具。他们用了文字作表现的工具，不过是偶然的事，他们最称心的工作是把所谓"自我"披露出来，是让世界知道"我"也是一个多才多艺，善病工愁的少年；并且在文艺的镜子里照见自己那偶傥的风姿，还带着几滴多情的眼泪，啊！啊！那是多么有趣的事！多么浪漫！不错，他们所谓浪漫主义，正浪漫在这点上，和文艺的派别绝不发生关系。这种人的目的既不在文艺，当然要他们遵从诗的格律来做诗，是绝对办不到的；因为有了格律的范围，他们的诗就根本写不出来了，那岂不失了他们那"风流自赏"的本旨吗？所以严格一点讲起来，这一种伪浪漫派的作品，当它作把戏看可以，当它作西洋镜看也可以，但是万不能当它作诗看。格律不格律，因此就谈不上了。让他们来反对格律，也就没有辩驳的价值了。

上面已经讲了格律就是 form。试问取消了 form，还有没有艺术？上面又讲到格律就是节奏。讲到这一层更可以明了格律的重要；因为世上只有节奏比较简单的散文，决不能有没有节奏的诗。本来诗一向就没有脱离过格律或节奏。这是没有人怀疑过的天经地义。如今却什么天经地义也得有证明才能成立？是不是？但是为什么闹到这种地步呢——人人都相信诗可以废除格律？也许是"安拉基"精神，也许是好时髦的心理，也许是偷懒的心理，也许是藏拙的心理，也许是……那我可不知道了。

二

前面已经稍稍讲了讲为什么不当废除格律。现在可以将格律的原质分析一下了。从表面上看来,格律可从两方面讲:(一)属于视觉方面的,(二)属于听觉方面的。这两类其实又当分开来讲,因为它们是息息相关的。譬如属于视觉方面的格律有节的匀称,有句的均齐。属于听觉方面的格式,有音尺,有平仄,有韵脚;但是没有格式,也就没有节的匀称,没有音尺,也就没有句的均齐。

关于格式,音尺,平仄,韵脚等问题,本刊上已经有饶孟侃先生《论新诗的音节》的两篇文章讨论得很精细了。不过他所讨论的是从听觉方面着眼的。至于视觉方面的两个问题,他却没有提到。当然视觉方面的问题比较占次要的位置。但是在我们中国的文学里,尤其不当忽略视觉一层,因为我们的文字是象形的,我们中国人鉴赏文艺的时候,至少有一半的印象是要靠眼睛来传达的。原来文学本是占时间又占空间的一种艺术。既然占了空间,却又不能在视觉上引起一种具体的印象——这是欧洲文字的一个缺憾。我们的文字有了引起这种印象的可能,如果我们不去利用它,真是可惜了。所以新诗采用了西文诗分行写的办法,的确是很有关系的一件事。姑无论开端的人是有意的还是无心的,我们都应该感谢他。因为这一来,我们才觉悟了诗的实力不独包括音乐的美(音节),绘画的美(辞藻),并且还有建筑的美(节的匀称和句的均齐)。这一来,诗的实力上又添了一支生力军,诗的声势更加扩大了。所以如果有人要问新诗的特点是什么,我们应该回答他:增加了一种建筑美的可能性是新诗的特点之一。

近来似乎有不少的人对于节的匀称和句的均齐表示怀疑,以为这是复古的象征。做古人的真倒霉,尤其做中华民国的古人!你想这事怪不怪?做孔子的如今不但"圣人""夫子"的徽号闹掉了,连他自己的名号也都给褫夺了,如今只有人叫他作"老二";但是耶稣依然是耶稣基督,苏格拉提依然是苏格拉提。你作诗摹仿十四行体是可以的,但是你得十二分的小心,不要把它作得像律诗了。我真不知道律诗为什么这样可恶,这样卑贱!何况用语体文写诗写到同律诗一样,是不是可能的?并且现在把节做到匀称了,句做到均齐了,这就算是律诗吗？

诚然，律诗也是具有建筑美的一种格式；但是同新诗里的建筑美的可能性比起来，可差得多了。律诗永远只有一个格式，但是新诗的格式是层出不穷的。这是律诗与新诗不同的第一点。作律诗无论你的题材是什么？意境是什么？你非把它挤进这一种规定的格式里去不可，仿佛不拘是男人，女人，大人，小孩，非得穿一种样式的衣服不可。但是新诗的格式是相体裁衣。例如《采莲曲》的格式决不能用来写《昭君出塞》，《铁道行》的格式决不能用来写《最后的坚决》，《三月十八日》的格式决不能用来写《寻找》。在这几首诗里面，谁能指出一首内容与格式，或精神与形体不调和的诗来，我倒愿意听听他的理由。试问这种精神与形体调和的美，在那印板式的律诗里找得出来吗？在那乱杂无章，参差不齐，信手拈来的自由诗里找得出来吗？

律诗的格律与内容不发生关系，新诗的格式是根据内容的精神制造成的，这是它们不同的第二点。律诗的格式是别人替我们定的，新诗的格式可以由我们自己的意匠来随时构造。这是它们不同的第三点。有了这三个不同之点，我们应该知道新诗的这种格式是复古还是创新，是进化还是退化。

现在有一种格式：四行成一节，每句的字数都是一样多。这种格式似乎用得很普遍。尤其是那字数整齐的句子，看起来好像刀子切的一般，在看惯了参差不齐的自由诗的人，特别觉得有点希奇。他们觉得把句子切得那样整齐，该是多么麻烦的工作。他们又想到作诗要是那样的麻烦，诗人的灵感不完全毁坏了吗？灵感毁了，还那里去找诗呢？不错灵感毁了，诗也毁了。但是字句锻炼的整齐，实在不是一件难事；灵感决不致因为这个就会受了损失。我曾经问过现在常用整齐的句法的几个作者，他们都这样讲；他们都承认若是他们的那一首诗没有做好，只应该归罪于他们还没有把这种格式用熟；这种格式的本身，不负丝毫的责任。我们最好举两个例来对照着看一看，一个例是句法不整齐的；一个是整齐的，看整齐与凌乱的句法和音节的美丑有关系没有——

> 我愿透着寂静的朦胧,薄淡的浮纱,
> 细听着淅淅的细雨寂寂的在檐上,激打遥对着远
> 远吹来的空虚中的嘘叹的声音,
> 意识着一片一片的坠下的轻轻的白色的落花。

> 说到这儿,门外忽然灯响,
> 老人的脸上也改了模样;
> 孩子们惊望着他的脸色,
> 他也惊望着炭火的红光。

到底那一个音节好些——是句法整齐的,还是不整齐? 更彻底的讲来,句法整齐不但于音节没有妨碍,而且可以促成音节的调和。这话讲出来,又有人不肯承认了。我们就拿前面的证例分析一遍,看整齐的句法同调和的音节是不是一件事。

> 孩子们|惊望着|他的|脸色
> 他也|惊望着|炭火的|红光

这里每行都可以分成四个音尺,每行有两个"三字尺"(三个字构成的音尺之简称,以后仿此)和两个"二字尺",音尺排列的次序是不规则的,但是每行必须还他两个"三字尺"两个"二字尺"的总数。这样写来,音节一定铿锵,同时字数也就整齐了。所以整齐的字句是调和的音节必然产生出来的现象。绝对的调和音节,字句必定整齐。(但是反过来讲,字数整齐了,音节不一定就会调和,那是因为只有字数的整齐,没有顾到音尺的整齐——这种的整齐是死气板脸的硬嵌上去的一个整齐的框子,不是充实的内容产生出来的天然的整齐的轮廓。)

这样讲来,字数整齐的关系可大了,因为从这一点表面上的形

式,可以证明诗的内在的精神——节奏的存在与否。如果读者还以为前面的证例不够,可以用同样的方法分析我的《死水》。

这首诗从第一行

> 这是|一沟|绝望的|死水

起,以后每一行都是用三个"二字尺"和一个"三字尺"构成的,所以每行的字数也是一样多。结果,我觉得这首诗是我第一次在音节上最满意的试验。因为近来有许多朋友怀疑到《死水》这一类麻将牌式的格式,所以我今天就顺便把它说明一下。我希望读者注意,新诗的音节,从前面所分析的看来,确乎已经有了一种具体的方式可寻。这种音节的方式发现以后,我断言新诗不久定要走进一个新的建设的时期了。无论如何,我们应该承认这在新诗的历史里是一个轩然大波。

这一个大波的荡动是进步还是退化,不久也就自然有了定论。

戏剧的歧途

近代戏剧是碰巧走到中国来的。他们介绍了一位社会改造家——易卜生。碰巧易卜生曾经用写剧本的方法宣传过思想,于是要易卜生来,就不能不请他的"问题戏"——《傀儡之家》、《群鬼》、《社会的柱石》等等了。第一次认识戏剧即是从思想方面认识的,而第一次的印象又永远是有威权的,所以这先入为主的"思想"便在我们脑筋里,成了戏剧的灵魂。从此我们仿佛说思想是戏剧的第一个条件。不信,你看后来介绍萧伯纳,介绍王尔德,介绍哈夫曼,介绍高斯俄绥……哪一次不是注重思想,哪一次介绍的真是戏剧的艺术?好了,近代戏剧在中国,是一位不速之客;戏剧是沾了思想的光,侥幸混进中国来的。不过艺术不能这样没有身分。你没有诚意请他,他也就同你开玩笑了,他也要同你虚与委蛇了。

现在我们许觉悟了。现在我们许知道便是易卜生的戏剧,除了改造社会,也还有一种更纯洁的——艺术的价值。但是等到我们觉悟的时候,从先的错误已经长了根,要移动它,已经有些吃力了。从先没有专诚敦请过戏剧,现在得到了两种教训。第一,这几年来我们在剧本上所得的收成,差不多都是些稗子,缺少动作,缺少结构,缺少戏剧性,充其量不过是些能读不能演的 closet drama 罢了。第二,因为把思想当作剧本,又把剧本当作戏剧,所以纵然有了能演的剧本,也不知道怎样在舞台上表现了。

剧本或戏剧文学,在戏剧的家庭里,的确是一个问题。只就现在戏剧完成的程序看,最先产生的,当然是剧本,但是这是丢掉历史的说话。从历史上看来,剧本是最后补上的一样东西,是演过了的戏的一种记录。现在先写剧本,然后演戏。这种戏剧的文学化,大家都认为是戏剧的进化。从一方面讲,这当然是对的,但是从另一方面讲,可又错了,老实说,谁知道戏剧同文学拉拢了,不就是戏剧的退化呢?艺术最高的目的,是要达到"纯形"(pure form)的境地,可是文学离这种境地远着了,你可知道戏剧为什么不能达到"纯形"的涅槃世界吗?那都是害在文学的手里。自从文学加进了一份儿,戏剧永远注定了是一副俗骨凡胎,永远不能飞升了;虽然它还有许多的助手——有属于舞蹈的动作,属于绘画建筑的布景,甚至还有音乐,那仍旧是没有用的。你们的戏剧家提起笔来,一不小心,就有许多不相干的成分黏在他笔尖上了——什么道德问题,哲学问题,社会问题……都要黏上来了。问题黏的愈多,纯形的艺术愈少。这也难怪,文学,特别是戏剧文学之容易招惹哲理和教训一类的东西,如同腥膻的东西之招惹蚂蚁一样。你简直没有办法。一出戏是要演给大众看的;没有观众看,你就得拿他们喜欢看,容易看的,给他们看。假如你们的戏剧家的成功的标准,又只是写出戏来,演了,能够叫观众看得懂,看得高兴,那么他写起戏剧来,准是一些最时髦的社会问题,再配上一点作料,不拘是爱情,是命案,都可以。这样一来,社会问题是他们本地当时的切身的问题,准看得懂;爱情,命案,永远是有趣味的,准看得高兴。这样一出戏准能哄动一时。然后戏剧家可算成功了。但是戏剧的本身呢?艺术呢?没有人理会了。犯这样毛病的,当然不只戏剧家。譬如一个画家,若是没有真正的魄力来找出"纯形"的时候,他便摹仿照相了,描漂亮脸子了,讲故事了,谈道理了,做种种有趣味的事件,总要使得这一幅画有人了解,不管从哪一方面去了解。本来做有趣味的事件是文学家的惯技。就讲思想这个东西,本来同"纯形"是风马牛不相及的,但是哪一件文艺,完全脱离了思想,能够站得稳呢?文字本是思想的符号,文学既用了文字作工具,要完全脱离思想,自然办不到。但是文学专靠思想出风头,可真没出息了。何况这样出风头是出不出去的呢?谁知道戏剧拉到文学的这一个弱点当作宝贝,一心只想靠这一点东西出风头,岂不是比文学还要没出息吗?其实这样闹总是没有好处的。你尽管为你的思想写戏,你写出来的,恐怕总只有思想,没有戏。果然,你看我们这几年来所得的剧本里,不但没有问题,哲理,教训,牢骚,但是它禁不起表演,你有什么办法吧?况且这样表现思想,也不准表现得好,那可真冤了!为思想写戏,戏当然没有,思想也表现不出。"赔了夫人又折兵",谁说这不是相当的惩罚呢?

不错,在我们现在这社会里,处处都是问题,处处都等候着易卜生,萧伯纳的笔尖来给它一种猛烈的戟刺。难怪青年的作家个个手痒,都想来尝试一下。但是,我们可知道真正有价值的文艺,都是"生活的批评";批评生活的方法多着了,何必限定是问题戏?莎士比亚没有写过问题戏,古今有谁批评生活比他更批评得透彻的?辛格批评生活的本领也不差罢?但是他何尝写过问题戏?只要有一个脚色,便叫他会讲几句时髦的骂人的话,不能算是问题戏罢?总而言之,我们该反对的不是戏里含着什么问题;若是因为有个问题,便可以随便写戏,那就把戏看得太不值钱了。我们要的是戏,不拘是哪一种的戏。若是仅仅把屈原,聂政,卓文君,许多的古人拉起来了,叫他们讲了一大堆社会主义,德谟克拉西,或是妇女解放问题,就可以叫作戏,甚至于叫作诗剧,老实说,这种戏,我们宁可不要。

因为注重思想,便只看得见能够包藏思想的戏剧文学,而看不见戏剧的其余的部分。结果,到终于,不三不四的剧本,还数得上几个,至于表演同布景的成绩,便几等于零了。这样做下去,戏剧能够发达吗?你把稻子割了下来,就可摆碗筷,预备吃饭了吗?你知道从稻子变成饭,中间隔着了好几次手续,是同样的复杂?这些手续至少都同戏本一样的重要。我们不久就一件件的讨论。

先拉飞主义

味摩诘之诗,诗中有画;观摩诘之画,画中有诗。
——《东坡志林》

首先这题目许用得着给下一点注脚。

最初用"先拉飞"这名词的是侨寓在意大利的一群法国画家,他们的目的是要在画里恢复中世纪的——拉飞儿(Raphael)以前的朴质的作风。现在讲到"先拉飞派",它是指英国的罗瑟蒂(Dante Gabriel Rossetti),韩德(Holman Hunt)和米雷(Sir John Millais)等等七个人。先拉飞兄弟会(The Pre-Raphaelite Brotherhood)是在一八四八年组织的;内中有画家,有雕刻家,有诗人。他们在画上签名便简写为P. R. B.。他们的言论机关叫作《胚胎》(The Germ)。他们会同批评家罗斯金,主张扫除拉飞儿以后的种种秀丽纤弱的习气,恢复早期作家的简洁,真诚与笃实;还有当时那物质的潮流和怀疑的思想,他们也要矫正,因此他们要在画里表现出那中世纪的"惊异,虔诚和懔栗"等等的宗教情调。这运动的寿命并不长。不久"兄弟们"渐渐分散了,各人走上各人自己的蹊径,于是先拉飞兄弟会就无形的瓦解了。可是这次运动,在英国艺术上,确乎深深的印了一个戳记,特别是在装饰艺术上的影响很深。

以上可算"先拉飞运动"的一篇简明的历略。"先拉飞主义"给当时的批评界引起了不少的争辩。这主义所包含的原则很多,可讨论的也实在不少。我们现在要谈的,单是"先拉飞派"的画与"先拉飞派"的诗,两者之间相互的关系,和这种关系的评价。

文学里的"先拉飞主义"是个借用的名词。"先拉飞主义"在文学里并没有明确的定义。为便利起见,我们才借它来标明当时文学界的一种浪漫趋势,例如罗瑟蒂,莫理士,史文朋诸家的作品。所以文学与"先拉飞运动"即便有关系也是一种旁支庶出的关系,正如罗瑟蒂自称绘画是他的主业,诗只是副产品一样。不过拿"先拉飞"来形容那一帮人的作品,实在是比较最近于妥当的一个名词。再说他们的诗和"先拉飞派"的画也的确很有关系。不但他们有一部分人同时是诗人又是画家,并且他们还屡次在诗里表现画,或在画里表现诗。罗瑟蒂本人的集子里就有一大堆题画的商籁体。

美术和文学同时发展,在历史上本是常见的事,最显著的文艺复兴,便是一个伟大的美术时期,同时又是伟大的文学时期。因此有人称英国的十九世纪末为英国的文艺复兴。但是美术和文学,从来没有在同一个时期里,发生过那样密切的关系;不拘在哪个时期,断没有第二帮人像"先拉飞派"的"弟兄们"那样有意的用文学来作画,用颜料来吟诗。"先拉飞主义"引起我们——至少作者个人的注意,便在这一点上。

讲到这里,我们马上想起王维的"诗中有画,画中有诗"那句老话。王维的"诗中有画,画中有诗",比方,和罗瑟蒂的"诗中有画,画中有诗"同不同,是另一问题,不过拿这八个字来包括"先拉飞派"的艺术,倒是一个顶轻便的办法。这两句话,我以后还要常常借用,但是请读者注意,我声明在先,那是有条件,有范围的借用。

"先拉飞派"的画,和"先拉飞派"的诗,何以发生那样密切的关系呢?我们研究这里种种的动因,有的属于时代的趋势,有的属于个人的天才,有些是机会促成的,有些是人力强造的——极复杂,也极有趣。

艺术型类的混乱是"先拉飞派"的一个特征,开混乱艺术型类之端的可不是"先拉飞派"。一七六六年,将近新古典运动的末叶,勒沁的《雷阿科恩》已经在攻击那种趋势。到十九世纪,那趋势反而变本加厉了,趋势简直变成了事实,并且不仅诗和画的界线抹煞了,一切的艺术都丢了自己的工作。给邻家代庖,罗瑟蒂的"诗中有画,画中有诗"只是许多现象中之一种。此外还有戈提叶(Gautier)的"艺术的移置"("Transposition d'Art"),马拉美(Mallarmé)要用文学制成和合曲……诸如此类,数都数不清。看来这种现象,不是局部的问题,乃是那时代里全部思潮和生活起了一种变化——竟或是腐化。关于这一点,白壁德教授在他的《新雷阿科恩》里已经发挥得十分尽致了,不用我们再讲。我们要知道的只是那时代潮流的主因之外,还有许多副因和近因。下面这几点,对于阐明"先拉飞主义"发展的痕迹,许可以供给些参证。

先拉飞兄弟会成立的头年(一八四七),罗瑟蒂和他那般朋友对于济慈的诗发生了很深的兴味。这是一件值得注意的事,本来罗瑟蒂早就在济慈和柯立基的作品里看出了一种最高的浪漫的元素。后来他和韩德,米雷读霍顿的《济慈传》,又同时都觉得那诗人的作品,已经达到古典与浪漫调和到最适当的境地,并且那正是他们自己在美术里企望不到的最高目的。现在他们的愿望是要把这"灵"与"肉"的谐和移植到绘画里来。于是他们纠合了一般同志,组织了一个团体,规定每人得按时交进画稿来给大众批评,题目往往是由罗瑟蒂拟。下面这些画题,便是从济慈的《绮萨白娜》(Isabella)里选出的:

(1)《情耦》
(2)《绮萨白娜的三个弟兄》
(3)《分离》
(4)《幻象》(绮萨白娜梦见他的哥弟们把情郎杀死了)
(5)《林中》(绮萨白娜到林子里把情郎的首级偷来了)
(6)《紫苏坛》(她把首级埋在坛里)
(7)《弟兄们发现了紫苏坛》
(8)《绮萨白娜之疯魔》

兄弟会未成立之前,他们和济慈已经有这样的关系,即成立以后,关系仍然没有改变。例如米雷的首屈一指的杰作《圣爱格尼节之前夕》(The Eve of St. Agnes)便取材于济慈的那首同名的诗;并且韩德的第一次重要的产品《马德林与波菲罗之出奔》(The Flight of Madeline and Porphyro)也是由那首诗脱胎的。还有济慈的《无情的美女》(La Belle Dame Sans Mercé),他们也都画过。

三人都是先拉飞兄弟的台柱子,和济慈的关系又都那样深,看来是不是"先拉飞运动"之产生,济慈要负一分责任?再看他们崇拜济慈是因为他的诗是调和古典浪漫的大成功,"先拉飞运动",所以又可以说是借口改造诗的方法,来改造画,正如他们后来又借改造画的方法去改造诗。这样不分彼此的挪借,便造就了诗与画里的许多新花枪,同时也便是艺术型类的大混乱。

假如没有个济慈,或是他们凑巧没有注意到济慈的诗,"先拉飞运动"还会不会实现呢?我们的答案大概属于正面,因为前面已经提过,兄弟会里以画家兼诗人的会员不在少数,罗瑟蒂本人不用讲了,此外吴勒(Thomas Woolner)在他的雕刻还没有成名以前,已经是一个很有天才的诗人;喀林生(James Collinson)在诗上也有相当的成绩,他在第二期《胚胎》上发表的作品,据说很能代表"先拉飞派"的那宗教的象征主义和半禁欲,半任情的忧郁情调;裴登(Sir J. Noel Paton)和施高达(William Bell Scott)两个人也是诗画两方面都有贡献的;威廉·罗瑟蒂在两种艺术上都尝试过,他开始习画许太迟点,所以不能终局,他放弃作诗,据韩德说,为的是自己觉得不如老兄才搁笔的;还有老画家卜朗(Ford Madox Brown),罗瑟蒂的老师,也能作诗,在《胚胎》上投过稿。以上都是画家兼诗人。其余的是会员也好,非会员而与他们有瓜葛的也好,几乎没有一个不是具有双料的兴趣,虽则画画的不必实行作诗,作诗的不必实行画画。最足以代表这一类的,便是两个"先拉飞派"的后劲白恩·琼士(Sir Edward Burne-Jones)和威廉·莫理士(William Morris)。这样看来,他们自身本有双方发展的可能性。恐怕用不着多少外来的刺激和指点,才会产生那种"诗中有画,画中有诗"的艺术。

我们许要问,怎么这样凑巧,恰恰让那样一群人聚到一堆来了,这现象是否和他们的中心人物——罗瑟蒂个人的天性,有点因果关系?换句话说,"先拉飞派"的命运,是不是由罗瑟蒂一手造成的,是不是因为主将的"诗中有画,画中有诗",才有大家的"诗中有画,画中有诗"?不见得,罗瑟蒂的魔力不见得有那样大,不错,坚强自信的罗瑟蒂,富于"个人吸引力"的罗瑟蒂,惯于高兴支配别人,别人也乐于被他支配,但是我们决不相信,偌大一个运动,是谁一个人的能力所能造设的。罗瑟蒂不过是许多分子之一;与其说罗瑟蒂支配众人,不如说大家互相支配,或许其中罗瑟蒂的势力比较大点。大家都是多才多艺,因为多才多艺,才要左手画圆,右手画方,结果当然圆里有方,方里也有圆了。兄弟会的事业,就是这么一回事。

单就"画中有诗"讲,英国也不仅"先拉飞派"的画家是那样,自从英国有画以来,可以说没有完全脱离过文学的色彩。英国人天生就不是意大利人,法兰西人,西班牙人或荷兰人那样的图画天才。绘画——由线条色彩构成的绘画,仿佛他们从来没有了解过。他们不是不能审美,他们的美,是从诗和其他的文学里认识的。他们有的是思想家,道德家,著作家,他们会"想",可不大会"看"。自从阿瑟王和"圆桌"的时代,英国就有了诗,英国的画却是比较晚出的产品,所以难怪他们的兴趣根本在文学上,甚至于文学的势力还要偷进绘画里来。认真的讲,英国的画只算得一套文学的插图。就"先拉飞派"讲,罗瑟蒂的画是但丁的插图,韩德的是《圣经》的插图。再从全部的英国美术史看,从侯加士(Hogarth)数到白兰格文(Branguan),哪一个不是插图家?一个勃莱克(Blake),一个皮雅次蕾(Beardsley),两座高峰,遥遥相对,四围兀兀的布满了大大小小的山头,结构和趣味差不多属于一种的格调。芮洛慈(Reynolds),盖恩斯伯洛(Gainsborough)以下的肖像画家,和魏尔生(Wilson),康士塔孛(Constable)以下的风景画家,算是例外。可是你知道这两派都是荷兰人的传授,只可说是英国寄籍的荷兰画(肖像和风景根本也是不容易文学化的)。

你简直没有法子叫英国人不在画里弄文。连兰西儿(Landseer)的狗子都要讲故事。文学是英国人的根性，所以罗瑟蒂才有这样的议论——她对白恩·琼士说——"谁心里若是有诗，他最好去画画，因为所有的诗都早已讲过了，写过了，但差不多没有人动手画过。"可见罗瑟蒂画画的动机是要作诗。你不能禁止英国人不作诗，如同不能禁止他们的百灵鸟不唱歌一样。

还有一种原因也足以使诗画的界限容易混乱。在《胚胎》的弁言里他们已经声明过；在画上应用过的原则，也要在诗上应用；其实在诗上应用的理由更大，因为绘画的旨趣非借具体的物象来表现不可，诗却可以直接达到它的鹄的。譬如画家若要在作品里表现一种精神的简洁性，必需想出各种方法来布置，描写他身外的对象，但是一个诗人——假如他是个能手——顿时就能捉住他那题材的精神，精神捉到了，再拿象征的或戏剧的方法给装扮起来，就比较容易了。柏尔(Clive Bell)在他的《艺术论》里，辨别美感和实用观念的区别，有一段话："一个实际的人走进屋子里，看见几张椅子，桌子，沙发，一幅地毯，和一座壁炉。他的理智认识了这些物件，假如他要在那里待下，或是放下一只杯子，他晓得他应该怎么办。那些物件的名字告诉了他许多方法——怎样应付那些实际问题的方法。但是在各个名字背后藏着的那些物件的本体，他不知道。艺术家可不同，名字不关他的事。他们只知道一件东西是产生一种情绪的工具，那便是说，他们只管得着物件本身的价值……"好了，我们现在该明白了什么是供应实用的物件，什么是供应美感的物件。譬如一只茶杯，我们叫它作茶杯，是因为它那盛茶的功用；但是画家注意的只是那物象的形状，色彩等等，它的名字是不是茶杯，他不管。但是一个画家怎样才能把那物象表现出来，叫看画的人也只感到形状色彩的美，而不认作茶杯呢？现在我们回到本题了，绘画的困难便在这里，绘画的困难比文学的大，也在这里。

"White plates and cups clean-gleaming,

Ringed with blue lines,"

白禄克(Rupeit Brooke)这种捉拿生魂的神通,决不是画家梦想得到的。就叫塞桑(Cézanne)来动手,结果恐怕还免不掉有点隔膜。这是因为文学的工具根本是富于精神性的。"先拉飞主义",在诗上的问题小,在画上的问题大,并且他们的诗的成功比画的成功更加可观,便是这个道理。但是不幸的是诗的地位占便宜些,就免不了要引起画的妒忌和羡慕。"先拉飞派"的画家看出了诗的可羡慕的地位,是对的,是他们有眼光;但是他们实际的羡慕了,并且不惜牺牲自家的个性,放弃自家的天职,去求绘画的诗化,那便是错了,那是没有眼光。

罗斯金的艺术主张,和"先拉飞派"的主张,本是两方面独自发现的,虽是两方面不约而同的发现,不过自从他们互相认识以后,"先拉飞派"从罗斯金得来的赞助和指导的确是很多。罗斯金的影响好的,健全的固然不少,但是"先拉飞派"所以用作诗的方法作画,我们饮水思源,实在不能不把一部分的罪过堆在罗斯金身上。我们也承认"先拉飞派"对于宗教——更正确点,宗教方面的中世纪主义——的热心,难免是"牛津运动"的余波,可是如果没有罗斯金那样明白的表示和大声急呼的提倡,我们也可以断定"先拉飞派"是不会得有那样坚决的,极端的主张,因此流弊也不致那样大。罗斯金说:

> 譬如,雷兰派的一部作品——鲁奔斯(Rubens),樊代克(Vandyke)和冷伯兰提(Rembrandt)永远在例外——都是夸耀画家的口才,都是用清晰而有力的发音术咬着既无用又无味的字眼;至于齐玛宇(Cimabue)和吉我陀(Giotto)早年的成绩乃是婴孩嘴唇里吐出的热烈的预言。明哲的批评家应该负起责任来审慎辨别什么是语言,什么是思想,还要专心尊崇,赞颂思想,把语言认为下乘,绝对不当与思想相提并论或较量短长。一幅画,如果有的是较高尚较丰富的意

义，不问表现得怎样笨拙，比起那表现美满而意义凡庸贫困的作品，定是一幅较伟大的较好的画。

罗斯金的主意是要艺术有一种最高无上的道德的目的，他以为艺术的价值，是随着这目的之有无或高下为转移的，所以他注重的是绘画的"思想"，不是"语言"。这话当然不错，可是问题不是那样简单。试问到底哪里是"思想"和"语言"的分野？在绘画里，离开线条和色彩的"语言"，"思想"可还有寄托的余地？如果思想有了，就可以不择表现的方法，只要能达意就成了吗？譬如，在罗瑟蒂的《圣母的童年》里，我们看见一瓶百合，一把荆棘，知道百合象征贞洁，荆棘象征悲哀。好了，画家的意义我们明白了，可是那与绘画本身价值有什么关系？明白了是两个"文学的"概念。"文学的"概念只能间接地引起情感的反应，并且那种情感也未见得纯洁。当然，罗斯金并没有教画家拿那样潦草、肤浅的方法来表现"思想"，但是我们得承认有了罗斯金的推重"思想"，才有罗瑟蒂的只认目的，不择手段的流弊。不但罗瑟蒂，便是韩德的只求局部之精微，忘了全体的谐和，和米雷的欢喜在画里讲故事，何尝不是罗斯金的影响。

但是话又说回头了，我们也不必十分逼罗斯金，连老头子自己都没办法，因为批评家和创作家都是英国人，文学是英国人的天才，也是英国人的癖气。

否定肉体，偏执灵魂的中世纪主义，也是能损毁绘画的纯粹性的一种势力。我们拿中世纪色彩最浓的罗瑟蒂来作例。但是我们先得认清他的文学作品被人攻击为"肉体派的诗"，实在是个大冤枉，幸而攻击他的人，巴坎伦（Robert Buchanan）后来忏悔了。其实在罗瑟蒂的诗里，"肉体美"所以可贵的，完全因为它是"灵魂美"的佐证，所谓"内在的，精神的，美德的一种外在的，有形的符号"，我们读他的《身体的美》（Body's Beauty）那首商籁体便知道了。诗人又在一首题名Lovesight 的商籁体里问道：

> When do l see the most, bloved one?
>   When in the light the spirit of mine eyes,
>   Before thy face, their altar, solemnize
> The Worship of that love through thee made known?
> Or when in the dusk hours, (we two alone,)
>   Close-kissed and eloquent of still replies
>   Thy twilight-hidden glimmering visage lies,
> And my soul only sees thy soul its own?

这种神秘性充满了罗瑟蒂全部的著作,可是要把它运用到画里来,问题就困难了,因为神秘性根本是有诗意的,和画却隔膜得多。罗瑟蒂即拿定了主义要神秘化他的画,没有办法就拐一个弯,借那属于文学的,抽象的象征来帮忙,结果我们便得了这样一幅画,例如他的《但丁之梦》。在这画里,神秘的含义谁也承认是十分丰富,丰富的含义总算都表现得够分明的了。但是把他当作画看,未免太分明了,因为所谓"分明"是理智的了解,不是感觉的认识,所以在文学里可以立脚,在画里没有存在的余地。

也许有人又要发问,神秘主义果真不在绘画的范围里吗?绘画绝对不许采取象征手段吗?吉我陀,齐玛字,马沙奇俄(Masaceio)的地位应该推翻吗?不错,早期意大利的名手都是神秘家,都没有鄙视过象征。但是他们的时代是中世纪,不是做中世纪的梦的十九世纪;他们是在宗教里生活着,用不着靠宗教运动求生活,神秘是他们的天性,不是他们的主义;在他们无所谓象征,象征便是实体。我们认为实体的,在他们都是象征。有了那种精神,岂独在美术上可以创造奇迹,在文学上,在生活上,哪一项不够我们惊异,拜倒,向往的?兄弟会虽是会模仿,甚至模仿古人的那隐遁的生活,保持着一种宗教式的诚恳态度,但是没有用,模仿毕竟是模仿。何况他们对于宗教并没有正确的领悟。罗瑟蒂对于宗教是一种浪漫的癖好,正如韩德对于宗教是一种历史的好奇心,韩德向巴勒斯登汇集材料,罗瑟蒂向中世纪汇集材料,不过因为那一种空间的,一种时间的距离,能满足他们好奇的欲望罢了。他们的灵感的来源既不真,他们的作品当然是空洞的,软弱的,没有红血轮的。

上面所讨论的,是站在绘画的立脚点上看为什么"先拉飞派"的画中有诗。我们拉杂的举了七种理由。如果翻过面来问为什么"先拉飞派"的诗中又有画,理由当然有许多和上面相同,也有看了彼方面的理由,马上就可想起此方面的。例中单讲罗瑟蒂兄妹,知道安格鲁撒克逊民族的天才是文学,也便想得起拉丁民族的天才是造型艺术——罗瑟蒂兄妹是四分之三的意大利人,四分之一的英国人。还有知道他们的中世纪主义,也不能忘记他们的希腊主义,上文已经提过,他们在济慈的诗里发现了"灵"与"肉"最圆满的调和,并且要把它移植到画里来,可见他们的主张和片面的禁欲主义完全两样。他们的诗里所以充满了属于感觉的绘画,便是这个缘故。

我讲了许多不利于"先拉飞派"或罗瑟蒂个人的话,读者可不要误会,以为我完全不承认他们的价值。尤其是罗瑟蒂的作品,我不仅认为有价值,并且讲老实话,我简直不能抵抗它那引诱,虽是清醒的自我有时告诉我,那艳丽中藏着有毒药。不用讲,我承认我的弱点,便是承认罗瑟蒂的魔力!例如《受祜的比雅特丽琪》(Beata Beatrix),《潘多娜》(Pandora),《窗前》(La Donna della Finestra)等等作品里的可歌可泣的神秘的诗意,谁不陶醉,谁不折服,谁还有工夫附和契斯脱登(G. K. Chesterton)来说那冷心的,狠心的话——"这个大艺术家的成功,是由于不曾辨清他的艺术的性质!"再看他的诗,举一个极端的例:

> Herself shall bring us, hand in hand,
>   To him round whom all souls
> Kneel, the clear-ranged unnumbered heads
>   Bowed with their aureoles:
> And angels meeting us shall sing

To their citherns and Citoles.

我们明晓得这不但是画意,简直是图画——是中世纪道院里那一个老和尚(也许是 Fra Angelico)用金的、宝蓝的、玫瑰红的和五光十色的油漆堆起来的一幅图画。"诗中有画"我们见得多,从莎士比亚,斯宾叟以来的诗人,谁不会在文学里创造几幅画境?但是罗瑟蒂这样的,我们没有见过。我们也知道这正是亚里士多德说的"Shifting his ground another kind",但是这"移花接木"的本领是值得佩服的,并且这样开出的花是有一种奇异的芬芳和颜色,特别能勾引人们的赏玩。

总结一句,"先拉飞派"的诗和画,的确是有它们的特点,"先拉飞主义",无论在诗或画方面,似乎是一条新路。问题只是艺术的园地里到底有开辟新畦畛的必要与可能没有?勉强造成的花样,对于艺术的根本价值,是有益还是有损?契斯脱登的评论,我们现在可以全段的征引了:

> 罗瑟蒂是一个多方面而特出的人才;他并没有在任何方面成功;不然,也许不会有人知道他。在那两种艺术上,他是一半成功,一半失败;他的成功完全是他那失败的巧术凑成的。假使他是邓尼生那样一个诗人,也许会成一个能画画的诗人,假使他是白恩·琼士那样一个画家,也许会成一个能作诗的画家。说也奇怪,在这极端的艺术运动的门限上,我们倒发现了这个大艺术家的成功是由于不曾辨清他的艺术的性质。他的诗太像画了。他的画太像诗了。正因为这个缘故,他的诗和画才能征服维多利亚时代的那冷淡的满意,因为他那种作品总算是有东西的,虽则在艺术上是不值些什么的东西。

我们再谈谈王摩诘的"诗中有画,画中有诗",作个结束。其实这话也不限于王摩诘一个人担当得起。从来哪一首好诗里没有画,哪一幅好画里没有诗?恭维王摩诘的人,在那八个字里,不过承认他符合了两个起码的条件。"先拉飞派"的"诗中有画,画中有诗"可不同,那简直是"张冠李戴",是末流的滥觞;猛然看去,是新奇,是变化,仔细想想,实在是艺术的自杀政策。

《烙印》序

克家催我给他的诗集作序,整催了一年。他是有理由的。便拿《生活》一诗讲,据许多朋友说,并不算克家的好诗;但我却始终极重视它,而克家自己也是这样的。我们这意见的符合,可以证实,由克家自己看来,我是最能懂他的诗了。我现在不妨明说,《生活》确乎不是这集中最精彩的作品,但却有令人不敢亵视的价值,而这价值也便是这全部诗集的价值。

克家在《生活》里说:

　　这可不是混着好玩,这是生活。

这不啻给他的全集下了一道案语,因为克家的诗正是这样——不是"混着好玩",而是"生活"。其实只要你带着笑脸,存点好玩的意思来写诗,不愁没有人给你叫好。所以作一首寻常所谓好诗,不是最难的事。但是,作一首有意义的,在生活上有意义的诗,却大不同。克家的诗没有一首不具有一种极顶真的生活的意义。没有克家的经验,便不知道生活的严重。

　　一万枝暗箭埋伏在你周边,
　　伺候你一千回小心里一回的不检点,

这真不是好玩的。然而他偏要

> 嚼着苦汁营生,
> 像一条吃巴豆的虫。

他咬紧牙关和磨难苦斗,他还说,

> 同时你又怕克服了它,
> 来一阵失却对手的空虚。

这样生活的态度不够宝贵的吗？如果为保留这一点,而忽略了一首诗的外形的完美,谁又能说是不合算？克家的较坏的诗既具有这种不可亵视的实质,他的好诗,不用讲,更不是寻常的好诗所能比拟的了。

所谓有意义的诗,当前不是没有。但是,没有克家自身的"嚼着苦汁营生"的经验,和他对这种经验的了解,单是嚷嚷着替别人的痛苦不平,或怂恿别人自己去不平,那至少往往像是一种"热气",一种浪漫的姿势,一种英雄气概的表演,若更往坏处推测,便不免有伤厚道了。所以,克家的最有意义的诗,虽是《难民》,《老哥哥》,《炭鬼》,《神女》,《贩鱼郎》,《老马》,《当炉女》,《洋车夫》,《歇午工》,以至《不久有那么一天》和《天火》等篇,但是若没有《烙印》和《生活》一类的作品作基础,前面那些诗的意义便单薄了,甚至虚伪了。人们对于一件事,往往有追问它的动机的习惯(他们也实在有这权利),对于诗,也是这样。当我们对于一首诗的动机(意识或潜意识的)发生疑问的时候,我很担心那首诗还有多少存在的可能性。读克家的诗,这种疑问永不会发生,为的是有《烙印》和《生活》一类的诗给我们担保了。我再从历史中举一个例。如作"新乐府"的白居易,虽嚷嚷得很响,但究竟还是那位香山居士的闲情逸致的冗力(surplus energy)的一种舒泄,所以他的嚷嚷实际只等于猫儿哭耗子。孟郊并没有作过成套的"新乐府",他如果哭,还是为他自身的穷愁而哭的次数多,而他的态度,沉着而有锋棱,却最合于一个伟大的理想的条件。除了时代背景所产生的必然的差别不算,我拿孟郊来比克家,再适当不过了。

谈到孟郊,我于是想起所谓好诗的问题(这一层是我要对另一种人讲的)。孟郊的诗,自从苏轼以来,是不曾被人真诚的认为上品好诗的。站在苏轼的立场上看孟郊,当然不顺眼。所以苏轼诋毁孟郊的诗,我并不怪他。我只怪他为什么不索性野蛮一点,硬派孟郊所作的不是诗,他自己的才是。因为这样,问题倒简单了。既然他们是站在对立而且不两立的地位,那么,苏轼可以拿他的标准抹煞孟郊,我们何尝不可以拿孟郊的标准否认苏轼呢?即令苏轼和苏轼的传统有优先权占用"诗"字,好了,让苏轼去他的,带着他的诗去!我们不要诗了。我们只要生活,生活磨出来的力,像孟郊所给我们的,是"空螯"也好,"蚍吻涩齿"或"如嚼木瓜,齿缺舌敝,不知味之所在"也好,我们还是要吃,因为那才可以磨炼我们的力。

哪怕是毒药,我们更该吃,只要它能增加我们的抵抗力。至于苏轼的丰姿,苏轼的天才,如果有人不明白那都是笑话,是罪孽,早晚他自然明白了。早晚诗也会

  扪一下脸,来一个奇怪的变!

一千余年前孟郊已经给诗人们留下了预言。

克家如果跟着孟郊的指示走去,准没有错。纵然像孟郊似的,没有成群的人给叫好,那又有什么关系?反正诗人不靠市价做诗。克家千万不要忘记自己的责任。

庄　子

"臣之所好者道也，进乎技矣。"

——《养生主》

一

庄子名周，宋之蒙人①（今河南商邱县东北）。宋在战国时属魏，魏都大梁，因又称梁。《史纪》说他与梁惠王齐宣王同时。《庄子·田子方》、《徐无鬼》两篇于魏文侯，武侯称谥，而《则阳篇》、《秋水篇》迳称惠王的名字，又称公子，《山木篇》又称为王，《养生主》称文惠君，看来他大概生于魏武侯末叶，现在姑且定为周列王元年（前三七五）。他的卒年，马叙伦定为赧王二十年（前二九五），大致是不错的。

与他同时代的惠施只管被梁王称为"仲父"，齐国的稷下先生们只管"皆列第为上大夫"，荀卿只管"三为祭酒"，吕不韦的门下只管"珠履者三千人"，——庄周只管穷困了一生，寂寞了一生，《庄子·外物篇》说他"家贫，故往贷粟于监河侯"，《山木篇》说他"衣大布而补之，正緳系履而过魏王"。这两件故事是否寓言，不得而知，然而拿这里所反映的一副穷措大的写照，加在庄周身上，决不冤枉他。我们知道一个人稍有点才智，在当时，要交结王侯，赚些名声利禄，是极平常的事。《史记》称庄子"其学无所不窥"，又说他"善属书离辞，指事

---

① 阎若璩曰："凤阳（濠濑）为其游览之地，曹县（漆园）为其宦游之地。"

类情,用剽剥儒墨,虽当世宿学不能自解免也"。庄子的博学和才辩并不弱似何人,当时也不是没人请教他,无奈他脾气太古怪,不会和他们混,不愿和他们混。据说楚威王遣过两位大夫来聘他为相,他发一大篇议论,吩咐他们走了。《史记》又说他做过一晌漆园吏,那多半是为糊口计。吏的职分真是小得可怜,谈不上仕宦,可是也有个好处——不致妨害人的身分,剥夺人的自由。庄子一辈子只是不肯做事,大概当一个小吏,在庄子,是让步到最高限度了。依据他自己的学说,做事是不应当的,还不只是一个人肯不肯的问题。但我想那是愤激的遁辞。他的实心话不业已对楚王的使者讲过吗?

  子独不见郊祭之牺牛乎?养食之数岁,衣以文绣,以入太庙,当是之时,虽欲为孤豚,岂可得乎?

又有一次宁国有个曹商,为宋王出使到秦国,初去时,得了几乘车的俸禄,秦王高兴了,加到百乘。这人回来,碰见庄子,大夸他的本领,你猜庄子怎样回答他?

  秦王有病,召医。破痈溃痤者得车一乘,舐痔者得车五乘,所治愈下,得车愈多。子岂治其痔邪?
  何车之多也?子行矣!

话是太挖苦了,可是当时宦途的风气就可想而知。在那种情况之下,即使庄子想要做事,叫他如何做去?
我们根据现存的《庄子》三十三篇中比较可靠的一部分,考察他的行踪,知道他到过楚国一次,在齐国待过一晌,此外似乎在家乡的时候多。和他接谈过的也十有八九是本国人。《田子方篇》见鲁哀公的话,毫无问题,是寓言;《说剑》是一篇赝作,因此见赵文王的事更靠不住。倒是"庄子钓于濮水","庄子与惠子游于濠梁之上","庄子游乎雕陵之樊","庄子行于山中……,出于山,舍于故人之家"——这一类的记载比较合于庄周的身分,所以我们至少可以从这里猜出他的生活的一个大致。他大概是《刻意篇》所谓"就薮泽,处间旷,钓鱼闲处,无为而已矣"的一种人。我们不能想象庄子那人,朱门大厦中曾常常有他的足迹,尽管时代的风气是那样的,风气干庄周什么事?况且王侯们也未必十分热心要见庄周。平白的叫他挖苦一顿做什么! 太史公不是明讲了"自王公大人不能器之"吗?

惠子屡次攻击庄子"无用"。那真是全不懂庄子而又懂透了庄子。庄子诚然是无用,但是他要"用"做什么?

> 山木自寇也;膏火自煎也;桂可食,故伐之;漆可用,故割之。人皆知有用之用,而莫知无用之用也。

这样看来,王公大人们不能器重庄子,正合庄子的心愿。他"学无所不窥",他"属书离辞,指事类情",正因犯着有用的嫌疑,所以更不能不掩藏、避讳,装出那"其卧徐徐,其觉于于,一以己为马,一以己为牛"的一副假痴假驸的样子,以求自救。

归真的讲,关于庄子的生活,我们知道的很有限。三十三篇中述了不少关于他的轶事,可是谁能指出哪是寓言,哪是实录? 所幸的,那些似真似假的材料,虽不好坐实为庄子的信史,却满足以代表他的性情与思想;那起码都算得画家所谓"得其神似"。例如《齐物论》里"庄周为蝴蝶"的谈话,恰恰反映着一个潇洒的庄子;《至乐篇》称庄子妻死,惠子吊之,庄子则方箕踞鼓盆而歌",又分明影射着一个放达的庄子;《列御寇篇》所载庄子临终的那段放论,也许完全可靠:

> 庄子将死,弟子欲厚葬之。庄子曰:"吾以天地为棺椁,日月为连璧,星辰为珠玑,万物为赍送。吾葬具岂不备邪?何以加此?"弟子曰:"吾恐乌鸢之食夫子也。"庄子曰:"在上为乌鸢食,在下为蝼蚁食,夺彼与此,何其偏也!"

其余的故事,或滑稽,或激烈,或高超,或毒辣,不胜枚举,每一事象征着庄子人格的一方面,综合的看去,何尝不俨然是一个活现的人物?

有一件事,我们知道是万无可疑的,惠施在庄子生活中占一个很重要的位置。这人是他最接近的朋友,也是他最大的仇敌。他的思想行为,一切都和庄子相反,然而才极高,学极博,又是和庄子相同的。他是当代最有势力的一派学说的首领,是魏国的一位大政治家。庄子一开口便和惠子抬杠;一部《庄子》,几乎页页上有直接或间接糟蹋惠子的话。说不定庄周著书的动机大部分是为反对惠施和惠施的学说,他并且有诬蔑到老朋友的人格的时候。据说(大概是他的弟子们造的谣言)庄子到梁国,惠子得到消息,下了一道通缉令,满城搜索了三天。说惠子是怕庄子来抢他的相位,冤枉了惠子,也冤枉了庄子。假如那事属实,大概惠子是被庄子毁谤得太过火,为他办事起见,不能不下那毒手?然而惠子死后,庄子送葬,走到朋友的墓旁,叹息道:"自夫子之死也,吾无以为质矣,吾无与言之矣!"两人本是旗鼓相当的敌手,难怪惠子死了,庄子反而感到孤寂。

除了同国的惠子之外,庄子不见得还有多少朋友。他的门徒大概也有限。朱熹以为"庄子当时亦无人宗之,他只在僻处自说",像是对的。孟子是邹人,离着蒙不甚远,梁宋又是他到过的地方,他辟杨墨,没有辟到庄子。《尸子》曰:"墨子贵兼,孔子贵公,皇子贵衷,田子贵均,列子贵虚,料子贵别囿。"没有提及庄子。《吕氏春秋》也有同类的论断,从老聃数到兒良,偏漏掉了庄子。似乎当时只有荀卿谈到庄子一次,此外绝没有注意到他的。

庄子果然毕生是寂寞,不但如此,死后还埋没了很长的时期。西汉人讲黄老而不讲老庄。东汉初班嗣有报桓谭借《庄子》的信札,博学的桓谭连《庄子》都没见过。注《老子》的邻氏,傅氏,徐氏,河上公,刘向,毌丘望之,严遵等都是西汉人;两汉竟没有注《庄子》的。庄子说他要"处乎材与不材之间",他怕的是名,一心要逃名,果然他几乎要达到目的,永远埋没了。但是我们记得,韩康徒然要向卖药的生活中埋名,不晓得名早落在人间,并且恰巧要被一个寻常的女妪当面给他说破。求名之难哪有逃名难呢?庄周也要逃名;暂时的名可算给他逃过了,可是暂时的沉寂毕竟只为那永久的赫烜作了张本。

一到魏晋之间,庄子的声势忽然浩大起来,崔譔首先给他作注,跟着向秀,郭象,司马彪,李颐都注《庄子》。像魔术似的,庄子忽然占据了那全时代的身心,他们的生活,思想,文艺——整个文明的核心是庄子。他们说"三日不读老庄,则舌本间强"。尤其是庄子,竟是清谈家的灵感的泉源。从此以后,中国人的文化上永远留着庄子的烙印。他的书成了经典。他屡次荣膺帝王的尊封①。至于历代文人学者对他的崇拜,更不用提。别的圣哲,我们也崇拜,但哪像对庄子那样倾倒、醉心、发狂?

二

庖丁对答文惠君说:"臣之所好者道也,进乎技矣。"这句话的意义,若许人变通的解释一下,便恰好可以移作庄子本人的断语。庄子是一位哲学家,然而侵入了文学的圣域。庄子的哲学,不属本篇讨论的范围。我们单讲文学家庄子;如有涉及他的思想的地方,那是当作文学的核心看待的,对于思想本身,我们不加批评。

古来谈哲学以老、庄并称,谈文学以庄、屈并称。南华的文辞是千真万真的文学,人人都承认。可是《庄子》的文学价值还不只在文辞上。实在连他的哲学都不像寻常那一种矜严的,峻刻的,料峭的一味皱眉头,绞脑子的东西;他的思想的本身便是一首绝妙的诗。

一壁认定现实全是幻觉,是虚无,一壁以为那真正的虚无才是实有,庄子的议论,反来覆去,不外这两个观点。那虚无,或称太极,或称涅槃,或称本体,庄子称之为"道"。他说:

---

① 唐玄宗封为"南华真人",宋徽宗封为"微妙玄通真君"。

> 夫道有情有信,无为无形,可传而不可受,可得而不可见;自本自根,未有天地,自古以固存;神鬼神帝,生天生地,在太极之先而不为高,在六极之下而不为深,先天地生而不为久,长于上古而不为老。狶韦氏得之,以挈天地,伏戏氏得之,以袭气母,维斗得之,终古不忒,日月得之,终古不息,堪坏得之,以袭昆仑,冯夷得之,以游大川,肩吾得之,以处太山,黄帝得之,以登云天,颛顼得之,以处玄宫,禺强得之,立乎北极,西王母得之,坐乎少广,莫知其始,莫知其终,彭祖得之上及有虞,下及五伯,傅说得之,以相武丁,奄有天下,乘东维,骑箕尾,而比于列星。

有大智慧的人们都会认识道的存在,信仰道的实有,却不像庄子那样热忱的爱慕它。在这里,庄子是从哲学又跨进了一步,到了文学的封域。他那婴儿哭着要捉月亮似的天真,那神秘的怅惘,圣睿的憧憬,无边无际的企慕,无涯岸的艳羡,便使他成为最真实的诗人。

然而现实究竟不容易抹煞,即使你说现实是幻觉,幻觉的存在也是一种存在。要调解这冲突,起码得承认现实是一种寄寓,或则像李白认定自己是"天上谪仙人",现世的生活便成为他的流寓了。"万物生于有,有生于无",庄子仿佛说:那"无"处便是我们真正的故乡。他苦的是不能忘情于他的故乡。"旧国旧都,望之怅然",是人情之常,纵使故乡是在时间以前,空间以外的一个缥缈极了的"无何有之乡",谁能不追忆,不怅望?何况羁旅中的生活又是那般龌龊、逼仄、孤凄、烦闷?

> 悲歌可以当泣,远望可以当归。

庄子的著述,与其说是哲学,毋宁说是客中思家的哀呼;他运用思想,与其说是寻求真理,毋宁说是眺望故乡,咀嚼旧梦。他说:"厄言日出,和以天倪,因以曼衍,所以穷年。"一种客中百无聊赖的情绪完全流露了。他这思念故乡的病意,根本是一种浪漫的态度,诗的情趣。并且因为他钟情之处,"大有迳庭,不近人情",太超忽,太神秘,广大无边,几乎令人捉摸不住,所以浪漫的态度中又充满了不可逼视的庄严。是诗便少不了那一个哀艳的"情"字。《三百篇》是劳人思妇的情;屈宋是仁人志士的情;庄子的情可难说了,只超人才载得住他那种神圣的客愁。所以庄子是开辟以来最古怪最伟大的一个情种;若讲庄子是诗人,还不仅是泛泛的一个诗人。

或许你要问:《庄子》的思致诚然是美,可是哪一种精深的思想不美呢?怎见得《庄子》便是文学?你说他的趣味分明是理智的冷艳多于情感的温馨,他的姿态也是瘦硬多于柔腻,那只算得思想的美,不是情绪的美。不错,不过你能为我指出思想与情绪的分界究竟在哪里吗?唐子西在惠州给各种酒取名字,温和的叫作"养生主",劲烈的叫作"齐物论"。他真是善于饮酒,又善于读《庄子》。《庄子》会使你陶醉,正因为那里边充满了和煦的、郁蒸的、焚灼的各种温度的情绪。向来一切伟大的文学和伟大的哲学是不分彼此的,你若看不出《庄子》的文学,只因他的神理太高,你骤然体验不到。

又恐琼楼玉宇,高处不胜寒。

是就下界的人们讲的,你若真是隶籍仙灵,何至有不胜寒的苦头?并且文学是要和哲学不分彼此,才庄严,才伟大。哲学的起点便是文学的核心。只有浅薄的、庸琐的、渺小的文学,才专门注意花期的美茂,而忘掉了那最原始,最宝贵的类似哲学的仁子。无论《庄子》的花叶已经够美茂的了;即令他没有发展到花期,只他那简单的几颗仁子,给投在文学的园地上,便是莫大的贡献,无量的功德。

三

讲到文辞,本是庄子的余事,但也就够人赞叹不尽的,讲究辞令的风气,我们知道,春秋时早已发育了;战国时纵横家以及孟轲荀卿韩非李斯等人的文章也够好了,但充其量只算得辞令的极致,一种纯熟的工具,工具的本身难得有独立的价值。庄子可不然,到他手里,辞令正式蜕化成文学了。他的文字不仅是表现思想的工具,似乎也是一种目的。对于文学家庄子的认识,老早就有了定案。《天下篇》讨论其他诸子,只讲思想,谈到庄周,大半是评论文辞的话。

> 以谬悠之说,荒唐之言,无端崖之辞,时恣纵而傥,不以觭见之也。以天下为沉浊,不可与庄语,以卮言为曼衍,以重言为真,以寓言为广。……其书虽瑰玮,而连犿无伤也;其辞虽参差,而諔诡可观。……其理不竭,其来不蜕,芒乎昧乎,未之尽者。

这可见庄子的文学色彩,在当时已瞒不过《天下篇》作者的注意(假如《天下篇》是出于庄子自己的手笔,他简直以文学家自居了)。至于后世的文人学者,每逢提到庄子,谁不一唱三叹的颂扬他的文辞?高似孙说他

> 极天之荒,穷人之伪,放肆迤演,如长江大河,滚滚灌注,泛滥乎天下;又如万籁怒号,澎湃汹涌,声沉影灭,不可控抟。

赵秉忠把他和列子并论,说他们

> 摛而为文,穷造化之姿态,极生灵之辽广,剖神圣之渺幽,探有无之隐赜,……
> 呜呼!天籁之鸣,风水之运,吾靡得覈其奇矣!

凌约言讲得简括而尤其有意致:

庄子如神仙下世，咳吐谑浪，皆成丹砂。

读《庄子》，本分不出哪是思想的美，哪是文字的美。那思想与文字，外型与本质的极端的调和，那种不可捉摸的浑圆的机体，便是文章家的极致；只那一点，便足注定庄子在文学中的地位。朱熹说庄子"是他见得方说到"，一句极平淡极敷泛的断语，严格的讲，古今有几个人当得起？其实在庄子，"见"与"说"之间并无因果的关系，那譬如一面花，一面字，原来只是一颗钱币。世界本无所谓真纯的思想，除了托身在文学里，思想别无存在的余地；同时，是一个字，便有它的涵义；文字等于是思想的躯壳，然而说来又觉得矛盾，一拿单字连缀成文章，居然有了缺乏思想的文字，或文字表达不出的思想。比方我讲自然现象中有一种无光的火，或无火的光，你肯信吗？在人工的制作里确乎有那种文字与思想不碰头的偏枯的现象，不是辞不达意，便是辞浮于理。我们且不讲言情的文，或状物的文。言情状物要作到文辞与意义兼到，固然不容易，纯粹说理的文做到那地步尤其难，几乎不可能。也许正因那是近乎不可能的境地，有人便要把说理文根本排出文学的范围外，那真是和狐狸吃不着葡萄，说葡萄酸一样的可笑。要反驳那种谬论，最好拿《庄子》给他读。即使除了庄子，你抬不出第二位证人来，那也不妨。就算庄子造了一件灵异的奇迹，一件化工罢了——就算庄子是单身匹马给文学开拓了一块新领土，也无不可。读《庄子》的人，定知道那是多层的愉快。你正在惊异那思想的奇警，在那踌躇的当儿，忽然又发觉一件事，你问那精微奥妙的思想何以竟有那样凑巧的，曲达圆妙的辞句来表现它，你更惊异；再定神一看，又不知道哪是思想哪是文字了，也许什么也不是，而是经过化合作用的第三种东西，于是你尤其惊异。这应接不暇的惊异，便使你加倍的愉快，乐不可支。这境界，无论如何，在庄子以前，绝对找不到，以后，遇着的机会确实也不多。

四

如果你要的是纯粹的文字,在庄子那素净的说理文的背景上,也有着你看不完的花团锦簇的点缀——断素,零纨,珠光,剑气,鸟语,花香——诗,赋,传奇,小说,种种的原料,尽够你欣赏的,采撷的。这可以证明如果庄子高兴做一个通常所谓的文学家,他不是不能。

他是一个抒情的天才。宋祁刘辰翁杨慎等极欣赏的

> 送君者皆自崖而返,君自此远矣!

果然是读了"令人萧寥有遗世之意"。《则阳篇》也有一段极有情致的文字:

> 旧国旧都,望之畅然,虽使丘陵草木之缗,入之者十九,犹之畅然,况见见闻闻者也?以十仞之台悬众间者也?

明人吴世尚曰:"《易》之妙妙于象,《诗》之妙妙于情;《老》之妙得于易,《庄》之妙得于诗"。这里果然是一首妙绝的诗——外形同本质都是诗:

> 天其运乎?地其处乎?日月其争于所乎?孰主张是?孰维纲是?孰居无事推而行是?意者其有机缄而不得已邪?意者其运转而不能自止邪?云者为雨乎?雨者为云乎?孰隆施是?孰居无事淫乐而劝是?风起北方,一西一东,有上彷徨——孰嘘吸是?孰居无事而披拂是?

这比屈原的《天问》何如?欧阳修说:"参差奇诡而近于物情,兴者比者俱不能得其仿佛也。"只讲对了作者的一种"百战不许持寸

铁"的妙技,至于他那越世高谈的神理,后世除了李白,谁追上他的踪尘?李白仿这意思作了一首《日出入行》,我们也录来看看:

> 日出东方隈,似从地底来,历天又入海,六龙所舍安在哉?其始与终古不息,人非元气安得与之久徘徊!草不谢荣于春风,木不怨落于秋天。谁挥鞭策驱四运?万物兴歇皆自然。……

古来最善解《庄子》的莫如宋真宗。张端义《贵耳集》载着一件轶事,说他"宴近臣,语及《庄子》,忽命《秋水》,至则翠鬓绿衣,一小女童,诵《秋水》一篇"。这真是一种奇妙批评《庄子》的方法。清人程庭鹭说:"向秀、郭象、应逊此女童全具《南华》神理。"所谓"神理"正指诗中那种最飘忽的,最高妙的抒情的趣味。

庄子又是一位写生的妙手。他的观察力往往胜过旁人百倍,正如刘辰翁所谓"不随人观物,故自有见"。他知道真人"凄然似秋,暖然似春"或则"尸居而龙见,渊默而雷声"。他知道"生物之以息相吹";他形容马"喜则交颈相靡,怒则分背相踶",又看见"泽雉十步一啄,百步一饮"。他又知道"槐之生也,入季春五日而兔目,十日而鼠耳,更旬而始规,二旬而叶成"。一部《庄子》中,这类的零星的珍玩,搜罗不尽。可是能刻画具型的物件,还不算一回事,风是一件不容易描写的东西,你看《齐物论》里有一段奇文:

> 夫大块噫气,其名为风,是唯无作,作则万窍怒号。而独不闻之翏翏乎?山林之畏佳,大木百围之窍穴——似鼻,似口,似耳,似枅,似圈,似臼,似洼者,似污者——激者,谞者,叱者,吸者,叫者,譹者,宎者,咬者,前者唱于而随者唱喁,泠风则小和,飘风则大和,厉风济,则众窍为虚,而独不见之调调之刁刁乎?

注意那写的是风的自身,不像著名的宋玉(?)《风赋》只写了风的表象。

五

讨论庄子的文学,真不好从哪里讲起,头绪太多了,最紧要的例如他的谐趣,他的想象;而想象中,又有怪诞的,幽渺的,新奇的,秾丽的各种方向,有所谓"建设的想象",有幻想;就谐趣讲,也有幽默,诙谐,讽刺,戏弄等等类别。这些其实都用得着专篇的文字来讨论,现在我们只就他的寓言连带的谈谈。

寓言本也是从辞令演化来的,不过庄子用得最多,也最精;寓言成为一种文艺,是从庄子起的。我们试想《桃花源记》,《毛颖传》等作品对于中国文学的贡献,便明了庄子的贡献。往下再不必问了,你可以一直推到《西游记》,《儒林外史》等,都可以说是庄子的赐予。《寓言篇》明讲"寓言十九"。一部《庄子》几乎全是寓言①,我们暂时无需举例。此刻急待解决的,倒是何以庄子的寓言便是文学。讲到这里,我只提到前面提出的谐趣与想象两点,你便恍然了;因为你知道那两种质素在文艺作品中所占的位置,尤其在中国文学中,更是那样凤毛麟角似的珍贵。若不是充满了他那隽永的谐趣,奇肆的想象,庄子的寓言当然和晏子、孟子以及一般游士说客的寓言,没有区别,谐趣和想象打成一片,设想愈奇幻,趣味愈滑稽,结果便愈能发人深省——这才是庄子的寓言。

> 有国于蜗之左角者,曰触氏,有国于蜗之右角者曰蛮氏,时相与争地而战。伏尸数万,逐北,旬有五日而后反。
>
> 今之大冶铸金,金踊跃曰:"我必且为镆铘。"大冶必以

---

① 近人胡远浚曰:"庄子自别其言有寓重卮三者,其实重言皆卮言也,亦即寓言也。"按所见甚是。——作者原注

为不祥之金,今一犯人之形,而曰"人耳,人耳"! 夫造化者,必以为不祥之人。

庄子的寓言竟有快变成唐、宋人的传奇的。他的"母题"固在故事所象征的意义,然而对于故事的本身——结构、描写、人格的分析,"氛围"的布置,……他未尝不感觉兴味。

> 儒以诗礼发冢,大儒胪传曰:"东方作矣,事之何若?"小儒曰:"未解裙襦,口中有珠,诗固有之,曰:青青之麦,生于陵陂,生不布施,死何含珠为!"接其鬓,压其顪,儒以金椎控其颐,徐别其颊,无伤口中珠。……

以及叙庖丁解牛时的细密的描写,还有其他的许多例,都足见庄子那小说家的手腕。至于书中各种各色的人格的研究,尤其值得注意,藐姑射山的神人,支离疏,庖丁,庚桑楚,都是极生动,极有个性的人物。

> 支离疏者,颐隐于脐,肩高于顶,会撮指天,五管在上,两髀为胁;挫针治繲,足以糊口,鼓筴播精,足以食十人。上征武士,则支离攘臂而游于其间;上有大役,则支离以有常疾不受功;上与病者粟,则受三钟与十束薪。

文中之支离疏,画中的达摩,是中国艺术里最具特色的两个产品。正如达摩是画中有诗,文中也常有一种"清丑入图画,视之如古铜古玉①"的人物,都代表中国艺术中极高古极纯粹的境界;而文学中这种境界的开创者,则推庄子。诚然《易经》的"载鬼一车",《诗经》的"牂羊坟首"早已开创了一种荒怪丑恶的趣味,但没有庄子用

---

① 语见龚自珍《书金伶》。

得多而且精。这种以丑为美的兴趣,多到庄子那程度,或许近于病态;可是谁知道,文学不根本便犯着那嫌疑呢!并且庄子也有健全的时候。

> 藐姑射之山,有神人居焉,肌肤若冰雪,淖约若处子,不食五谷,吸风饮露,乘云气,御飞龙,而游乎四海之外,其神凝,使物不疵疠,而年谷熟。……之人也,物莫之伤,大浸稽天而不溺,大旱金石流,土山焦而不热。

讲健全有能超过这样的吗?单着"肌肤若冰雪"一句,我们现在对于最高超也是最健全的美的观念,何尝不也是二千年前庄子给定下的标准?其实我们所谓健全不是庄子的健全,我们讲的是形骸,他注重的是精神。叔山无趾"犹有尊足者存①",王骀"且不知耳目之反宜,而游心于法之和,物视其所一,而不见其所丧,视丧其足,犹遗土也"。庄子自有他所谓的健全,似乎比我们的眼光更高一等。即令退一百步讲,认定精神不能离开形骸而单独存在;那么,你又应注意,庄子的病态中是带着几分诙谐的,因此可以称为病态,却不好算作堕落。

---

① 宣颖释曰:"有尊于足者,不在形骸。"——作者原注

龙　凤

前些时接到一个新兴刊物负责人一封征稿的信,最使我发生兴味的是那刊物的新颖命名——"龙凤",虽则照那篇《缘起》看,聪明的主编者自己似乎并未了解这两字中丰富而深邃的含义。无疑的他是被这两个字的奇异的光艳所吸引,他迷惑于那蛇皮的夺目的色彩,却没理会蛇齿中埋伏着的毒素,他全然不知道在玩弄色彩时,自己是在与毒素同谋。

就最早的意义说,龙与凤代表着我们古代民族中最基本的两个单元——夏民族与殷民族,因为在"鲧死,……化为黄龙,是用出禹"和"天命玄鸟(即凤),降而生商"两个神话中,我们依稀看出,龙是原始夏人的图腾,凤是原始殷人的图腾(我说原始夏人和原始殷人,因为历史上夏殷两个朝代,已经离开图腾文化时期很远,而所谓图腾者,乃是远在夏代和殷代以前的夏人和殷人的一种制度兼信仰),因之把龙凤当作我们民族发祥和文化肇端的象征,可说是再恰当没有了。若有人愿意专就这点着眼,而想借"龙凤"二字来提高民族意识和情绪,那倒无可厚非。可惜这层历史社会学的意义在一般中国人心目中并不存在,而"龙凤"给一般人所引起的联想则分明是另一种东西。

图腾式的民族社会早已变成了国家,而封建王国又早已变成了大一统的帝国,这时一个图腾生物已经不是全体族员的共同祖先,而只是最高统治者一姓的祖先,所以我们记忆中的龙凤,只是帝王与后妃的符瑞,和他们及她们宫室舆服的装饰"母题",一言以蔽之,它们只是"帝德"与"天威"的标记。有了一姓,便对应地产生了百姓,一姓的尊荣,便天然地决定了百姓的苦难。你记得复辟与龙旗的不可分离性,你便会原谅我看见"龙凤"二字而不禁怵目惊心的苦衷了。我是不同意于"天王圣明,臣罪当诛"的。

《缘起》中也提到过"龙凤"二字在文化思想方面的象征意义,他指出了文献中以龙比老子的故事,却忘了一副天生巧对的下联,那便是以凤比孔子的故事。可巧故事都见于《庄子》一书。《天运篇》说孔子见过老聃后,发呆了三天说不出话,弟子们问他给"老聃"讲了些什么,他说:"吾乃今于是乎见龙——龙合而成体,散而成章,乘云气而养(翔)乎阴阳,予口张而不能嚍,舌举而不能讯,予又何规老聃哉!"这是常用的典故(也就是许多姓李的楹联中所谓"犹龙世泽"的来历)。至于以凤比孔子的典故,也近在眼前,不知为什么从未成为词章家"獭祭"的资料,孔子到了楚国,著名的疯子接舆所唱的那充满讽刺性的歌儿——

凤兮凤兮!何如(汝)德之衰也?来世不可待?往世不可追也!……

不但见于《庄子》(《人间世篇》),还见于《论语》(《微子篇》)。是以前读死书的人不大认识字,不知道"如"是"汝"的假借,因而没弄清话中的意思吗?可是《汉石经》《论语》"如"作"而","而"字本也训"汝",那么歌辞的喻意,至少汉人是懂得。另一个也许更有趣的以凤比孔子的出典,见于唐宋《类书》所引的一段《庄子》佚文:

老子见孔子从弟子五人,问曰:"前为谁?"对曰:"子路,勇且力。其次子贡为智,曾子为孝,颜回为仁,子张为武。"老子叹曰:"吾闻南方有鸟,其名为凤……凤鸟之文,戴圣婴仁,右智左贤,……"

这里以凤比孔子,似乎更明显。尤其有趣的是,那次孔子称老子为龙，这次是老子回敬孔子，比他作凤，龙凤是天生的一对，孔老也是天生的一对，而话又出自彼此的口中，典则同见于《庄子》。你说这天生巧对是庄子巧思的创造，意匠的游戏——又是他老先生的"谬悠之说，荒唐之言，无端崖之辞"吗？也不尽然。前面说过原始殷人是以凤为图腾的，而孔子是殷人之后，我们尤其熟悉。老子是楚人，向来无异词，楚是祝融六姓中芈姓季连之后，而祝融，据近人的说法，就是那"人面龙身而无足"的烛龙，然则原始楚人也当是一个龙图腾的族团。以老子为龙，孔子为凤，可能是庄子的寓言，但寓言的产生也该有着一种素地，民俗学的素地（这可以《庄子》书中许多其它的寓言为证）。其实凤是殷人的象征，孔子是殷人的后裔，呼孔子为凤，无异称他为殷人。龙是夏人的，也是楚人的象征，说老子是龙，等于说他是楚人，或夏人的本家。中国最古的民族单元不外夏殷，最典型中国式而最有支配势力的思想家莫如孔老，刊物命名为"龙凤"，不仅象征了民族，也象征了最能代表民族气质的思想家，这从某种观点看，不能不说是中国有刊物以来最漂亮的名字了！

然而，还是庄子的道理，"腐臭复化为神奇，神奇复化为腐臭"，——从另一种观点看，最漂亮的说不定也就是最丑恶的。我们在上文说过，图腾式的民族社会早已变成了国家，而封建的王国又早已变成了大一统的帝国，在我们今天的记忆中，龙凤只是"帝德"与"天威"的标记而已，现在从这角度来打量孔老，恕我只能看见一位"申申如也，夭夭如也"而诣上骄下的司寇，和一位以"大巧若拙"的手段"助纣为虐"的柱下史（五千言本也是"君人南面之术"）。有时两个身影叠成一个，便又幻出忽而"内老外儒"，忽而"外老内儒"，种种的奇形怪状。要晓得这条"见首不见尾"的阴谋家——龙，这只"戴圣婴仁"的伪君子——凤，或二者的混合体，和那象征着"帝德"、"天威"的龙凤，是不可须臾离的。有了主子，就用得着奴才，有了奴才，也必然会捧出一个主子，帝王与士大夫是相依为命的。主子的淫威和奴才的恶毒——暴发户与破落户双重势力的结合，压得人民半死不活。三千年惨痛的记忆，教我们面对这意味深长的"龙凤"二字，怎能不怵目惊心呢!

事实上,生物界只有穷凶极恶而诡计多端的蛇,和受人豢养,替人帮闲,而终不免被人宰割的鸡,哪有什么龙和凤呢?科学来了,神话该退位了。办刊物的人也得当心,再不得要让"死的拉住活的"了!

要不然,万一非给这民族选定一个象征性的生物不可,那就还是狮子罢,我说还是那能够怒吼的狮子罢,如果它不再太贪睡的话。

道教的精神

自东汉以来,中国历史上一直流行着一种实质是巫术的宗教,但它却有极卓越的,精深的老庄一派的思想做它理论的根据,并奉老子为其祖师,所以能自称为道教。后人爱护老庄的,便说道教与道家实质上全无关系,道教生生的拉着道家思想来做自己的护身符,那是道教的卑劣手段,不足以伤道家的清白。另一派守着儒家的立场而隐隐以道家为异端的人,直认道教便是堕落了的道家。这两派论者,前一派是有意袒护道家,但没有完全把握着道家思想的真谛,后一派,虽对道家多少怀有恶意,却比较了解道家,但仍然不免于"皮相"。这种人可说是缺少了点历史眼光。一个东西由一个较高的阶段退化到较低的,固然是常见的现象,但那较高的阶段是否也得有个来历呢?较高的阶段没有达到以前,似乎不能没有一个较低的阶段,我常疑心这哲学或玄学的道家思想必有一个前身,而这个前身可能是某种富有神秘思想的原始宗教,或更具体点讲,一种巫教。这种宗教,在基本性质上恐怕与后来的道教无大差别,虽则在形式上与组织上尽可截然不同。这个不知名的古代宗教,我们可暂称为古道教,因之自东汉以来道教即可称之为新道教。我以为与其说新道教是堕落了的道家,不如说它是古道教的复活。不,古道教也许本来就没有死过,新道教是古道教正常的,自然的组织而已。这里我们应把宗教和哲学分开,作为两笔帐来清算。从古道教到新道教是一个系统的发展,所以应排在一条线上。哲学中的道家是从古道教中分泌出来的一种质素。精华既已分泌出来了,那所遗下的渣滓,不管它起什么发酵作用,精华是不能负责的。古道教经过一个时期的酝酿,后来发酵成天师道一类的形态,这是宗教自己的事,与那已经和宗教脱了关系的道家思想何干?道家不但对新道教堕落了的行为可告无罪,它并且对古道教还有替它提炼出一些精华来的功绩。道教只有应该感谢道家的。但道家是出身于道教,恐怕是千真万确的事实,它若嫌这出身微贱,而想避讳或抵赖,那是不应当的。

我所谓古道教究竟是什么样的东西呢?详细的说明,不是本文篇幅所许的,我现在只能挈要提出几点来谈谈。

后世的新道教虽奉老子为祖师,但真正接近道教的宗教精神的还是庄子。《庄子》书里实在充满了神秘思想,这种思想很明显的是一种古宗教的反影。《老子》书中虽也带着很浓的神秘色彩,但比起《庄子》似乎还淡得多。从这方面看,我们也不能不同意于多数近代学者的看法,以为至少《老子》这部书的时代,当在《庄子》后,像下录这些庄子书中的片段,不是一向被"得意忘言"的读者们认为庄子的"寓言",甚或行文的辞藻一类的东西吗?

> 藐姑射之山有神人居焉,肌肤若冰雪,淖约若处子,不食五谷,吸风饮露,乘云气,御飞龙,而游乎四海之外;其神凝,使物不疵疠,而年谷熟。……之人也,物莫之伤,大浸稽天而不溺,大旱金石流,土山焦而不热。(《逍遥游》)

> 夫道有情有信,无为无形,可传而不可受,可得而不可见;自本自根,未有天地,自古以固存;神鬼神帝,生天生地,在太极之先而不为高,在六极之下而不为深,先天地生而不为久,长于上古而不为老。狶韦氏得之,以挈天地,伏戏氏得之,以袭气母,维斗得之,终古不忒,日月得之,终古不息,堪坏得之,以袭昆仑,冯夷得之,以游大川,肩吾得之,以处太山。黄帝得之,以登天云,颛顼得之,以处玄宫,禺强得之,立乎北极,西王母得之,坐乎少广,莫知其始,莫知其终,彭祖得之,上及有虞,下及五伯,傅说得之,以相武丁,奄有

天下,乘东维,骑箕尾,而比于列星。(《大宗师》)

至人神矣,大泽焚而不能热,河汉沍而不能寒,疾雷破山,飘风振海而不能惊。若然者,乘云气,骑日月,而游乎四海之外,死生无变于己。(《齐物论》)

以上只是从《内篇》中抽出的数例,其余《外杂篇》中类似的话还不少。这些决不能说是寓言(庄子所谓"寓言"有它特殊的涵义,这里暂不讨论)。即是寓言,作者自己必先对于其中的可能性及真实性毫不怀疑,然后才肯信任它有阐明或证实一个真理的效用。你是决不会用"假"以证明"真"或用"不可能"以证明"可能"的,庄子想也不会采用这样的辩证法。其实庄子所谓"神人","真人"之类,在他自己是真心相信确有其"人"的。他并且相信本然的"人"就是那样具有超越性,现在的人之所以不能那样,乃是被后天的道德仁义之类所斫丧的结果。他称这本然的"人"为"真人"或"神人"或"天",理由便在于此。

我们只要记得灵魂不死的信念,是宗教的一个最基本的出发点,对庄子这套思想,便不觉得离奇了。他所谓"神人"或"真人",实即人格化了的灵魂。所谓"道"或"天"实即"灵魂"的代替字。灵魂是不生不灭的,是生命的本体,所以是真的,因之,反过来这肉体的存在便是假的。真的是"天",假的是"人"。全套的庄子思想可以说从这点出发。其他多多少少与庄子接近的,以贵己重生为宗旨的道家中各支派,又可说是从庄子推衍下来的情绪。把这些支派次第的排列下来,我们可以发现神秘色彩愈浅,愈切近实际,陈义也愈低,低到一个极端,便是神仙家,房中家(此依《汉志》分类)等低级的,变态的养形技术了。冯芝生先生曾经说,杨朱一派的贵生重己说仅仅是不伤生之道,而对于应付他人伤我的办法只有一避字诀。然人事万变无穷,害尽有不能避者。老子之学,乃发现宇宙间事物变化之通则,知之者能应用之,则可希望"没身不殆"。庄子之《人间世》亦研究在人世中,吾人如何可入其中而不受其害。然此等方法,皆不能保吾人以万全。盖人事万变无穷,其中不可见之因素太多故也。于是老学乃打穿后壁之言曰:

> 吾所以有大患者,为吾有身。及吾无身,吾有何患?

此真大彻大悟之言。庄学继此而讲"齐死生,同人我"。不以害为害,于是害乃真不能伤。由上面的分析,冯先生下了一个结论:"老子之学,盖就杨朱之学更进一层,庄子之学,则更进二层也。"冯先生就哲学思想的立场,把杨老庄三家所陈之义,排列成如上的由粗而精的次第,是对的。我们现在也可就宗教思想的立场,说庄子的神秘色彩最重,与宗教最接近,老子次之,杨朱最切近现实,离宗教也最远。由杨朱进一步,变为神仙房中诸养形的方技,再进一步,连用"渐"的方式来"养"形都不肯干,最好有种一服而"顿"即"变"形的方药,那便到了秦皇汉武辈派人求"不死药"的勾当了。庄和老是养神,杨朱可谓养生,神仙家中一派是养形,另一派是变形——这样由求灵魂不死变到求肉体不死,其手段由内功变到外功,外功中又渐以至顿,——这便包括了战国秦汉间大部分的道术和方技,而溯其最初的根源,却是一种宗教的信仰。

除道家神仙家外,当时还有两派"显学"便是阴阳与墨家了。这两家与宗教的关系,早已被学者们注意到了,这里无须申论。我们现在应攻击的,是二家所与发生关系的是种什么样的宗教——即上文所谓古道教,还是另一种或数种宗教。关于这一点,我们首先可以回答,他们是不属于儒家的宗教。由古代民族复杂的情形看去,古代的宗教应当不只一种。儒家虽不甘以宗教自命,其实也是从宗教衍化或解脱出来的,而这宗教和各古道教截然是两回事。什么是儒家的宗教呢?胡适之先生列举过古代宗教迷信的三个要点:

一、一个有意志知觉,能赏善罚恶的天帝;
二、崇拜自然界种种质力的迷信如祭天地日月山川之类;

三、鬼神的迷信，以为人死有知，能作祸福，故必须祭祀供养他们。

胡先生认为这三种迷信"可算得是古中国的国教，这个国教的教主是'天子'"，并说"天子之名，乃是古时有此国教的鉴证"。胡先生以这三点为古中国"国教"的中心信仰是对的，但他所谓"古中国"似乎是包括西起秦陇，东至齐鲁的整个黄河流域的古代北方民族，这一点似有斟酌的余地。傅孟真先生曾将中国古代民族分为东西两大系，是一个很重要的观察（不过所谓东西当指他们远古时代的原住地而言，后来东西互相迁徙，情形则较为复杂）。我以为胡先生所谓"国教"，只可说是东方民族的宗教，也便是儒家思想的策源地。至于他所举的三点，其实只能算作一点，因为前二点可归并到第三点中去。所谓"以人死有知，能作祸福"的"鬼神迷信"确乎是宗教信仰的核心。其实说"鬼神迷信"不如单说"鬼的迷信"，因为在儒家的心目中，神只是较高级的鬼，二者只有程度的悬殊，而无种类的差异。所谓鬼者，即人死而又似未死，能饮食，能行动。他能作善作恶，所以必须以祭祀的手段去贿赂或报答他。总之事鬼及高级鬼——神之道，一如事人，因为他即生活在一种不同状态中的人，他和生人同样，是一种物质，不是一种幻想的存在。明白了这一层，再看胡先生所举的第一点。既然那作为教主的人是"天子"——天之子，则"天"即天子之父，天子是"人"，则天子之父按理也必须是"人"了。由那些古代帝王感天而生的传说，也可以推到同样的结论。我们从东方民族的即儒家的经典中所认识的天，是个人格的天，那是毫不足怪的。这个天神能歆飨饮食，能作威作福，原来他只是由人死去的鬼中之最高级者罢了，天神即鬼，则胡先生的第一点便归入第三点了。

《鲁语》载着一个故事，说吴伐越，堕开会稽山，得到一块其大无比的骨头，碰巧吴使聘鲁，顺便就在宴会席上请教孔子。孔子以为那便是从前一位防风氏的诸侯的遗骸。他说：

山川之灵石足以纪纲天下者，其守为神，社稷之守为公侯,皆属于者。

吴使又问:"防风所守的是什么?"他又答道:

> 汪芒氏之君也,守封嵎之山者也,为漆姓,在虞夏商周为汪芒氏,于周为长狄,今为大人。

这证明了古代东方民族所谓山川之神乃是从前死去了的管领那山川的人,而并非山川本身。依胡先生所说祭山川之类是"崇拜自然界种种质力的迷信",那便等于说儒家是有神论者了。其实他们的信仰中毫无这种意味。胡先生所举的第二点也可以归入第三点的。

儒家鬼神观念的真相弄明白了,我们现在可以转回去讨论道家了。上文我们已经说过道家的全部思想是从灵魂不死的观念推行出来的,以儒道二家对照了看,似乎儒家所谓死人不死,是形骸不死,道家则是灵魂不死。形骸不死,所以要厚葬,要长期甚至于永远的祭祀。所谓"祭如在,祭神如神在"之在,乃是物质的存在。惟怕其不能"如在",所以要设尸,以保证那"如在"的最高度的真实性。这态度可算执着到万分,实际到万分,也平庸到万分了。反之道家相信形骸可死而灵魂不死,而灵魂又是一种非物质的存在,所以他对于丧葬祭祀处处与儒家立于相反的地位。《庄子·列御寇篇》载有庄子自己反对厚葬的一段话,但陈义甚浅,无疑是出于庄子后学的手笔。倒是汉朝"学黄老之术"而主张"裸葬以反真"的杨王孙发了一篇理论,真能代表道家的观念。

> 且夫死者终身之化,而物之归者也。归者得至,化者得变,是物各反其真也。反真冥冥,亡声亡形,乃合道情。夫饰外以华众,厚葬以鬲真,使归者不得至,化者不得变,是使物各失其所也。且吾闻之:精神者天之有也,形骸者地之有也。精神离形,各归其真,故谓之鬼,鬼之言归也,其尸块然

独处,岂有知哉?裹以布帛,禽以棺椁,支体络束,口含玉石,欲化不得,郁为枯腊,千载之后,棺材腐朽,乃得归土,就其真宅,繇是言之,焉用久客?

这完全是形骸死去,灵魂永生的道理,灵魂既是一种"无形无声"超自然的存在,自然也用不着祭祀的供养了。所以儒家的重视祭祀,又因祭祀而重视礼文,在道家看来,真是太可笑了。总之儒家是重形骸的,以为死后,生命还继续存在于形骸,他们不承认脱离形骸后灵魂的独立存在。道家是重视灵魂的,以为活时生命暂寓于形骸中,一旦形骸死去,灵魂便被解放出来,而得到这种绝对自由的存在,那才是真的生命。这对于灵魂的承认与否,便是产生儒道二家思想的两个宗教的分水岭。因此二派哲学思想中的宇宙论,人生论,或知识论,以至于政治思想等无不随着这宗教信仰上先天的差别背道而驰了。

作为儒道二家的前身的宗教信仰既经判明了,我们现在可以回到阴阳家与墨家了。阴阳家的学说本身是一种宇宙论,就其性质讲,与儒家远而与道家近,是一望而知的。至于他们那天人相应的理论,则与庄子返人于天之说极相似,所以尽可以假定阴阳家与道家是同出于一个原始的宗教的,司马谈论道家曰:

其为精也,因阴阳之大顺,采儒墨之善,撮名法之要。

这里分明是以阴阳家思想为道家思想的主体或间架,而认儒墨名法等只有补充修正的副加作用。这也许要受阴阳家影响之后的道家的看法。然即此也可见阴阳家与道家的血缘,本来接近,所以他们的结合特别容易。钱宾四先生曾说"墨氏之称墨,由于薄葬",我以为称墨与薄葬的关系如何还难确定,薄葬为墨家思想的最基本的核心,却是可能的,若谓"薄葬"之义生于"节用",那未免把墨家看得太浅薄了。何况节用很多,墨子乃专在丧葬上大做文章,岂不可怪?我疑心节葬的理论是受了重灵魂轻形骸的传统宗教思想的影响,把节葬与节用连起来讲,不如把它和墨家重义轻生的态度看作一贯的发展,斤斤于"身体发肤,受之父母,不敢毁伤"的儒家,虽也讲"杀身成仁",但那究竟是出于不得已。墨家本有轻形骸的宗教传统,所以他们蹈汤赴火的姿态是自然的,情绪是热烈的,与儒家真不可同日而语。墨家在其功利主义上虽与儒家极近,但这也可说是墨子住在东方,接受了儒家的影响,在骨子里墨与道要调和得多,宋钘、尹文不明明是这两派间的桥梁吗?我疑心墨家也是与道家出于那古道教的。《庄子·天下篇》的作者把墨翟、禽滑厘也算作曾经闻过古之道术者,与宋钘、尹文、彭蒙、田骈、慎到、关尹、老聃、庄周等一齐都算作知"本数"的,而认"邹鲁之士,搢绅先生"所谈的只是"末度",《天下篇》的作者显然认为墨家等都在道家的圈子里,只有儒家当除外。他又说"道术将为天下裂",然则百家(对儒而言)本是从一个共同的道分裂出来的,这个未分裂以前的"道"是什么?莫非就是所谓古道教吧!这古道教如果真正存在的话,我疑心它原是中国古代西方某民族的宗教,与那儒家所从导源的东方宗教比起来,这宗教实在超卓多了,伟大多了,美丽多了,姑无论它的流裔是如何没出息!

说　　舞

一场原始的罗曼司

假想我们是在参加着澳洲风行的一种科罗泼利（CorroBorry）舞。灌木林中一块清理过的地面上，中间烧着野火，在满月的清辉下吐着熊熊的赤焰。现在舞人们还隐身在黑暗的丛林中从事化装。野火的那边，聚集着一群充当乐队的妇女。忽然林中发出一种坼裂声，紧跟着一阵沙沙的磨擦声——舞人们上场了。闯入火光圈里来的是三十个男子，一个个脸上涂着白垩，两眼描着圈环，身上和四肢画着些长的条纹。此外，脚踝上还系着成束的树叶，腰间团着兽皮裙。这时那些妇女已经面对面排成一个马蹄形。她们完全是裸着的。每人在两膝间绷着一块整齐的鼯鼠皮。舞师呢，他站在女人们和野火之间，穿的是通常的鼯鼠皮围裙，两手各执一棒。观众或立或坐的围成一个圆圈。

舞师把舞人们巡视过一遭之后，就回身走向那些妇女们。突然他的棒子一拍，舞人们就闪电般地排成一行，走上前来。他再视察一番，停了停等行列完全就绪了，就发出信号来，跟着他的木棒的拍子，舞人们的脚步移动了，妇女们也敲着鼯鼠皮唱起歌来。这样，一场科罗泼利便开始了。

拍子愈打愈紧，舞人的动作也愈敏捷，愈活泼，时时扭动全身，纵得很高，最后一齐发出一种尖锐的叫声，突然隐入灌木林中去了。场上空了一会儿。等舞师重新发出信号，舞人们又再度出现了。这次除舞队排成弧形外,一切和从前一样。妇女们出来时,一面打着拍子,一面更大声地唱,唱到几乎嗓子都要裂了,于是声音又低下来,低到几乎听不见声音。歌舞的尾声和第一折相仿佛。第三、四、五折又大同小异地表演过了。但有一次舞队是分成四行的,第一行退到一边,让后面几行向前迈进,到达妇人们面前,变作一个由身体四肢交锁成的不可解的结,可是各人手中的棒子依然在飞舞着。你直害怕他们会打破彼此的头。但是你放心,他们的动作无一不遵守着严格的规律,决不会出什么岔子的。这时情绪真紧张到极点,舞人们在自己的噪呼声中,不要命地顿着脚跳跃,妇女们也发狂似的打着拍子引吭高歌。响应着他们的热狂的,是那高烛云空的火光,急雨点似的劈拍地喷射着火光。最后舞师两臂高举,一阵震耳的掌声,舞人们退场了,妇女和观众也都一哄而散,抛下一片清冷的月光,照着野火的余烬渐渐熄灭了。

这就是一场澳洲的科罗泼利舞,但也可以代表各地域各时代任何性质的原始舞,因为它们的目的总不外乎下列这四点:(一)以综合性的形态动员生命,(二)以律动性的本质表现生命,(三)以实用性的意义强调生命,(四)以社会性的功能保障生命。

综合性的形态

舞是生命情调最直接,最实质,最强烈,最尖锐,最单纯而又最充足的表现。生命的机能是动,而舞便是节奏的动,或更准确点,有节奏的移易地点的动,所以它直是生命机能的表演。但只有在原始舞里才看得出舞的真面目,因为它是真正全体生命机能的总动员,它是一切艺术中最大综合性的艺术。它包有乐与诗歌,那是不用说的。它还有造型艺术,舞人的身体是活动的雕刻,身上的文饰是图案,这也都显而易见。所当注意的是,画家所想尽方法而不能圆满解决的光的效果,这里藉野火的照明,却轻轻地抓住了。而野火不但给了舞光,还给了它热,这触觉的刺激更超出了任何其它艺术部门的性能。最后,原始人在舞的艺术中最奇特的创造,是那月夜丛林的背景对于舞场的一种镜框作用。由于框外的静与暗,和框内的动与明,发生着对照作用,使框内一团声音光色的活动情绪更为集中,效果更为强烈,藉以刺激他们自己对于时间(动静)和空间(明暗)的警觉性,也便加强了自己生命的实在性。原始舞看来简单,惟其简单,所以能包含无限的复杂。

律动性的本质

上文说舞是节奏的动,实则节奏与动,并非二事。世间决没有动而不成节奏的,如果没有节奏,我们便无从判明那是动。通常所谓"节奏"是一种节度整齐的动,节度不整齐的,我们只称之为"动",或乱动,因此动与节奏的差别,实际只是动时节奏性强弱的程度上的差别。而并非两种性质根本不同的东西。上文已说过,生命的机能是动,而舞是有节奏的移易地点的动,所以也就是生命机能的表演。现在我们更可以明白,所谓表演与非表演,其间也只有程度的差别而已。一方面生命情绪的过度紧张,过度兴奋,以至成为一种压迫,我们需要一种更强烈,更集中的动,来宣泄它,和缓它。一方面紧张兴奋的情绪,是一种压迫,也是一种愉快,所以我们也需要在更强烈,更集中的动中来享受它。常常有人讲,节奏的作用是在减少动的疲乏。诚然。但须知那减少疲乏的动机,是积极而非消极的,而节奏的作用是调整而非限制。因为由紧张的情绪发出的动是快乐,是可珍惜的,所以要用节奏来调整它,使它延长,而不致在乱动中轻轻浪费掉。甚至这看法还是文明人的主观,态度还不够积极。节奏是为减轻疲乏的吗?如果疲乏是讨厌的,要不得的,不如干脆放弃它。放弃疲乏并不是难事,在那月夜,如果怕疲乏,躺在草地上对月亮发愣,不就完了吗?如果原始人真怕疲乏,就干脆没有舞那一套,因为无论怎样加以调整，最后疲乏总归是要来到的，不，他们的目的是在追求疲乏，而舞（节奏的动）是达到那目的最好的通路。一位著者形容新南威尔斯土人的舞说："……鼓声渐渐紧了，动作也渐渐快了。直至达到一种如闪电的速度。有时全体一跳跳到半空，当他们脚尖再触到地面时，那分开着的两腿上的肉胪，颤动得直使那白垩的条纹，看去好像蠕动的长蛇，同时一阵强烈的嘶〜〜〜〜〜声充满空中（那是他们的喘息声）。"非洲布须曼人的摩科马舞（Mokoma）更是我们不能想象的。"舞者跳到十分疲劳，浑身淌着大汗，口里还发出千万种叫声，身体做着各种困难的动作，以至一个一个地，跌倒在地上，浴在源源而出的鼻血泊中。因此他们便叫这种舞作'摩科马'，意即血的舞。"总之，原始舞是一种剧烈的，紧张的，疲劳性的动，因为只有这样他们才体会到最高限度的生命情调。

实用性的意义

西方学者每分舞为模拟式的与操练式的二种，这又是文明人的主观看法。二者在形式上既无明确的界线，在意义上尤其相同。所谓模拟舞者，其目的，并不如一般人猜想的，在模拟的技巧本身，而是在模拟中所得的那逼真的情绪。他们甚至不是在不得已的心情下以假代真，或在客观的真不可能时，乃以主观的真权当客观的真。他们所求的只是那能加强他们的生命感的一种提炼的集中的生活经验——一杯能使他们陶醉的醇醴而酷烈的酒。只要能陶醉，那酒是真是假，倒不必计较，何况真与假，或主观与客观，对他们本没有多大区别呢！他们不因舞中的"假"而从事于舞，正如他们不以巫术中的"假"而从事巫术。反之，正因他们相信那是真，才肯那样做，那样认真地做（儿童的游戏亦复如此）。既然因日常生活经验不够提炼与集中，才要借艺术中的生活经验——舞来获得一醉，那么模拟日常生活经验，就模拟了它的不提炼与集中，模拟得愈像，便愈不提炼，愈不集中，所以最彻底的方法，是连模拟也放弃了，而仅剩下一种抽象的节奏的动，这种舞与其称为操练舞，不如称为"纯舞"，也许还比较接近原始心理的真相。一方面，在高度的律动中，舞者自身得到一种生命的真实感（一种觉得自己是活着的感觉），那是一种满足。另一方面，观者从感染作用，也得到同样的生命的真实感，那也是一种满足，舞的实用意义便在这里。

社会性的功能

或由本身的直接经验（舞者），或者感染式的间接经验（观者），因而得到一种觉着自己是活着的感觉，这虽是一种满足，但还不算满足的极致。最高的满足，是感到自己和大家一同活着，各人以彼此的"活"互相印证，互相支持，使各人自己的"活"更加真实，更加稳固，这样满足才是完整的，绝对的。这群体生活的大和谐的意义，便是舞的社会功能的最高意义，由和谐的意识而发生一种团结与秩序的作用，便是舞的社会功能的次一等的意义。关于这点，高罗斯（Ernest Groose）讲得最好："在跳舞的白热中，许多参与者都混成一体，好像是被一种感情所激动而动作的单一体。在跳舞期间，他们是在完全统一的社会态度之下，舞群的感觉和动作正像一个单一的有机体。原始跳舞的社会意义全在乎统一社会的感应力。他们领导并训练一群人，使他们在一种动机，一种感情之下，为一种目的而活动（在他们组织散漫和不安定的生活状态中，他们的行为常被各个不同的需要和欲望所驱使）。它至少乘机介绍了秩序和团结给这狩猎民族的散漫无定的生活中。除战争外，恐怕跳舞对于原始部落的人，是惟一的使他们觉着休戚相关的时机。它也是对于战争最好的准备之一，因为操练式的跳舞有许多地方相当于我们的军事训练。在人类文化发展上，过分估计原始跳舞的重要性，是一件困难的事。一切高级文化，是以各个社会成分的一致有秩序的合作为基础的，而原始人类却以跳舞训练这种合作"。舞的第三种社会功能更为实际。上文说过，主观的真与客观的真，在原始人类意识中没有明确的分野。在感情极度紧张时，二者尤易混淆，所以原始舞往往弄假成真，因而发生不少的暴行。正因假的能发生真的后果，所以他们常常因假的作为钩引真的媒介。许多关于原始人类战争的记载，都说是以跳舞开场的，而在我国古代，武王伐纣前夕的歌舞，即所谓"武宿夜"者，也是一个例证。

时代的鼓手
——读田间的诗

鼓——这种韵律的乐品,是一切乐器的祖宗,也是一切乐器中之王。音乐不能离韵律而存在,它便也不能离鼓的作用而存在。鼓象征了音乐的生命。

提起鼓,我们便想到了一串形容词:整肃,庄严,雄壮,刚毅和粗暴,急躁,阴郁,深沉……鼓是男性的,原始男性的,它蕴藏着整个原始男性的神秘。它是最原始的乐器,也是最原始的生命情调的喘息。

如其鼓的声律是音乐的生命,鼓的情绪便是生命的音乐。音乐不能离鼓的声律而存在,生命也不能离鼓的情绪而存在。

诗与乐一向是平行发展着的。正如从敲击乐器到管弦乐器是韵律的音乐发展到旋律的音乐,从三四言到五七言也是韵律的诗发展到旋律的诗。音乐也好,诗也好,就声律说,这是进步。可痛惜的是,声律进步的代价是情绪的萎顿。在诗里,一如在音乐里,从此以后以管弦的情绪代替了鼓的情绪。结果都是"靡靡之音"。这感觉的愈趋细致,乃是感情愈趋脆弱的表征,而脆弱感情不也就是生命疲困,甚或衰竭的朕兆吗?二千年来古旧的历史,说来太冗长。单说新诗的历史,打头不是没有一阵朴质而健康的鼓的声律与情绪,接着依然是"靡靡之音"的传统,在舶来品的商标的伪装之下,支配了不少的年月。疲困与衰竭的半音,似乎比历史上任何时期都变本加厉了的风行着。那是宿命,是历史发展的必然阶段吗?也许。但谁又叫新生与震奋的时代来得那样突然!箫声,琴声,(甚至是无弦琴,)自然配合不上流血与流汗的工作。于是忙乱中,新派,旧派,人人都设法拖出一面鼓来,你可以想象一片潮湿而发霉的声响,在那壮烈的场面中,显得如何的滑稽!它给你的印象仍然是疲困与衰竭。它不是激励,而是揶揄,侮蔑这战争。

于是,忽然碰到这样的声响,你便不免吃一惊:

"多一颗粮食,
就多一颗消灭敌人的枪弹!"
听到吗
这是好话哩!
听到吗
我们
要赶快鼓励自己底心
到地里去!
要地里
长出麦子,
要地里
长出小米;
拿这东西
　当作
　持久战的武器。
(多一些!
多一些!)
多点粮食,
就多点胜利。　（田间:《多一些》）

这里没有"弦外之音",没有"绕梁三日"的余韵,没有半音,没有玩任何"花头",只是一句句朴质,干脆,真诚的话,(多么有斤两的话!)简短而坚实的句子,就是一声声的"鼓点",单调,但是响亮而沉重,打入你耳中,打在你心上。你说这不是诗,因为你的耳朵太熟悉于"弦外之音"……那一套,你的耳朵太细了。

你看,——
他们底
仇恨的
力,
他们底
仇恨的
血,
他们底
仇恨的
歌,
握在
手里。
握在
手里,
要洒出来……
几十个,
很响地
——在一块;
几十个
达达地
——在一块
回旋……
狂蹈……
耸起的
筋骨
凸出的
皮肉,
挑负着

>——种族的
> 疯狂
> 种族的
> 咆哮,…… （田间:《人民底舞》）

这里便不只鼓的声律,还有鼓的情绪。这是鄌之战中晋解张用他那流着鲜血的手,抢过主帅手中的槌来擂出的鼓声,是祢衡那喷着怒火的"渔阳掺挝",甚至是,如诗人 Robert Lindsey 在《刚果》中,剧作家 Eugene O'Neil 在《琼斯皇帝》中所描写的,那非洲土人的原始鼓,疯狂,野蛮,爆炸着生命的热与力。

这些都不算成功的诗。(据一位懂诗的朋友说,作者还有较成功的诗,可惜我没有见到。)但它所成就的那点,却是诗的先决条件——那便是生活欲,积极的,绝对的生活欲。它摆脱了一切诗艺的传统手法,不排解,也不粉饰,不抚慰,也不麻醉,它不是那捧着你在幻想中上升的迷魂音乐。它只是一片沉着的鼓声,鼓舞你爱,鼓动你恨,鼓励你活着,用最高限度的热与力活着,在这大地上。

当这民族历史行程的大拐弯中,我们得一鼓作气来渡过危机,完成大业。这是一个需要鼓手的时代,让我们期待着更多的"时代的鼓手"出现。至于琴师,乃是第二步的需要,而且目前我们有的是绝妙的琴师。

人民的诗人——屈原

古今没有第二个诗人像屈原那样曾经被人民热爱的。我说"曾经",因为今天过着端午节的中国人民,知道屈原这样一个人的实在太少,而知道《离骚》这篇文章的更有限。但这并不妨碍屈原是一个人民的诗人。我们也不否认端午这个节日,远在屈原出世以前,已经存在,而它变成屈原的纪念日,又远在屈原死去以后。也许正因如此,才足以证明屈原是一个真正的人民诗人。惟其端午是一个古老的节日,"和中国人民同样的古老",足见它和中国人民的生活如何不可分离,惟其中国人民愿意把他们这样一个重要的节日转让给屈原,足见屈原的人格,在他们生活中,起着如何重大的作用。也惟其远在屈原死后,中国人民还要把他的名字,嵌进一个原来与他无关的节日里,才足见人民的生活里,是如何的不能缺少他。端午是一个人民的节日,屈原与端午的结合,便证明了过去屈原是与人民结合着的,也保证了未来屈原与人民还要永远结合着。

是什么使得屈原成为人民的屈原呢?

第一,说来奇怪,屈原是楚王的同姓,却不是一个贵族。战国是一个封建阶级大大混乱的时期,在这混乱中,屈原从封建贵族阶级,早被打落下来,变成一个作为宫廷弄臣的卑贱的伶官,所以,官爵尽管很高,生活尽管和王公们很贴近,他,屈原,依然和人民一样,是在王公们脚下被践踏着的一个。这样,首先在身分上,屈原便是属于广大人民群众的。

第二,屈原最主要的作品——《离骚》的形式,是人民的艺术形式,"一篇题材和秦始皇命博士所唱的'仙真人诗'一样的歌舞剧"。

虽则它可能是在宫廷中演出的。至于他的次要的作品——《九歌》，是民歌，那更是明显，而为历来多数的评论家所公认了。

第三，在内容上；《离骚》"怨恨怀王，讥刺椒兰"，无情的暴露了统治阶层的罪行，严正的宣判了他们的罪状，这对于当时那在水深火热中敢怒而不敢言的人民，是一个安慰，也是一个兴奋。用人民的形式，喊出了人民的愤怒，《离骚》的成功不仅是艺术的，而且是政治的，不，它的政治的成功，甚至超过了艺术的成功，因为人民是最富于正义感的。

但，第四，最使屈原成为人民热爱与崇敬的对象的，是他的"行义"，不是他的"文采"。如果对于当时那在暴风雨前窒息得奄奄待毙的楚国人民，屈原的《离骚》唤醒了他们的反抗情绪，那么，屈原的死，更把那反抗情绪提高到爆炸的边沿，只等秦国的大军一来，就用那溃退和叛变的方式，来向他们万恶的统治者，实行报复性的反击。（楚亡于农民革命，不亡于秦兵，而楚国农民的革命性的优良传统，在此后陈胜吴广对秦政府的那一着上，表现得尤其清楚。）历史决定了暴风雨的时代必然要来到，屈原一再的给这时代执行了"催生"的任务，屈原的言，行，无一不是与人民相配合的，虽则也许是不自觉的。有人说他的死是"匹夫匹妇自经于沟壑"，对极了，匹夫匹妇的作风不正是人民革命的方式吗？

以上各条件，若缺少了一件，便不能成为真正的人民诗人。尽管陶渊明歌颂过农村，农民不要他，李太白歌颂过酒肆，小市民不要他，因为他们既不属于人民，也不是为着人民的。杜甫是真心为着人民的，然而人民听不懂他的话。屈原虽没写人民的生活，诉人民的痛苦，然而实质的等于领导了一次人民革命，替人民报了一次仇。屈原是中国历史上惟一有充分条件称为人民诗人的人。

演讲编

诗与批评

什么是诗呢？我们谁能大胆地说出什么是诗呢？我们谁能大胆地决定什么是诗呢？不能！有多少人是曾经对于诗发表过意见，但那意见不一定是合理的，不一定是真理；那是一种个人的偏见，因为是偏见，所以不一定是对的。但是，我们怎样决定诗是什么呢？我以为，来测度诗的不是偏见，应该是批评。

对于"什么是诗"的问题，有两种对立的主张：

有一种人以为："诗是不负责的宣传。"

另一种人认为："诗是美的语言。"

我们念了一篇诗，一定不会是白念的，只要是好诗，我们念过之后就受了他的影响；诗人在作品中对于人生的看法影响我们，对于人生的态度影响我们，我们就是接受了他的宣传。诗人用了文字的魔力来征服他的读者，先用了这种文字的魅力使读者自然地沉醉，自然地受了催眠，然后便自自然然的接受了诗人的意见，接受他的宣传。这个宣传是有如何的效果呢？诗人不问这个，因为他的宣传是不负责的宣传。诗人在作品中所表示的意见是可靠的吗？这是不一定的，诗人有他自己的偏见，偏见不一定是对的。好些人把诗人比做疯子，疯人的意见怎么是真理呢？实在，好些诗人写下了他的诗篇，他并不想到有什么效果，他并不为了效果而写诗，他并不为了宣传而写诗，他是为诗而写诗的；因之，他的诗就是一种不负责的东西了，不负责的东西是好的吗？这是一个很重要的问题，所以，第一种主张，就侧重在这种宣传的效果方面，我想，这是一种对于诗的价值论者。

好些人念一篇诗时是不理会他的价值的，他只吟味于词句的安排,惊喜于韵律的美妙;完全折服于文字与技巧中。这种人往往以为他的态度仅止于欣赏,仅止于享受而已。他是为念诗而念诗。其实这是不可能的事,在文字与技巧的魅力上,你并不只享受于那分艺术的功力,你会被征服于不知不觉中,你会不知不觉的为诗人所影响,所迷惑。对于这种不顾价值,而只求感受舒适的人,我想他们是对于诗的效率论者。

这两种态度都是不对的。因为单独的价值论或是效率论都不是真理。我以为,从批评诗的正确的态度上说,是应该二者兼顾的。

柏拉图在他的《理想国》中赶走了诗人,因为他不满意诗人。他是一个极端的价值论者,他不满意于诗人的不负责的宣传。一篇诗作是以如何残忍的方式去征服一个读者。诗篇先以美的颜面去迷惑了一个读者,叫他沉迷于字面,音韵,旋律,叫他为这些奉献了自己,然而又以诗人的偏见深深烙印在读者的灵魂与感情上,然而这是一个如何的烙印——不负责的宣传已是诗的最大罪名了,我们很难有法子让诗人对于他的宣传负责,(诗人是否能负责又是一个问题。)这样一来,为了防范这种不负责的宣传,我们是不是可以不要诗了呢?不行,我们觉得诗是非要不可,诗非存在不可的。既然这样,所以我们要求诗是"负责的宣传"。我们要求诗人对他的作品负责,但这也许是不容易的事,因之,我们想得用一点外力,我们以社会使诗人负责。

负责的问题成为最重要的了,我们为了诗的光荣存在而辩护,所以不能不要求诗的宣传是负责的,是有利益于社会的。我们想,若是要知道这宣传是否负责而用新闻检查的方式,实在是可笑的,我们不能用检查去了解,我们要用批评去了解;目前的诗著作是可用检查的方式限制的,但这限制对于古人是无用的;而且事实上有谁会想出这种类似焚书坑儒的事来折磨我们的诗人呢?我想应该不会,在苏联和别的国家也许用一种方法叫诗人负责,方法很简单,就是,拉着诗人的鼻子走,如同牵牛一样,政府派诗人做负责的诗,一个纪念,叫诗人做诗,一个建筑落成,叫诗人做诗,这样,好些诗是写出来了,但结果,在这种方式下产生出来的作品,只是宣传品而不是诗了,既不是诗,宣传的力量也就小了或甚至没有了,最后,这些东西既不是诗,也不是宣传品,则什么都不是了,我们知道马也可夫斯基写过诗,也写过宣传品,后来他自杀了,谁知道他为什么自杀呢?所以我想,拉着诗人的鼻子走的方式并不是好的方式。

政府是可以指导思想的。但叫诗人负责,这不是诗人做得到的;上边我说,我们需要一点外力,这外力不是发自政府,而是发自社会,我觉得去测度诗的是否为负责的宣传的任务不是检查所的先生完成得了的,这个任务,应该交给批评家。

每个诗人都有他独特的性格,作风,意见和态度,这些东西会表现在作品里。一个读者要单选上一个诗人的东西读,也许不是有益而是有害的,因为我们无法担保这个诗人是完全对的,我们一定要受他的影响,若他的东西有了毒,是则我们就中毒了。鸡蛋是一种良好的食品,既滋补而又可口,但据说吃多了是有毒的,所以我们不能天天只吃鸡蛋,我们要吃别的东西。读诗也一样,我觉得无妨多读,从庞乱中,可以提取养料来补自己,我们可以读李白,杜甫,陶潜,李商隐,莎士比亚,但丁,雪莱,甚至其他的一切诗人的东西,好些作品混在一起,有毒的部分抵消了,留下滋养的成分;不负责的部分没有了,留下负责的成分。因为,我们知道凡是能够永远流传下去的东西,差不多可以说是好的,时间和读者会无情的淘汰坏的作品。我以为我们可以有一个可靠的选本,这位批评家应该懂得人生,懂得诗,懂得什么是效率,懂得什么是价值的这样一个人。

我以为诗是应该自由发展的。什么形式什么内容的诗我们都要。我们设想我们的选本是一个治病的药方,那么里面可以有李白,杜甫,陶渊明,苏东坡,歌德,济慈,莎士比亚;我们可以假想李白是一味大黄吧,陶渊明是一味甘草吧,他们都有用,我们只要适当的配合起来,这个药方是可以治病的。所以,我们与其去管诗人,叫他负责,我们不如好好的找到一个批评家,批评家不单给我们以好诗,而且可以给社会以好诗。

历史是循环的,所以我现在想提到历史来帮助我们了解我们的时代,了解时代赋予诗的意义,了解我们批评的态度。封建的时代我们看得出只有社会,没有个人,《诗经》给他们一个证明。《诗经》的时代过去了,个人从社会里边站出来,于是我们发觉《古诗十九首》实在比《诗经》可爱,《楚辞》实在比《诗经》可爱。因为我们自己现在是个人主义社会里的一员,我们所以喜爱那个人的表现,我们因之觉得《古诗十九首》比《诗经》对我们亲切。《诗经》的时代过去了之后,个人主义社会的趋势已经非常明显了。而且实实在在就果然进到了个人主义社会。这时候只有个人,没有社会。个人是鸩沉于自己的享乐,忘记社会,个人是觅求"效率"以增加自己愉悦的感受,忘记自己以外的人群。陶渊明时代有多少人过极端苦闷的日子,但他不管,他为他自己写下闲逸的诗篇。谢灵运一样忘记社会,为自己的愉悦而玩弄文字——当我们想到那时别人的苦难,想着那幅流民图,我们实实在在觉得陶渊明与谢灵运之流是多么无心肝,多么该死——这是个人主义发展到极端了,到了极端,即是宣布了个人主义的崩溃,灭亡。杜甫出来了,他的笔触到广大的社会与人群,他为了这个社会与人群而共同欢乐,共同悲苦,他为社会与人群而振呼。杜甫之后有了白居易,白居易不单是把笔濡染着社会,而且他为当前的事物提出他的主张与见解。诗人从个人的圈子走出来,从小我而走向大我,《诗经》时代只有社会,没有个人,再进而只有个人没有社会,进到这时候,已经是成为了个人社会(Individual Society)了。

到这里,我应提出我是重视诗的社会的价值了。我以为不久的将来,我们的社会一定会发展成为 Society of Individual, Individual for Society(社会属于个人,个人为了社会)的,诗是与时代共同呼吸的,所以,我们时代不单要用效率论来批评诗,而更重要的是以价值论诗了,因为加在我们身上的将是一个新时代。

诗是要对社会负责了,所以我们需要批评。《诗经》时代何以没有批评呢?因为,那些作品都是负责的,那些作品没有"效率",但有"价值",而且全是"教育的价值",所以不用批评了(自然,一篇实在没有价值的东西也可以说得出价值来的,对这事我们可以不必论及了)。个人主义时代也不要批评,因为诗就是给自己享受享受而已,反正大家标准一样,批评是多余的;那时候不论价值,因为效率就是价值(诗话一类的书就只在谈效率,全不能算是批评)。但今天,我们需要批评,而且需要正确而健康的批评。

春秋时代是一个相当美的时代,那时候政治上保持一种均势。孔子删诗,孔子对于诗作过最好的,最合理的批评。在《左传》上关于诗的批评我认为是对的,孔子注重诗的社会价值。自然,正确的批评是应该兼顾到效率与价值的。

从目前的情形看,一般都只讲求效率了,而忽视了价值,所以我要大声疾呼请大家留心价值。有人以为着重价值就会忽略了效率,就会抹煞了效率。我以为不会。这种担心是多余的。我们不要以为效率会被抹煞,只要看看普遍的情形。我们不是还叫读诗叫欣赏诗吗?我们不是还很重视于字句声律这些东西吗?社会价值是重要的,我们要诗成为"负责的宣传",就非得着重价值不可,因为价值实在是被"忽视"了。

诗是社会的产物,若不是于社会有用的工具,社会是不要他的。诗人掘发出了这原料,让批评家把他做成工具,交给社会广大的人群去消化。所以原料是不怕多的,我们什么诗人都要,什么样的诗都要,只要制造工具的人技术高,技术精。

我以为诗人有等级的,我们假设说如同别的东西一样分作一等二等三等,那么杜甫应该是一等的,因为他的诗博,大,有人说黄山谷,韩昌黎,李义山等都是从杜甫来的,那么杜甫是包罗了这么多"资源"而这些资源大部是优良的美好的,你只念杜甫,你不会中毒,你只念李义山就糟了,你会中毒的,所以李义山只是二等诗人了。陶渊明的诗是美的,我以为他诗里的资源是类乎珍宝一样的东西,美丽而没有用,是则陶渊明应列在杜甫之下。

所以,我们需要懂得人生,懂得诗,懂得什么是效率,懂得什么是价值的批评家为我们制造工具,编制选本,但是,谁是批评家呢?我不知道。

论文艺的民主问题

下面的意见,是根据闻先生座谈会后的补述记录下来的,记录的文字,曾送给闻先生过目。

前天有两个外国朋友先后来看我,谈到中国民主问题。一位是美国朋友,他站在美国人的立场,希望中国有第三个力量起来,担负建立新中国的责任,我说第三个力量是有的,目前还在生长发展中。另一个是澳洲朋友,站在澳洲人的地位,比较倾向于英国方面,一方面骂美国人,一方面却更多地同情中国。他问中国究竟需要怎样的民主,他的意见,应该是社会主义的民主,他说英国目前正一天天地接近苏联,打算向着那个方向走去。他曾和邱吉尔谈话,邱氏也承认了这一点。邱氏的矛盾是印度问题;不过一般的英国人,认为邱氏适合于做战时的领袖,战后建设大概不大合适,他们希望以后对印度问题能有更开明的办法。这位澳洲记者问起我:中国的民主运动是否太温和了?战斗性是否还不够强烈?我说我是站在青年人一边的,和老辈人的看法不同;我个人看来,目前的民主运动的确战斗性不够,也许有些老辈人认为操之过切,反而不好。

这位澳洲记者也写小说的,和我一样,过去也曾学过画,因此他很关心中国文艺界的情形。他听说最近世界上最好的短篇小说是中国的;我问他从那里听来的,我说我们倒有些受宠若惊了。

外国朋友的确很想了解中国。譬如今天来看我的另一位美国朋友对我说,我来到中国,为的要看看活着的中国人民,他说现在在美国替中国说话的有三个人,一个是落了伍的胡适之;一个是国际文艺投机家林语堂；一个是感伤的女人赛珍珠。他们的文章，都不能表现中国的真实。他说他每回读到林语堂的文章，描写中国农民在田里耕作时如何地愉快，以及中国的刺绣，磁器如何地高贵……他就很生气地把这位博士的著作撕毁了掷在墙角里去。我听到这里，感激地向他伸出手来，我说：你是我所遇到的少有的美国人！

座谈会上的报告和各位先生的发言，我大体上是同意的。谈到文艺家和民主运动的问题，有人说一个文艺家应该同时是一个中国人，这是对的；就现在的情形看来，恐怕做一个中国人比做一个文艺家更重要。因为现在是抢救的工作，不能太慢了。我甚至还怀疑，就是现在的作家，在写作以外，实际生活的政治程度是不是够高，恐怕还是问题。政治工作较文艺写作更难，正象在前线冲锋肉搏较之在后方的工厂中做苦工更难一样。更进一步地说，如无冲锋经验而描写前面冲锋故事，因体验的不真切，写出的也一定没有力量。——这是一个生活与写作的老问题。

没有民主运动的实践，一定创造不出民主主义的作品。假使在英美的社会，作家自己如果不做民主的战士，由于社会周围充满了民主的空气，作家也许可以用观察来弥补。在中国缺少这种空气，自己不做便体验不着，观察不到。写作的问题便是一个做人的问题，人的火候到了，写出的东西自然是对的。——这样的说法，同时也解答了第二个问题——文艺作品如何反映民主主义内容的问题。

诚如大家所指出的，目前还有许多有知识有成就的文艺家，本身还站在民主运动之外，他们的生活与写作甚至有了反民主的倾向。对于这些人，大家主张，除了加强劝导之外，还要加强理论上的批评。这点我是赞同的。我还主张，应该无情地打击。目前在进步的朋友中间，委曲求全的思想还是很盛行。我以为社会上没有那么容易的事，在大变革的时期，一定需要大牺牲，不能顾忌太多。政治上的委曲求全，我是了解的。但我还是要坚持，在文艺工作上，委曲还是应该有限度。我想，我们理想的本身，就是一首诗，今天应该坚持这种精神，不要要求成功太切。中国人自来是善于委曲求全的，用不着我们再来宣传这种思想。

关于如何创造民主主义新文艺的问题,我想先提出形式问题来谈谈。前些时何其芳先生有信来,说起张恨水的小说在重庆很盛行,他认为这个形式(章回小说的形式)很可利用,并问到我的意见。我所想到的,是最接近我们的这个圈子,智识分子的圈子。——对大众自然应该给予教育,好在他们是一张白纸,没有成见,新形式也许一样可以接受。至于智识分子和学生,问题最多,挑剔相当厉害。所以艺术技巧方面,是要极力提高。旧形式恐怕打不到他们的面前,恐怕还是要用西洋最高的东西,才能打动他们。我看那些容易和民众接近的地方,问题倒比较简单,比较顺利;我们住在大后方,不可忽略了后方的另一面。这里才是苦海,周围的人难对付;艰巨的工作在这里。

旧形式是一种旧习惯,如果认为非利用旧形式不可,便无异承认习惯是不可改变的。我的性格喜欢走极端,我对一切旧的东西都反对,希望最好一点也不要留。我所以赞成田间的诗,原因也在这里,因为他把旧腔调摆脱得最干净。这种极端的感情,也许是近二十年来钻进旧圈子以后的彻底的反感,说不定过分了一点,但暂时我还愿意坚持我的意见。

战后文艺的道路

"道路"不一定是具体计划,只是一种看法;战后不是善后,善后是暂进的,战后是相当长时期的将来。根据已然推测必然,是科学的客观预见,历史是有其客观的必然性的,所以要讲到战后文艺的道路,必须根据文学史及社会发展作一番讨论。

关于文学史,应根据新的世界观来分析:我们承认最根本决定社会之发展的是阶级,有统治阶级,有被统治阶级。中国过去的文学史抹煞了人民的立场,只讲统治阶级的文学,不讲被统治阶级的文学。今天以人民的立场来讲文学,对统治阶级的文学也不抹煞。

观察中国的社会,有下面几个阶段:

一、奴隶社会阶段,

二、自由人阶段,

三、主人阶段。

奴隶社会的组织是奴隶和奴隶主,自由人是解放了的奴隶,战国和西汉的奴隶气质在文学上很明显,魏晋以后嵇康阮籍解放了,但由建安到今天都无大变。

建安前是奴隶文艺,建安后是自由人的文艺。奴隶的反面不是自由人,奴隶的反面是主人。西方民主国家还要争自由,何况中国!奴隶是有主人的奴隶,自由人是脱离主人的奴隶。今后的主人,则是没有奴隶的主人,有奴隶的主人是法西斯。

现在再来看每个阶段的特质。

一、奴隶阶段:——

今天所谓奴隶与历史上的奴隶不同,真性奴隶是无身体自由的,使其身体亏损如劓,刖,墨,剕,宫等是奴隶的象征,再一种是手铐脚镣的束缚,这可呼为真性的奴隶。和这相反的要身体有自由发育,自由活动的才是主人。在真性奴隶社会中作业是分工的,主人也做事,大致为政,为君,战争,行刑是主人干的,他做事是自由的。奴隶的事,一是物质生产的技术,如农工等类;一是非物质的生产,如艺术,卜卦,算命,音乐。统治者担任的是治术,奴隶担任的是技术和艺术。技术供主人消费,艺术供主人消遣。历史上有名的音乐家师旷是瞎子,可以作为证明。

古代的艺术家是奴隶干的,如王维在《唐书》上就没有他的传,因为他是奴隶;干艺术是下流的,像今天看戏子和娼妓是一个样。荆轲的好友高渐离会击筑,为秦始皇挖去二目,再来听他的音乐。如果身体不亏损,你就只能作汉武帝时候的李延年,汉武帝当他作女人看。

真性奴隶社会在战国前是没有了,在春秋时即已逐渐瓦解。但奴隶社会的遗留太多,太明显,《史记·滑稽列传》淳于髡为齐国赘婿,髡是受剃了发的髡刑的,名字都已证明他是奴隶了。其他屈原,宋玉,东方朔,枚皋,司马迁都是奴隶,司马迁受宫刑是奴隶的标帜,这些人比真性社会的奴隶身体稍自由。

古代艺术家身上受创伤,心理上也受创伤,常云"文穷而后工";厨川白村的《苦闷的象征》谓"不自由即奴隶的别名"。文艺是身体或心理受创伤后产生的花朵,是用血泪来培养的。金鱼很好看,是人看他好看,金鱼的本身并不觉得好看;盆景也如此。在阶级社会里的文艺都是悲惨的,一般有天才的奴隶为要主人赏识,主人免其劳动而养活他,他就歌功颂德,宣扬统治者的思想,为主人所豢养,他帮助主人压迫其同类。技术奴隶如傅说的板筑。因此我们可以说:一,技术是不自由的劳动;二,文艺是不自由的不劳动;三,治术是自由的不劳动;四,帮闲文人寄生者是不自由的不劳动。

当艺术家作为消闲的工具时是消极的罪恶,但当艺术家去替统治者去作统治的工具时,就成了积极的罪恶。

除了人民自己的文艺之外,一切的文艺都是奴隶作的。今日的文艺传统不是如《诗经》那样由人民的传统来,而是由奴隶来,所以往往作了奴隶的子孙而不自察。

二、自由人阶段：——

自封建时代奴隶的解放,就有了自由人,自由人的实际地位是自己选择自己的道路,愿不愿作奴隶？儒家愿作奴隶,道家不愿作奴隶。所以：

1. 楚狂避世,怕惹祸。
2. 杨朱不合作,为我,先顾自己,不管他人是非。你是你,我是我,我不惹你,你莫管我,但承认人家的势力。
3. 程明道程伊川一个对妓女坐,一个背妓女坐,人家批评他俩一个是目中有妓,心中无妓,一个是目中无妓,心中有妓。这种是忘了你我,逃避在观念社会里,我不见妓女,就没有妓女。
4. 庄周梦为蝴蝶,但庄周并不能为蝴蝶。前三种是逃避他人,庄周却逃避自己。
5. 东方朔避世朝廷；小隐山林,大隐朝廷,只要我心里没有官,作了官也等于不作官。
6. 唐卢藏用等以终南山为作官的捷径。
7. 先作官而后归隐。
8. 可怜主人而去帮忙。

以下道家儒家不能分。这些人象征思想的解放,春秋后此种思想即已产生,东汉魏晋以至今日,都是这一传统没有变。到了近一百年,除了作自己人的奴隶外,还要作外国人的奴隶。

自由人是被解放了的奴隶,但我们今天还一直跟着这后尘。

上面列举的前四种人的态度是诚恳的,自己求解放,后面几种人都是自己骗自己,由魏晋到盛唐,勉强可以,以后就不行了。唐以后的诗不足观,是人根本要不得。前面的解放只是主观的解放,自己在麻醉自己。自己麻醉不外饮酒,看花,看月,听鸟说甚,对人的社会装聋,表现在艺术作品中的麻醉性,这就更高。魏晋艺术的发展是将艺术作麻醉的工具,阮籍怕脑袋掉是超然,陶潜也是逃避自己而结庐在人境,是积极的为自己。阮是消极的为人,阮对着的是压迫他的敌人,是有反抗性的,陶没有反抗性,他对面没有敌人,故阮比陶高。阮是无言的反抗,陶是无言而不反抗,能在那里听鸟说甚,他便可以要干什么便干什么。

西洋艺术为宗教,解放后的自由人则为艺术而艺术,到贵族打倒后,没有反抗性而变为消极的东西。

总结以上有怠工的奴隶,有开小差的奴隶,有以罢工抬高价钱的奴隶。各种奴隶都有,但没有想作主人的。这些人虽间不容发,但是都没有想到当主人。倒是农民想要当主人反而当成了,如刘邦朱元璋是,张献忠李自成洪秀全等是没有当成功的。士大夫只想做官,只想到最高的理想最大胆的手腕是作一人之下万人之上的宰相。这种人不需要革命,无革命的观念和欲望,故士大夫从来不需要革命。农民从来不得到主人给他的面包渣,骨头,故他可以反抗,可以成功。

往后要作主人,要作无奴隶的主人。

三、主人阶段:——

自由人不是主人,但像主人,似是而非。士大夫作自由人就够了,无需为主人,等自由人的自由被剥夺了,成了有形的奴隶,他就可以回头来帮助别人革命。最不能安身的是奴隶农民,因为他无处藏身,他就要起来积极地革命。

法西斯要将人都变成奴隶,每个人都有当奴隶的危机,大家要反抗,抗了法西斯,不仅要作自由人,而是要真正作主人。

所以我对于战后文艺的道路有三种看法:

1. 恢复战前,

2. 实现战前未达到的理想,

3. 提高我们的欲望。

前两种都较消极,第三种却是积极的提高,因为打了仗后,人民理想的身分应与今日的通货膨胀一样的增高。今日有人要内战,我们当然要更高的代价,这是历史发展的必然性。战后的文艺的道路是要作主人的文艺。有了战争就产生了我们新的觉悟,我们认清自己身分的本质,我们由作奴隶的身分而往上爬,只看见上面的目的地而只顾往上爬,不知往下看。虽然看见目的地快到,但这是我们的幻觉,这是有随时被人打下来的危险。我们不能单往上看,而是要切实的往下看,要将在上面的推翻了,大家才能在地上站得稳。由这个观点上看:如果我们只是追求我们更多的个人的自由,让我们藏的更深,那就离人民愈远。今天我们不这样逃,更要防止别人逃,谁不肯回头来,就消灭他!

我们大学的学院式的看法太近视,我们在当过更好一点的奴隶以后,对过去已经看得太多,从来不去想别的,过去我们骑在人家颈上,不懂希望及展望将来的前途,书愈读的多,就像耗子一样只是躲,不敢想,没有灵魂,为这个社会所限制住,为知识所误,从来不想到将来。

将来这条道路,不但自己要走,还要将别人拉回来走,这是历史发展的法则。如果还有要逃的,消灭他,服从历史。

兽·人·鬼

刽子手们这次杰作,我们不忍再描述了,其残酷的程度,我们无以名之,只好名之曰兽行,或超兽行。但既已认清了是兽行,似乎也就不必再用人类的道理和它费口舌了。甚至用人类的义愤和它生气,也是多余的。反正我们要记得,人兽是不两立的,而我们也深信,最后胜利必属于人!

胜利的道路自然是曲折的,不过有时也实在曲折得可笑。下面的寓言正代表着目前一部分人所走的道路。

村子附近发现了虎,孩子们凭着一股锐气,和虎搏斗了一场,结果遭牺牲了,于是成人们之间便发生了这样一串纷歧的议论:

——立即发动全村的人手去打虎。

——在打虎的方法没有布置周密时,劝孩子们暂勿离村,以免受害。

——已经劝阻过了,他们不听,死了活该。

——咱们自己赶紧别提打虎了,免得鼓励了孩子们去冒险。

——虎在深山中,你不惹它,它怎么会惹你?

——是呀!虎本无罪,祸是喊打虎的人闯的。

——虎是越打越凶的,谁愿意打谁打好了,反正我是不去的。

议论发展下去是没完的,而且有的离奇到不可想象。当然这里只限于人——善良的人的议论。至于那"为虎作伥"的鬼的想法,就不必去揣测了。但愿世上真没有鬼,然而我真担心,人既是这样的善良,万一有鬼,是多么容易受愚弄啊!

艾青和田间

这是闻一多先生在去年昆明的诗人节纪念会上的讲演,在这讲演之前,两位联大的同学朗诵了艾青的《向太阳》和田间的《自由向我们来了》,《给战斗者》,听众都很激动,接下来,闻先生说:

一切的价值都在比较上,看出来。

(他念了一首赵令仪的诗,说:)

这诗里是什么山茶花啦,胸脯啦,这一套讽刺战斗,粉刷战斗的东西,这首描写战争的诗,是歪曲战争,是反战,是把战争的情绪变转,缩小。这也正是常任侠先生所说的鸳鸯蝴蝶派。

几乎每个在座的人都是鸳鸯蝴蝶派。我当年选新诗,选上了这一首,我也是鸳鸯蝴蝶派。

艾青当然比这好。他表现人民及战争,用我们知识分子最心爱的,崇拜的东西与装饰,去理想化。如《向太阳》这首诗见面,他用浪漫的幻想,给现实镀上金,但对赤裸裸的现实,他还爱得不够。我们以为好的东西里面,往往也有坏的东西。

如在太阳底下死,是 Sentimental 的,是感伤的,我们以为是诗的东西都是那个味儿。

我们的毛病在于眼泪啦,死啦。用心是好的,要把现实装扮出来,引诱我们认识它,爱它,却也因此把自己的狐狸尾巴露出来了。

这一些,田间就少了,因此我们也就不大能欣赏。

胡风评田间是第一个抛弃了知识分子灵魂的战争诗人,民众诗人。他没有那一套泪和死。但我们,这一套还留得很多,比艾青更多。我们能欣赏艾青,不能欣赏田间,因为我们跑不了那么快。今天需要艾青是为了教育我们进到田间,明天的诗人。但田间的知识分子气,胡风说抛弃了,我看也没有完全抛弃。如"自由向我们来了",为什么我们不向自由去呢?艾青说"太阳滚向我们",为什么我们不滚向太阳呢?

艾青的《北方》写乞丐,田间的一首诗写新型的女人,因为田间已是新世界中的一个诗人。我们不能怪我们不欣赏田间:因为我们生在旧社会中。我们只看到乞丐,新型的女人我们没有看到过。

有人谩骂田间,只是他们无知。

关于艾青田间的话很多,时间短,讲到这儿为止。

最后一次的讲演
——在云大至公堂李公朴夫人报告李先生死难经过大会上的讲演

这几天,大家晓得,在昆明出现了历史上最卑劣,最无耻的事情!李先生究竟犯了什么罪,竟遭此毒手?他只不过用笔写写文章,用嘴说说话,而他所写的,所说的,都无非是一个没有失掉良心的中国人的话!大家都有一枝笔,有一张嘴,有什么理由拿出来讲啊!有事实拿出来说啊!(闻先生声音激动了)为什么要打要杀,而且又不敢光明正大的来打来杀,而偷偷摸摸的来暗杀!(鼓掌)这成什么话?(鼓掌)

今天,这里有没有特务?你站出来!是好汉的站出来!你出来讲!凭什么要杀死李先生?(厉声,热烈的鼓掌)杀死了人,又不敢承认,还要诬蔑人,说什么"桃色事件",说什么共产党杀共产党,无耻啊!无耻啊!(热烈的鼓掌)这是某集团的无耻,恰是李先生的光荣!李先生在昆明被暗杀,是李先生留给昆明的光荣!也是昆明人的光荣!(鼓掌)

去年"一二·一"昆明青年学生为了反对内战,遭受屠杀,那算是青年的一代献出了他们最宝贵的生命!现在李先生为了争取民主和平,而遭受了反动派的暗杀,我们骄傲一点说,这算是像我这样大年纪的一代,我们的老战友,献出了最宝贵的生命。这两桩事发生在昆明,这算是昆明无限的光荣!(热烈的鼓掌)

反动派暗杀李先生的消息传出后,大家听了都悲愤痛恨。我心里想,这些无耻的东西,不知他们是怎么想法?他们的心理是什么状态?他们的心怎样长的?(捶击桌子)其实很简单,(低沉渐高)他们这样疯狂的来制造恐怖,正是他们自己在慌啊!在害怕啊!所以他们制造恐怖,其实是他们自己在恐怖啊!特务们,你们想想,你们还有几天,你们完了,快完了!你们以为打伤几个,杀死几个,就可以了事,就可以把人民吓倒了吗?其实广大的人民是打不尽的,杀不完的,要是这样可以的话,世界上早没有人了。你们杀死一个李公朴,会有千百万个李公朴站起来!你们将失去千百万的人民!你们看着我们人少,没有力量。告诉你们,我们的力量大得很!多得很!看今天来的这些人,都是我们的人,都是我们的力量!此外还有广大的市民!我们有这个信心:人民的力量是要胜利的,真理是永远存在的。历史上没有一个反人民的势力不被人民毁灭的!希特勒,墨索里尼不都在人民之前倒下去了吗?翻开历史看看,你还站得住几天!你完了,快完了!我们的光明就要出现了。我们看,光明就在我们眼前,而现在正是黎明之前那个最黑暗的时候。我们有力量打破这个黑暗,争到光明!我们的光明,就是反动派的末日!(热烈的鼓掌)

反动派故意挑拨美苏的矛盾,想利用这矛盾来打内战。任你们怎么样挑拨,怎么样离间,美苏不一定打呀!现在四外长会议已经圆满闭幕了。这不是说美苏间已没有矛盾,但是可以让步,可以妥协,事情是曲折的,不是直线的。

李先生的血,不会白流的!李先生赔上了这条性命,我们要换来一个代价。"一二·一"四烈士倒下了,年青的战士们的血,换来了政治协商会议的召开,现在李先生倒下了,他的血要换取政协会议的重开!(热烈的鼓掌)我们有这个信心!(鼓掌)

"一二·一"是昆明的光荣,是云南人民的光荣,云南有光荣的历史,远的如护国,这不用说了。近的如"一二·一",都是属于云南人民的,我们要发扬云南光荣的历史!(听众表示接受)

反动派挑拨离间,卑鄙无耻,你们看见联大走了,学生放暑假了,便以为我们没有力量了吗?特务们!你们错了!你们看见今天到会的一千多青年,又握起手来了,我们昆明的青年决不会让你们这样蛮横下去的!

反动派,你看见一个倒下去,可也看得见千百个继起的!

正义是杀不完的,因为真理永远存在!(鼓掌)

历史赋予昆明的任务是争取民主和平,我们昆明的青年必须完成这任务!

我们不怕死,我们有牺牲的精神,我们随时像李先生一样,前脚跨出大门,后脚就不准备再跨进大门!(长时间热烈的鼓掌)

创作要目

1916年　在《清华周刊》上陆续发表读书心得《二月庐漫记》。

1917年　主编《辛酉镜》(清华学校年级毕业纪念专刊),撰写发刊词、自传和十篇诗文。

1918年　写作五言古体长诗《提灯会》,发表于《清华学报》第4卷第6期。

1919年　白话论文《建设的美学》,发表于《清华学报》第5卷第1期。

1920年　在《清华周刊》上发表新诗《西岸》、《印象》、《时间底教训》、《黄昏》。

1921年　自编旧体诗文集《古瓦集》;自编新诗集《真我集》,收有《雨夜》、《雪》、《黄昏》等新诗15首。在《清华周刊》上发表新诗《美与爱》、《爱底风波》、《夜来新客》等。

1922年　完成论文《律诗底研究》。在《清华周刊》上发表新诗《深夜底泪》、《死》、《春之首章》、《红荷之魂》、《太阳吟》、《忆菊》等。与梁实秋合著《冬夜草儿评论》,作为清华文学社丛书第一种出版。作新诗《红豆》42首。

1923年　新诗《笑》、《李白之死》等发表于《清华周刊》;长诗《园内》发表于《清华十二周年纪念号》。论文《莪默伽亚谟之绝句》,发表于《创造》季刊第2卷第1期;书评《〈女神〉之时代精神》、《〈女神〉之地方色彩》,发表于《创造周报》第4、5号。

	第一部诗集《红烛》由上海泰东图书局印行。
1925年	新诗《渔阳曲》,发表于《小说月报》第16卷第3号;《七子之歌》、《爱国的心》、《洗衣歌》,发表于《现代评论》第2卷第30、31期;《长城下之哀歌》、《南海之神》,发表于《大江季刊》第1卷第1、2期。
1926年	评论《文艺与爱国——纪念三月十八》、新诗《死水》、《春光》、论文《诗的格律》、《英译李太白诗》,发表于《晨报·诗镌》第3、5、7、10号;评论《戏剧的歧途》,发表于《晨报·剧刊》第2号。
1928年	诗集《死水》由上海新月书店印行。译诗《白朗宁夫人的情诗》、新诗《回来》、论文《先拉飞主义》、传记《杜甫》发表于《新月》第1卷。
1929年	论文《庄子》,发表于《新月》第2卷第9号。
1930年	论文《论〈悔与回〉》、《谈商籁体》,发表于《新月》第3卷第5、6号合刊。
1931年	新诗《奇迹》发表于《诗刊》创刊号。作散文《青岛》。
1933年	为臧克家诗集《烙印》作序。
1934年	论文《匡斋尺牍》,发表于《学文》月刊创刊号及第1卷第3期;训诂《天问·释天》,发表于《清华学报》第9卷第4期。
1935年	训诂《诗新台"鸿"字说》、论文《高唐神女传说之分析》,发表于《清华学报》第10卷第3、4期。
1936年	论文《离骚解诂》、《楚辞斠补》,发表于《清华学报》第11卷第1、4期。
1937年	论文《诗经新义·二南》,发表于《清华学报》第11卷第1期。文字考释《释朱》,发表于《文学年报》第3期;《释为释豕》,发表于《考古》第6期。
1939年	《璞堂杂记》,发表于昆明《益世报》副刊《读书》第113期。诗论《歌与诗》,发表于昆明《中央日报》副刊《平明》第

16期。

1940年　《璞堂杂说》，发表于昆明《中央日报》副刊《读书》第17期。考证《姜嫄履大人迹考》，发表于昆明《中央日报》副刊《史学》第72期。

1941年　论文《道教的精神》，发表于昆明《中央日报》副刊《人文科学》第2、3期；《宫体诗的自赎》，发表于昆明《当代评论》第1卷第10期；唐诗杂论之一《贾岛》，发表于昆明《中央日报》副刊《文艺》第18期。

1943年　论文《端节的历史教育》发表于昆明《生活导报》第32期；《孟浩然》发表于《大国民周刊》第3期；《文学的历史动向》发表于《当代评论》第4卷第1期。诗评《时代的鼓手——读田间的诗》发表于《生活导报周年纪念文集》。作演讲《诗与批评》。

1944年　论文《说舜》、杂文《愈战愈强》发表于《生活导报》；《屈原问题——敬质孙次舟先生》发表于《中原》第2卷第2期。杂文《复古的空气》、《可怕的冷静》发表于《云南日报》；《家族主义与民族主义》、《关于儒·道·土匪》、《龙凤》发表于《中央日报》；《一个白日梦》发表于昆明《自由论坛》第11期。作演讲《五四历史座谈》、《新文艺和文学遗产》、《组织民众与保卫大西南》和《在鲁迅逝世八周年纪念会上的讲演》。

1945年　杂文《什么是儒家》、《五四运动的历史法则》发表于《民主周刊》第1卷第5、20。评论《人民的世纪》、杂文《妇女解放问题》发表于《大路周刊》创刊号及第5期。杂文《谨防汉奸合法化》发表于《中央日报》"胜利日特刊"。短论《人民的诗人——屈原》发表于《诗与散文》。演讲《兽·人·鬼》发表于《时代评论》第6期。

1946年　作杂文《"一二·一"运动始末记》，此文系"一二·一"四烈士碑文。评论《昆明文艺青年与民主运动》发表于昆明《今日文艺》。演讲《艾青和田间》,发表于《联合晚报》"诗歌与音乐"第2期;《民盟的性质与作风》发表于《民主周刊》第3卷第17期。

7月15日,被暗杀当日作《最后一次的讲演》。

图书在版编目(CIP)数据

闻一多精选集/闻一多著. -北京:北京燕山出版社,2015.12
ISBN 978 - 7 - 5402 - 4077 - 6

Ⅰ.①闻… Ⅱ.①闻… Ⅲ.①中国文学 - 现代文学 - 作品综合集 Ⅳ.①I216.2

中国版本图书馆 CIP 数据核字(2016)第 014089 号

闻一多精选集

闻一多 著
编 选 者/胡　博
责任编辑/尚燕彬
装帧设计/小　贾　张　佳
北京燕山出版社出版发行
北京市西城区陶然亭路 53 号　邮编 100054
全国新华书店经销
北京市松源印刷有限公司印刷

开本 850×1168　1/32　印张 11.5　字数 302,000
2016 年 8 月第 1 版　2016 年 8 月第 1 次印刷

定价:35.00 元

版权所有　盗版必究